FANASTIC ORIENTAL HEROS
鯤龍遊記
곤룡유기

곤룡유기 1

이소 新무협 판타지 소설

초판 1쇄 찍은 날 § 2002년 6월 20일
초판 1쇄 펴낸 날 § 2002년 6월 30일

지은이 § 이소
펴낸이 § 서경석

편집장 § 문혜영
편집 § 장상수 · 박영주 · 김희정 · 권민정 · 이종민
마케팅 § 정필 · 강양원 · 김규진 · 안진원

펴낸곳 § 도서출판 청어람
등록번호 § 제1081-1-89호
등록일자 § 1999. 5. 31
어람번호 § 제2-0101호

주소 § 경기도 부천시 원미구 심곡1동 350-1 남성B/D 3F (우) 420-011
전화 § 032-656-4452 팩스 § 032-656-4453
http://www.chungeoram.com
E-mail § eoram99@chollian.net

ⓒ 이소, 2002

값 7,500원

ISBN 89-5505-386-X (SET)
ISBN 89-5505-387-8 04810

곤룡유기

鯤龍遊記

이소 新무협 판타지 1

FANASTIC ORIENTAL HEROS

도서출판
청어람

목 차

제1장

해경도(海鯨島)

해경도(海鯨島)

망망대해(茫茫大海).

보이는 것이라곤 그야말로 온통 푸른색이다. 다만 수평선과 그 인근에 드문드문 깔린 솜털구름이 바다와 하늘의 경계를 말해 줄 뿐이었다.

그 단색의 세계를 가로질러 배 한 척이 외로이 떠가고 있었다.

배는 넓은 바다를 왕래하는 여객선이 아니었다. 그렇다고 어선은 더욱 아니었다. 배는 일반적으로 바다에 떠다니는 것들과는 달리 좀 묘한 구석이 있었다. 여객선이라기엔 배 자체가 너무 작았을 뿐만 아니라 달리 지어진 객실도 없었다. 그렇다고 어선이라고 보기엔 있어야 될 것이 없고 없어야 될 것이 있었다. 어떤 어구(漁具)도 찾아볼 수 없는 것이 그랬고 기형적으로 넓은 선미(船尾) 갑판에 있는 붙박이 탁자와 의자, 그리고 그것의 위를 가린 나무를 공들여 깎아 만든 목차양(木遮陽)이 그랬다.

바다에서 이런 종류의 배를 볼 수 있는 경우는 거의 없었다. 왜냐하면 이 배는 강안(江岸)이나 해안(海岸)을 돌며 유람객을 태워주는 연안유객선(沿岸遊客船)이기 때문이다. 연안유객선이라고 대해에 나오지 말란 법은 없겠지만 보통의 경우 그것은 자살 행위나 마찬가지였다. 배가 작은 것도 그랬지만 구조 자체가 대해의 풍랑과 물길을 견디고 헤쳐 나갈 능력이 없는 것이다.

그러나 이 배는 좀 달랐다. 유객선의 외양을 하고 있었지만 그것과는 달리 굵은 원목을 짜 맞춘 탄탄하기 그지없는 선체를 가지고 있었고 솜씨 좋은 뱃사람이라면 웬만한 파도쯤은 능히 헤쳐 갈 큰 돛을 가지고 있었다.

배엔 네 사람이 타고 있었다. 이런 배로 대해를 건널 수밖에 없는 사정이 있는 두 사람과 그런 그들을 실어주고 있는 배 주인인 두 사람이었다.

"지겹군, 정말……."

막막한 바다 멀리에 그만큼 막막한 시선을 드리운 채 상충(桑忠)이 중얼거렸다.

오십 대 후반이지만 무인임을 드러내듯 아직도 단단한 몸매를 자랑하는 그는 대해를 건널 사정이 있는 사람이었다. 그와 그의 일행인 다른 한 사람은 탁자에 앉아 있었다. 그리고 선주(船主)인 우가(羽哥) 형제 중 우대(羽大)는 한가로운 자세로 돛을 조종하고 있었고, 우이(羽二)는 뱃전에 걸터앉아 낚시를 드리우고 있었다.

"조금만 더 참으십쇼. 곧 섬입죠."

입이 심심했는지 우대가 상충의 혼잣말을 못 들은 척하지 않고 말대답을 했다.

그러자 상충이 번쩍 고개를 들더니 안광을 빛내며 수평선 여기저기를 두리번거리는 것이었다. 혹시 우대의 말처럼 섬이라도 보일까 해서였다. 그는 그만큼 끝없는 바다에 질려 있었던 것이다. 하지만 아직 섬의 기미는 어디에도 없었다. 사방은 여전히 망망대해뿐이었다.

찌푸려진 상충의 시선이 질책을 담고 이내 우대에게로 향했다. 우대가 투박한 얼굴에 엷은 미소를 떠올리며 수평선을 가리켰다.

"갈매기가 많아진 듯하지 않습니까?"

상충의 시선이 다시 바다로 향했다. 그런 것도 같았다. 하지만 주름진 그의 시선은 펴질 줄 몰랐다. 되려 '그러나 그것이 무슨 상관이란 말인가! 갈매기는 항상 보이지 않았는가?' 하고 항변하는 빛이었다.

우대가 미소를 거두지 않고 말했다.

"갈매기가 많아진다는 것은 인근에 섬이나 육지가 있다는 이야기입죠."

"……!"

상충의 눈이 다시 번쩍 뜨였다. 그러나 이어지는 우대의 말에 그는 이러지도 저러지도 못하는 표정으로 한숨만 내쉬어야 했다.

"하지만 아직 반나절은 족히 가야 섬들이 보일 테고, 또 그만큼은 더 가야 목적지가 나올 테니 마음 편히 가지시고 느긋하게 기다리십쇼."

언제나 말끝에 '……입죠, ……합쇼' 같은 묘한 어감의 어미를 붙이는 버릇이 있는 우가 형제였다. 특히나 우대는 더했다.

"그래도 얼마나 다행인지 모릅죠. 좋은 날씨 덕에 이렇게 빨리 올 수 있었으니 말입죠. 파도가 조금만 높았어도 시일이 두 배는 더 걸렸을 거입죠. 이게 다 해신(海神)님이 도운 거입죠, 나리."

그때였다. 웃차, 하며 우이가 벌떡 일어나더니 뱃전에 한 발을 버티고 서서 낚싯대와 씨름을 하기 시작했다. 모두의 시선이 그에게로 모인 가운데 낚싯줄을 사이에 두고 밀고 당기는 접전이 벌어졌다.

그러나 우이는 이미 걸린 고기를 놓칠 사람이 아니었다. 오래잖아 그는 능숙한 솜씨로 물고기를 낚아 올렸다. 꽤 크고 통통한 놈이었다.

"흐흐흐, 고놈 참 맛있게 생겼군."

입맛을 다시며 우이는 곧장 물고기를 장만하기 시작했다. 죽이거나 기절시키지도 않고 그는 퍼덕이는 물고기를 일사천리로 비늘을 벗기고 내장을 바르고 하여 회를 떠 탁자에 올려놓았다. 눈 몇 번 깜빡이는 잠깐 사이에 해치운 놀라운 솜씨였다.

"술도 가져와!"

돛을 고정시키며 우대가 말했다.

"모처럼 우리도 한잔해 보자!"

"으흐흐, 좋지!"

누런 이빨을 드러내며 활짝 웃어 보인 우이는 냉큼 갑판 아래 선실로 내려갔고 화주(火酒)를 주담자로 내왔다. 그리고 그들도 탁자에 앉았다.

"드시죠!"

두 손님의 잔에 먼저 술을 가득 부으며 우이가 말했다.

상충과 그의 일행은 머뭇거림없이 술잔을 받았고 회를 입으로 가져갔다. 원래 그들은 날생선을 먹는 사람들이 아니었다. 그런 생각조차 하지 않던 내륙의 사람들이었다. 그러나 이 며칠 간의 항해로 그들은 그 맛을 알았고 이미 탐닉하는 수준에 이른 것이다. 모두 우이의 공이었다.

"몇 번이나 말하는 거지만 정말 훌륭한 솜씨야."

움썩움썩 회를 씹으며 상충이 말했다.

살이 모두 회로 발라져 있는데도 물고기는 여전히 아가미와 꼬리를 퍼덕이고 있었다.

"이 정도 솜씨면 차라리 음식점을 차리는 게 낫지 않나?"

"별말씀을."

우이가 웃으며 대답했다.

"이런 정도는 우리처럼 바다에서 나고 자란 사람이면 누구나 할 수 있는 일입죠."

그의 말대로 그들은 천생 바닷사람이었다. 가난과 궁핍으로 예닐곱의 나이에 이미 배를 탔고 바다에서 산 것만도 사십 년이 넘었다.

원래 우가 형제는 손꼽히는 어부였다. 바다와 물고기와 배에 관한 한 이들만큼 잘 아는 사람도 드물었다. 그러나 그들은 항상 가난했고, 그래서 오 년 전 중대한 결심을 하게 되었다. 전 재산을 털어 이 배를 장만한 것이다. 좀 더 잘 먹고 잘 살기 위해서였다. 그리고 그때부터 이들은 바다를 떠나지는 않았지만 더 이상 어부는 아니었다. 이들은 물고기를 잡는 대신 사람을 태웠다. 거친 파도를 벗하여 바다를 누비는 대신에 연안 해변이나 강변을 느긋하게 왕복하면 되었다.

우가 형제는 새 일에 빠르게 적응했다.

튀어나온 배를 씰룩이며 갖은 위엄을 부리는 벼슬아치. 헛바람만 든 풍류공자. 항상 꼭 붙어 있으면서도 보는 사람만 없으면 어떻게든 더 붙으려 애쓰는 연인들. 시끌벅적한 술판으로 시작해 대개가 싸움으로 끝나는 무사들. 종류는 다르지만 역시 쌈박질이 일인 시인묵객(詩人墨客)들. 그 외 다양한 군상들. 그 모두가 우가 형제의 손님이었다. 우가 형제는 그들을 태우고 장강구(長江口)와 황하구(黃河口) 또는 전당강(錢

塘江)을 왔다 갔다 했다.

그것은 고기잡이에 비할 바가 아니었다. 종종 배알이 뒤틀리고 파도가 그렇지 않은 것은 아니었지만, 그래서 말끝마다 습죠, 합쇼가 붙는 버릇이 생기기는 했지만 그런 것은 아무래도 좋을 정도로 수입이 짭짤했다. 물론 몸도 훨씬 편했다. 더구나 지난해 장강구 근방의 해문(海門)에 아담하지만 깔끔한 장원을 자신들의 집으로 매입하고는 얼마나 좋아했던가. 그것은 우가 형제가 평생 처음으로 가져 보는 집 같은 집이었다. 그리고 그것은 정직한 고기잡이로는 꿈꿀 수 있는 것이 아니었다.

그런데 왜 그런 좋은 벌이의 안전한 일터를 마다하고 그들은 장강구(長江口)에서 요동(遼東)의 끝자락까지 직항하는 이 위험한 여정에 그들의 분신 같은 배를 끌고 나선 것인가.

그것에는 다 그럴 만한 이유가 있었다.

이틀 전 그들의 장원으로 불쑥 찾아든 두 손님이 처음 그와 같은 요구를 했을 때만 해도 그들은 그것을 단호히 거절했다. 자신들의 배로는 불가능한 항해이며 만금을 준다 해도 싫다고. 그러니 다른 큰 배를 찾아보라고.

하지만 손님들은 포기하지 않았다. 그리고 우가 형제 역시 그들이 내놓은 한 가지 물건에는 두말없이 항해에 나설 수밖에 없었다.

"우리는 이 물건의 주인을 만나러 가는 길이오."

말과 함께 손님이 내놓은 것은 소도(小刀)였다. 상어의 이빨처럼 날카롭고 뾰족한 끝이 구부러져 있고 손잡이에 가까울수록 넓어지는 작은 칼. 동물의 뼈로 만든 손잡이에 정교하게 음각(陰刻)된 해경(海鯨)이란 글자와 그리고 그 반대 편에 역시 똑같이 새겨진 교아소도(鮫牙小

刀)란 칼의 이름. 그것으로 충분했다.

이 교아소도는 사십여 년 전에 만들어진 것이었다. 비록 그 무슨 천하제일이니 하는 보도(寶刀)는 아니지만 세상에 하나뿐인 물건이었다. 그리고 이것을 만든 사람이 줄곧 자신의 신물로 사용해 온 것이었다. 그것을 우가 형제는 누구보다도 잘 알고 있었다. 물건의 주인인 해경거인(海鯨鉅人)은 먼 과거 우가 형제가 해적을 만나 배가 난파되고 곧 물귀신이 될 처지에 놓였을 때 홀연히 거대한 고래를 타고 나타나 구해준 꿈에도 못 잊을 생명의 은인이었기 때문이다.

또 설사 그렇지 않다 해도 바다에 사는 자 누가 있어 해경거인의 신물을 보고도 그 청을 거절할 수 있단 말인가.

해경거인은 바다의 신(神)이었다. 그는 인간임에도 물고기보다 물에서 자유로웠고 물고기들의 벗이었으며 해경들의 우두머리였다. 거경(巨鯨)들과 더불어 살며 바다 어디에나 존재하는 대해의 수호신이었다. 뱃사람이든 아니든 어부든 그렇지 않든 간에 바다를 기웃거려 본 자라면 누구나 그에 대해 알았고 외경의 염(念)을 가질 수밖에 없었다. 왜냐하면 우가 형제처럼 생사절명의 상황에서 구함을 받거나 그 신위를 목격한 사람이 부지기수였고, 또 그것이 아니라 해도 그의 그런 전설적인 이야기들을 귀에 못이 박힐 정도로 들으며 자랄 수밖에 없었기 때문이다.

그것은 강호인들도 예외는 아니었다.

물론 어부들과는 다른 의미가 있긴 했지만 그들은 주저없이 해경거인을 고금제일의 해신이며 동해제일기인이라 불렀고 그렇게 알았다. 적어도 이십 년 전까지는 그랬다. 그가 활동을 멈추기 전인.

어느새 회는 게 눈 감추듯 모두 사라졌다.

우가 형제도 자신들의 일로 돌아가고 이제 탁자엔 빈 접시와 두 사람만이 앉아 있다. 상충과 맞은편에 앉은 그의 일행이었다. 상충의 일행 역시 오십 대였고 금포(錦袍)를 입고 있었다. 그리고 그는 부리부리한 눈에 가슴까지 늘어진 탐스런 수염을 갖고 있었다.

"벌써 이십 년이 지났군요, 국주(局主)님."

문득 상충이 감회 어린 얼굴로 말했다.

마상필객(馬上筆客) 상충은 금릉(金陵)에 있는 천마표국(天馬鏢局) 사람이었다. 그는 천마표국의 총표두를 맡고 있었다. 그러니 당연히 그가 국주님이라 부를 사람은 천마표국의 국주인 위지무외(尉遲武嵬)밖에 없었다.

"이십 년이라……."

위지무외가 말끝을 흐리며 멀리 수평선에 드리우던 시선을 상충에게로 향했다. 그리고 느릿하게 머리를 끄덕였다.

"그렇군. 자네와 내가 기업을 일으키고 풍진 속을 헤쳐 온 지도 벌써 그렇게 되었어."

상충도 맞장구쳤다.

"그렇지요. 첫 표행에서 그분을 만났으니 그 인연이 표국과 햇수가 같을 수밖에 없지요."

"이십 년……!"

위지무외가 다시 수평선으로 시선을 돌리며 긴 한숨을 내쉬었다.

"그동안 뭘 했단 말인가? 부지런히 뛰었다고 생각했는데…… 아무래도 이게 내 한계인 모양일세……."

"……!"

상충은 미간을 슬쩍 찌푸리며 입술을 꿈틀거렸지만 뭐라 말을 하지는 않았다. 국주가 왜 그런 소리를 하는지 그 심정을 너무도 잘 아는 까닭이다. 그러나 그것은 잠시였다. 국주의 침울한 옆모습을 바라보고 있노라니 그는 격앙되는 감정을 이길 수가 없었다. 그래서 결국 참지 못하고 말을 꺼냈다.

"국주님답지 않으십니다! 맨주먹으로 지금의 기업을 일으킨 분이 아니십니까? 강호의 명문입네 하는 자들과 아무 인맥을 가지지 않고도 금룽삼대표국의 하나인 천마표국을 말입니다. 힘이 약할 땐 힘을 기르고, 사람이 없으면 사람을 만들고, 때론 지혜로, 때론 실력으로, 어떤 고난도 헤쳐 온 분이 국주님이십니다. 이대로 주저앉을 수는 없습니다! 힘을 내셔야 합니다!"

잠시 말을 멈춘 상충은 주먹을 불끈 쥐었다.

"이번에도 잘될 것입니다. 놈들의 위세가 아무리 높아도 해경 노야(海鯨老爺)께서 와주시기만 한다면 승산은 있습니다. 그때 그분이 분명히 말씀하셨지 않습니까. 어려울 때 찾아오라고! 그분은 자신의 약속을 잊을 분이 아니십니다. 반드시 우리를 도와주실 것입니다."

그러나 위지무외는 아무 대꾸도 하지 않았다. 고개조차 돌리지 않고 수평선만 바라볼 따름이었다.

기실 그는 상충의 강요에 못 이겨, 그리고 달리 방법도 없는지라 지푸라기라도 잡는 심정으로 이번 여행에 따라나섰을 뿐 큰 기대를 않고 있었다. 아니, 거의 기대하지 않는다는 편이 옳았다. 자신들과의 조우 이후 이십 년 동안이나 종적이 없던 해경거인이었다. 더구나 그는 아무도 모르는 해경거인의 한 가지 비밀을 알고 있기에 더욱 그러했다.

'살아 있기나 할까?'

이것이 솔직한 위지무외의 마음이었다.

위지무외와 상충이 해경거인을 만난 것은 천마표국의 간판을 내걸고 첫 장거리 표물을 운송할 때였다.

산해관을 지나 송령산(松嶺山) 인적 드문 관도에서 그들은 풀숲에서 신음하는 중상을 입은 노인과 그 품에 안긴 서너 살 정도의 아이를 발견했다. 워낙 중상이어서 표물과 함께 이동하면서 치료한다는 것은 불가능했다. 여느 사람이라면 의원에 맡기든지 아니면 표사라도 한 사람 붙여 돌보게 하고 그것으로 도리를 다 했다고 여길 터였다. 아니, 그런 선심이 아니라 그냥 모른 척 지나쳐 간다 해도 아무도 손가락질할 사람 없는 강호였다. 그러나 그들은 그럴 수 없었다.

젊은 나이의 협의지심 때문이었는지 선견지명이 있었는지는 모르지만 그들은 무조건 노인과 아이를 구해야 한다는 데 합의했고 갖은 노력과 정성을 기울였다. 그 때문에 표물을 기일에 맞추지 못하는 큰 손실을 입었지만 그래도 그들은 개의치 않았다.

보름이 지나서야 노인은 웬만큼 몸을 움직일 수 있게 되었다. 그리고 아이도 한쪽 볼을 사선으로 깊게 가로지른 칼자국만 남기고 완쾌되었다. 위지무외와 상충은 그들이 완쾌된 후에야 노인이 누군지 알 수 있었다. 벙어리라고 생각될 정도로 무엇을 물어도 일체 말을 않던 노인이 떠날 때가 되어서야 고맙다는 말과 함께 교아소도를 내놓았기 때문이다. 또 그는 말했다.

"언제든 도움이 필요하면 찾아오게."

그리고 자신이 사는 섬을 찾는 방법을 일러주었던 것이다. 그리고 그들은 헤어졌다.

그 후, 위지무외와 상충의 정말 피눈물나는 노력 덕에 표국은 나날이 발전했고 어느덧 금릉삼대표국의 하나로 자리 잡았다. 물론 그동안 누군가의 도움이 절실하게 필요한 때가 한두 번이었겠는가마는 위지무외는 한 번도 해경거인에게 도움을 청할 생각을 하지 않았다. 아니, 애초에 그를 떠올리지도 않았다. 능소능대의 자신감 탓도 있었지만 그보다는 바로 그가 상충도 모르게 간직하고 있는 비밀 때문이었다.

해경거인이 떠나기 전날 밤이었다.

잠이 오지 않아 뜰을 거닐던 위지무외는 노인과 아이의 상태나 다시 살펴볼까 하고 그들의 방으로 향했고, 거기서 그는 방 안에서 흘러나오는 노인과 의원의 대화를 우연찮게 들을 수 있었던 것이다.

"혹시 조금이라도 좋아질까 하는 기대로 아무에게도 말을 않았습니다만, 이제 당사자는 알아야겠기에 말씀드리는 것입니다."

"……그럼, 이제 내공을 쌓을 수 없다는 이야긴가?"

"그렇습니다. 겉으로는 멀쩡해 보이지만 단전이 부서진 상태인지라…… 대라신선이 와도 방법이 없습니다. 그리고 내공이 문제가 아닙니다. 앞으로는 항상 조심하셔야 합니다. 조금만 무리를 하셔도 내상이 도질 것입니다. 그렇게 되면…….

"……!"

무인에게 그것은 치명적인 선고였다.

그리고 위지무외도 그것을 들었을 당시에는 그런가 보다 하며 발길을 돌렸지만 노인이 해경거인임을 알고 난 후에는 너무나 큰 의미로 다가왔던 것이다.

바람은 북동쪽으로부터 불어왔다. 순풍이었다. 돛을 한껏 부풀린 배는 파도를 타듯이 미끄러져 갔다. 오래지 않아 바다 가운데 커다란 섬 하나가 솟아올랐다.

뱃전에 바짝 붙어서 있던 상충이 탄성을 발하며 기대에 찬 얼굴로 물었다.

"저것인가?"

"아닙죠."

우대는 머리를 흔들었다.

"저것은 녹도(鹿島)입죠, 나리!"

우이가 거들었다.

"이 인근에서 제일 큰 놈입죠. 저놈을 지나 반나절은 더 가얍죠. 그러면 두 분이 말씀하신 해신님의 섬입죠. 두 분의 말씀대로라면……."

말끝을 흐리며 힐끔 상충을 쳐다보는 우이였다. 상충은 단호한 표정으로 말했다.

"틀림없이 해경 노야의 섬일세!"

"그러길 저희도 정말 바라 마지않습죠!"

"……!"

상충은 살짝 미간을 찌푸렸지만 더 말하지 않았다.

우이의 말대로 녹도를 지나 반나절쯤 더 가자 그리 크진 않지만 아름다운 섬 하나가 나타났다. 삼면은 기암괴석이 깎이고 깎여 나는 새도 오르기 힘들 정도의 만장절벽을 이루었고 나머지 한 면은 반대로 드넓게 펼쳐진 백사장이 눈부시게 빛나는 섬이었다.

배는 백사장 쪽으로 접근했다. 배 밑바닥이 모래톱에 닿자 우가 형제는 능숙하게 닻을 내렸다.

"자네들은 여기서 기다리게."

“그럴 수는 없습죠, 나리!”

상충의 말을 반박하며 우가 형제는 물속에서 큰 물고기나 잡을 때 쓰는 낡은 어자창(魚刺槍)을 휴대하는 것이었다.

상충은 피식 실소를 흘렸다. 혹시라도 자신들이 해경거인에게 불리한 행동을 할라치면 제지할 의도가 들어 있다는 것을 바로 안 것이다. 그러나 상충도 위지무외도 더 이상 가타부타 말을 않고 배에서 내렸다. 배가 모래톱에 닿았다 하나 바닷물에 발을 적시지 않을 도리는 없었다. 더구나 해안은 경사도 거의 없는 데다 무척 넓었기에 그들은 무릎까지 빠지는 바닷물을 한참 걸어서야 백사장에 다다를 수 있었다.

“이상한데?”

백사장을 걷던 우이가 고개를 갸웃거리며 말했다.

“사람이 사는 것 같지가 않잖아……?”

적어도 지금까지 겉으로 보기에는 그랬다. 사람이 살고 있다면 남기게 마련인 어떤 흔적도 없었다. 한 사람이든 많은 사람이든 간에 작은 섬에 살자면 먹을 것 때문에라도 모래사장을 지나다니지 않을 도리가 없을 터였다. 그러나 백사장엔 일행 외에 어떤 다른 사람의 발자국도 찾아볼 수가 없었다. 물론 바람만 세게 불어도 모든 흔적을 지우는 모래 특유의 성질이 있긴 했다. 그러나 지난 며칠 간 바다는 너무도 조용했다. 특별히 이 섬에만 광풍이 불 까닭은 어디에도 없었다.

백사장은 숲으로 이어졌다. 그리고 숲 뒤에는 급격하게 섬 자체이다시피 한 산이 솟아올라 있었다.

일행은 가슴 가득 의문을 품은 채 계속 걸음을 옮겼고 곧 숲으로 진입했다. 그런데 섬의 정상을 기점으로 잡고 앞장서서 무성한 수풀을 헤치던 상충이 한순간 경직된 모습으로 우뚝 멈춰 서는 것이 아닌가.

"……!"

숲 속에 공터가 있고 몇 채의 인가가 있었기 때문이기도 했지만 그것이 이미 잿더미로 변해 형체만 간신히 유지하고 있었던 이유가 더 컸다.

"이, 이게 도대체……?"

누가 말릴 새도 없이 공터로 뛰어든 우가 형제가 망연한 얼굴로 잿더미를 두리번거리며 중얼거렸다. 반면에 천천히 걸음을 옮기며 날카로운 눈으로 공터와 그 주변부터 살피는 상충과 위지무외는 노강호답게 침착했다.

상충이 말했다.

"꽤 날짜가 흐른 것 같은데요?"

위지무외가 머리를 끄덕였다.

"그렇지, 풀이 벌써 이 정도로 자랐으니."

화재 현장은 벌써 무성한 풀들이 덮고 있었다. 뒤이어 위지무외가 공터의 한쪽을 가리키며 말했다.

"그리고 저것!"

그가 가리킨 것은 꽤 큰 흙무더기였다. 그것도 화재와 비슷한 시기에 쌓여진 듯 꽤 길게 자란 풀들이 덮고 있었다.

"내 생각엔 봉분(封墳) 같아."

"무덤이란 말입니까?"

우이가 놀란 음성으로 되물었다. 위지무외가 고개를 끄덕였다.

"집이 불탔는데도 새로 짓지 않았다는 것은 모두 타 죽었거나 다른 곳으로 떠났다는 이야기지. 하지만 아무리 봐도 떠난 것 같지는 않고…… 그리고 이런 초가집은 아무리 큰불이 나더라도 사람의 뼈까지 태울 정도는 아니야. 그런데 어디에도 시신의 흔적은 없어. 그렇다면 누군가가 거두어주었단 말이고, 저것일 가능성이 크지. 솜씨가 엉망이긴 하지만."

"시신을 거둔 사람이 있다면……!"

자못 심각한 얼굴로 잠시 생각하던 상충이 말했다.

"그 사람이 이 섬에 살거나, 아직 이 섬에 있을 수도 있다는 이야기군요!"

"우리가 확인해 볼 일이지."

"아닌 것 같은뎁쇼!"

머리를 흔들며 반박한 사람은 우이었다.

"저런 무덤이 어디 있습니까? 그냥 흙을 아무렇게나 쌓아올린 흙더미 같은뎁쇼?"

"파보면 알게 되겠지."

상충이 성큼 걸음을 옮겨 흙무더기 앞으로 갔다. 그런데 그가 공력을 끌어올려 막 그것을 헤집으려는 순간이었다.

"그러지 말아요."

갑자기 들려온 목소리에 혼비백산한 상충은 으헉, 하고 자신도 모르게 경악성을 발하며 화들짝 물러났다. 전혀 예상 못한 의외의 음성 때문만은 아니었다. 그것이 너무나 가까이에서 들려왔기 때문이었다.

그리고 상충이 물러섬과 거의 동시에 한 사람이 무덤 뒤에서 걸어나왔다. 재료가 뭔지도 모를 거무칙칙한 짧은 바지에 조끼만 걸친 이십 대 초반쯤으로 보이는 청년이었다. 그가 다시 말했다.

"무덤이 맞아요. 그러니 파헤칠 생각은 말아요."

"……!"

일행은 모두 경악을 감추지 못하는 얼굴로 청년을 바라보고만 있었다.

우가 형제보다 상충과 위지무외의 놀람은 더욱 컸다. 그들은 강호인이었다. 태연히 이야기하고 행동했지만 습성상 공력을 끌어올려 주변 경계를 게을리 하지 않고 있었다. 그런데 그토록 가까이 있었음에도 청년의 기척을 조금도 눈치 채지 못했던 것이다.

'고수란 말인가……?'

상충과 위지무외는 내심 서늘해진 가슴을 다독이며 청년을 살폈다.

그러나 청년의 모습 어디에서도 고수의 풍모는 찾을 길이 없었다. 태양혈도 솟지 않았고 맨발로 선 발 밑의 잡초는 보통 사람이 밟는 것보다 더 이지러져 있었다. 눈매도 흐리멍덩해 보이기까지 할 정도였다. 더구나 너무도 평범한 얼굴에 평범한 모습이었다. 누구라도 한두 가지 특색은 있는 법이건만 청년은 조금도 기억할 만한 것이 없었다. 모든 것이 너무 평범해 도리어 이상해 보일 지경이었다.

하지만 꼭이 찾자면 한 가지는 있었다. 조금만 멀리 떨어져 있어도 육안으로 구분하지 못할 정도의 희미한 상흔이 오른쪽 뺨을 가로지르고 있는 그것이었다. 청년과 가장 가까이 있던 상충도 한참 만에야 그것을 발견했다. 그리고 탄성을 발하며 소리쳤다.

"곤(鯤)! 곤이지……?"

이번엔 청년이 화들짝 놀란 얼굴로 눈을 동그랗게 뜨고 상충을 쳐다보았다.

"어? 내 이름을 어떻게 알아요?"

"와하하하!"

상충은 곤의 질문엔 대답 않고 대소부터 터트렸다. 그리고 위지무외를 돌아보며 들뜬 목소리로 말했다.

"찾았습니다! 제대로 찾아왔습니다! 이제 됐습니다, 국주님!"

위지무외도 머리를 끄덕이며 그들의 곁으로 다가왔다. 그리고 웃음 띤 얼굴로 곤에게 말을 건넸다.

"몰라보게 자랐군. 반갑네!"

"……?"

두 사람의 반가운 몸짓에 엉거주춤 따라서 고개를 숙여 보이는 곤이었다. 그렇지만 그의 얼굴엔 의문이 가득했다. 그가 다시 물었다.

"누구시죠? 어떻게 날 아시는 것이지요?"

"하하하, 알지! 잘 알고말고! 자네 뺨의 그 흉터를 보고 바로 알 수 있었지!"

상충은 너털웃음을 터트리며 제대로 찾아왔다는 기쁨에 어쩔 줄을 몰랐다. 하지만 그것은 곤에게는 한층 더 궁금증을 부채질하는 말이었다. 곤은 상흔이 있는 자신의 뺨을 만지며 더욱 어리둥절한 표정으로 상충을 바라보았다.

위지무외가 나섰다.

"자네가 우릴 기억하기란 쉽지 않을 걸세. 아주 어릴 때 본 것에 불과하니 말일세. 벌써 이십 년 전이지. 그때 자네 조부와 자네는 상처를 입고 있었고."

"천마표국!"

곤이 위지무외의 말을 끊으며 탄성처럼 소리쳤다. 위지무외와 상충은 흐뭇한 얼굴로 머리를 끄덕였다. 그러다 상충이 말했다.

"내가 상충이고, 이분이 국주님일세."

"드디어 오셨군요……!"

말로 표현하기 힘든 갖가지 감정이 잔뜩 뒤섞인 얼굴로 탄식을 발하듯 말하는 곤이었다. 그리고 다음 순간, 대뜸 넙죽 엎드리며 큰절을 하는 것이 아닌가. 놀란 상충이 얼른 곤의 팔을 잡았다.

"아니! 이, 이 사람아……!"

"이제야 구명(求命)의 은혜에 감사드립니다."

기어이 절을 다 마친 곤이 일어서며 다시 한 번 머리를 조아렸다.

"할아버지께서 말씀하셨습니다. 원한은 잊을 수 있어도 은혜를 잊어서는 안 된다고. 그리고 다행히 때맞춰 두 분이 오셨으니 이제 할아버지 평생의 마지막 남은 유일한 소원도 풀리게 되었습니다. 그것도 감사드립니다."

그 말에 이번엔 상충과 위지무외가 어리둥절한 얼굴을 했다.

"그게 무슨 소린가?"

대답없이 곤은 어딘가 조금 쓸쓸하고 모호한 웃음을 지어 보였다. 그리고 그것을 감추듯 이내 그는 우가 형제에게로 시선을 돌렸다.

"그런데, 저분들은……?"

다른 사람이 뭐라 설명을 하기에 앞서 우대가 재빨리 곤의 앞으로 나서며 정중하게 대답했다.

"해문의 우가 형제입니다. 과거 해신님의 은혜를 입은 몸들이고요."

그는 묘하게도 이때는 합죠, 습죠의 어미를 붙이지 않고 있었다.

아, 하고 곤이 탄성을 발했다. 그리고 머리를 끄덕이며 말했다.

"할아버지께 이야기를 들은 적 있습니다. 아마 할아버지가 은공들께 두 형제 분을 말씀해 놓으셨던 모양입니다."

대답은 상충이 했다.

"맞네. 이 섬을 찾아올 때 저들 형제의 배를 이용하라고 하셨다네."

곤은 알겠단 듯이 환한 미소를 머금고 머리를 끄덕였다. 그리고는 등을 돌리며 말했다.

"따라오십시오."

곤이 성큼성큼 걸음을 옮기기 시작했다. 봉우리를 향해서였다. 사람들은 그를 뒤따랐다.

숲이 끝나고 봉우리 위로 올라갈수록 길은 가파르고 험했다. 정상에 가까워지자 키 낮은 관목들이 듬성듬성 자라 있는 가운데 온통 바위투성이의 절벽이었다. 동굴은 그곳에 있었다. 꽤 넓고 큰 동굴이었다. 안쪽에 비스듬히 건초가 깔린 두 개의 침상이 있고, 그 왼편 침상에 한 노인이 누워 있었다.

"헉……!"

노인을 본 상충은 자신도 모르게 헛바람을 들이켰다.

다른 사람들도 소리를 내지 않았다 뿐이지 놀라기는 마찬가지였다. 노인의 처참한 모습 때문이었다. 수십 일을 피죽 한 그릇 구경 못한 사람처럼 앙상한 몸과 퀭한 눈은 그래도 괜찮았다. 그 몸에 온통 붕대가 감겨져 있고 붕대 곳곳에 피가 배어 나온 데다 심장 어림에 부러진 칼이 꽂혀 있는 데는 누구라도 기겁하지 않을 수 없는 일이었다.

위지무외 등은 경악으로 멍청히 노인을 쳐다보며 입구에서 움직일 줄을 몰랐다. 사람들의 반응엔 아랑곳없이 성큼 노인의 곁으로 다가간 곤은 노인의 손을 가만히 잡으며 침상 곁에 쪼그려 앉았다.

"할아버지, 누가 왔는지 보세요."

노인이 해경거인이었던 것이다. 그는 눈을 뜨고 있었지만 눈에 초점이 잡히지 않을 정도로 혼몽한 상태였다. 곤의 말을 듣고서야 그의 눈에 조금씩 초점이 잡히며 천천히 눈동자가 움직였다.

"으흑…… 어르신!"

그제야 해경거인을 알아본 우가 형제가 달려와 몸을 던지듯 침상 앞에 털썩 무릎을 꿇고 엎드리며 흐느꼈다.

"이게 무슨 일입니까, 어르신! 어떻게 이런 일이……!"

말을 잇지 못하고 눈물만 흘리는 우가 형제였다. 해경거인의 생기없는 눈가에 분간하기 힘든 미소가 어렸다.

"자네들을, 다시, 보게 되어, 기쁘군……."

미약하기 그지없는 음성이었다. 그리고 입을 열 때마다 속에서 저절로 새어 나오는 낮지만 깊은 기침부터 해댔고 그러고서야 한마디씩 했다. 보지 않고 듣기만 해도 한마디 하는 것이 얼마나 고통스러운지 느낄 수 있을 정도였다.

그의 시선이 이번엔 위지무외와 상충에게로 향했다. 그들은 우가 형제 뒤에 어정쩡한 모습으로 서 있었다. 해경거인은 이번에도 눈웃음을 먼저 지었다.

"하늘이, 이, 늙은이의, 염원을, 저버리지, 않은, 것, 같네……."

"노야……!"

힘들게 말을 잇는 해경거인을 보다 못한 상충이 말했다.

"우선 몸부터 보전하시는 것이."

"그냥 들어주십시오."

곤이 상충의 말을 끊으며 말했다.

"마지막 가시는 길입니다. 이왕 가셔야 할 길 편히 가실 수 있음에도, 혹시나 하고 그 고통을 참으시며 가슴의 칼을 뽑지 않고 버티신 할아버지십니다. 그것도 무려 한 달 가까이를. 다 은공들을 기다림이셨습니다. 지금 그래서 무척 기뻐하고 계시는 것이고요."

"빛을, 남기고, 떠나고 싶지는, 않았네. 그것도, 평생에, 유일한, 생명의, 빛을, 허억, 허억, 하아……."

해경거인이 말을 다 잇지 못하고 긴 기침을 해댔다. 한참 만에 기침을 멈춘 그가 다시 말을 이었다.

"그런데, 우습게도, 자네들을, 만날, 때마다, 이런, 꼴이라, 미안할, 뿐일세. 그때, 허억……."

해경거인이 다시 기침을 해대며 말을 잇지를 못하자 잡고 있던 손을 살며시 거머쥐며 곤이 말했다.

"제가 말씀드릴게요."

곤에게로 힘들게 시선을 옮긴 해경거인이 눈을 깜빡였다.

그 눈짓의 의미를 아는 곤이 가만히 머리를 끄덕여 보인 후 상충과 위지무외를 바라보며 말을 꺼냈다.

"그때, 할아버지는 선천적인 고질을 앓고 있던 저를 구하시고자 장백산에 갔던 길이었습니다. 다행히 약을 구해 제게 복용시켰지만 그 와중에 장백신마(長白神魔)와 시비가 붙게 되었지요. 물에서라면 그깟 놈 수십 명이 몰려와도 눈 하나 깜빡 않을 할아버지이셨지만 뭍이라 당할 수가 없었습니다. 결국 상처를 입고 도주하던 중 쓰러지셨고, 두 분의 구함을 받은 것입니다."

"아……!"

위지무외와 상충의 입에서 부지불식간에 탄성이 흘러나왔다.

장백신마란 이름 때문이었다. 그는 결코 그까짓 놈이 아니었다. 변방에 있다 보니 무림최강이라는 신주십인(神州十人)에 이름을 올리지 못했을 뿐이지 결코 그 아래가 아니라고 알려진 거마(巨魔)였다. 그것이 사실이란 것은 당장 해경거인만 봐도 알 수 있는 일이었다. 아무리 수중제일인이기 때문에 신주십인에 올랐고 그래서 뭍에서는 큰 힘을 발휘할 수 없다지만 그래도 그를 패퇴시킬 수 있는 사람은 그리 흔치 않았다.

"자네들이, 무엇, 때문에, 찾아왔는지, 대강은, 짐작한다네……."

그동안 숫구치는 기식을 어느 정도 눌러놓은 해경거인이 다시 말했다.

"그런데, 내, 이런, 모습에, 실망이, 무척, 클, 걸세……."

"노야……!"

상충이 뭐라 대꾸하려 했지만 위지무외가 옷깃을 잡아당기며 말렸다. 이미 꺼져 가는 불꽃인 해경거인이었다. 말을 가로막는 것은 그나마 모은 심력을 흩트리는 일일 뿐임을 그는 알고 있었던 것이다.

해경거인이 말을 이었다.

"그러나, 어차피, 난, 그때, 이후, 어떤, 도움도, 줄, 수, 없는, 몸이었네. 만약, 자네들이, 훨씬, 일찍, 찾아왔더라면, 나는, 정말, 불안하고, 민망했을, 걸세. 다행히, 자네들이, 지금, 찾아왔으니, 조그만, 도움이라도, 줄, 수, 있게 되었네……. 곤, 저 아이를, 데려가게. 어떤, 어려움인지는, 모르겠지만, 많은, 보탬이, 될, 걸세……."

"노야! 저희는 단지."

"곤아……!"

위지무외가 뭔가 말하려 했지만 해경거인은 그것을 들으려고 하지 않고 곤을 부르는 것이었다.

"두, 분을, 모시고, 잠깐, 나가 있어라. 우가 형제에게, 내가, 따로, 할 말이, 있다……."

무언가 미진하고 할 말이 많았지만 위지무외와 상충은 곤이 이끄는 대로 동굴 밖으로 나올 수밖에 없었다.

곤은 동굴을 끼고 아슬아슬한 절벽을 돌아 그 한쪽의 툭 튀어나온 크고 평평한 바위 위로 그들을 안내했다. 바위에 오른 위지무외와 상충은 순간 가슴이 탁 트이는 것을 느꼈다. 멀리 수평선이 한눈에 들어왔던 것이다.

"어떻게 된 일인가?"

잠시 주변을 둘러보던 위지무외가 말을 꺼냈다.

"해경 노야는 왜 저렇게 되셨으며, 저 아래 화재의 흔적들은 또 뭔가?"

"해적이 왔었습니다."

곤은 머뭇거림없이 대답했다.

그는 위태롭게 보이는 바위의 앞쪽 가장자리 끝에 바다를 바라보고 서서는 말을 하면서도 고개를 돌리지도 않았고 몸을 움직이지도 않았다. 다만 차분한 목소리로 차근차근 사건의 전말을 이야기하는 것이었다.

원래 섬에는 곤 조손만이 살았고, 과거부터 섬 인근에는 다가오는 사람이 없었다. 모르는 사람은 몰라서 그랬고, 또 아는 사람은 알기에 그랬다. 그런데 이 년 전 다섯 가구가 이주해 온 것이다. 그들은 동해에서 가장 악명을 떨치고 있는 해적인 적교방(赤鮫幫)의 일원이었다가 개심(改心)해 새 삶을 찾은 사람들이었다. 그들은 배신자를 용서하는 법이 없는 적교방의 보복이 두려웠고 그래서 그들의 근거지와 될 수 있으면 멀리 떨어진 곳을 찾다가 우연히 사람들이 잘 알지도 못하고 드나들지도 않는 이 섬을 발견하고는 옳다구나 하고 배를 들이댄 것이다. 곤 조손은 그런 사정을 다 듣고도 그들을 그냥 내쫓을 수가 없어

봉우리 위로는 올라오지 말라는 조건으로 해안에 집을 지어 살도록 허락했다.

그런데 한 달 전. 곤이 다른 일로 섬을 며칠 비운 사이에 해적들이 들이닥친 것이다. 모조리 죽이고 불태우는 놈들 앞에 공력도 없이 병마에 시달리고 있던 해경거인은 무력하기 짝이 없었고 결국 가슴에 칼을 맞고 쓰러진 것이다. 그것도 섬에 살던 한 사람의 칼이었다. 놈들에 대항하다 죽은.

그러나 해경거인은 바로 죽지 않았다. 요행히 심장을 피했던 것이다. 그래서 기절해 있는 해경거인을 놈들은 죽은 줄 알고 그냥 간 것이었다.

"과거의 내상으로 가만히 계셔도 이 년을 더 못 사실 할아버지셨어요. 놈들은 내가 할아버지를 모실 수 있는 그 짧은 시간마저도 빼앗아 갔습니다."

곤이 잠시 말을 끊었다.

그는 전혀 그럴 수 없는 내용임에도 마치 남의 이야기하듯 담담한 음성으로 말하고 있었다. 그런데 기이하게도 그 음성에서 위지무외와 상충은 어떤 격정에 찬 외침보다 더 가슴이 꽉 막히는 슬픔과 알 수 없는 전율을 느끼고 있었다. 그래서 그들은 이야기가 진행될 동안은 물론이고 곤이 잠시 말을 멈춘 후에도 한마디도 꺼낼 수 없었다.

곤이 말을 이었다.

"칼을 꽂고 고통스러워하는 모습을 볼 수가 없어 편히 가시길 권했지만, 할아버지는 오히려 역천(逆天)의 대법(大法)을 원하셨어요. 곧 당신들이 올 것 같다는 이유였지요. 한 가닥 숨만 붙인 채 머리와 정신만 살아 한 달을 버텨오셨어요. 결국 할아버지가 옳았어요. 이렇게 오셨으니.”

“굳이 그렇게까지 하실 필요는 없는 일이었는데…….”

자신도 모르게 목이 꽉 메이는 음성으로 상충이 말했다.

그때 곤이 돌아섰다. 그런 이야기를 한 사람답지 않게 그의 얼굴은 그 음성이 그랬던 것처럼 담담하고 평온했다. 더구나 상충을 향해 한 줄기 웃음마저 띠는 것이었다. 가벼운 미소였지만 보는 이를 편안하게 만드는 밝고 환한 그런 미소였다.

위지무외는 문득 의아한 생각이 들었다.

‘이 아이는 어째서 이토록 태평스럽고 천연덕스러운 것일까? 슬픔도 원한도 모른단 말인가? 남인 나도 이토록 가슴이 아파오는데……?’

가만히 생각해 보니 동굴에서도 그랬다. 해경거인의 손을 잡고 있을 때도, 해경거인이 고통스레 말을 이을 때도, 그리고 제가 대신 말할 때도 곤의 얼굴은 담담하기만 했었다.

위지무외는 다시 한 번 세심하게 곤을 살펴보았다. 혹시 이상한 데가 있나 해서였다. 그러나 아무리 뜯어보아도 모자라거나 멍청한 구석이 있는 것 같지는 않았다. 지극히 평범하다는 것 외에는. 그런데 평범한 사람이면 누구나 느낄 감정을, 느끼지 못하는지 드러내지 않는지는 모르겠지만 표정에서 전혀 찾아볼 수가 없는 것이다. 위지무외로서는 도무지 이해할 수 없는 일이었다.

‘설마 무인(無人)의 도(道)에라도 이르렀단 말인가……?’

자신이 생각해 놓고도 위지무외는 피식 실소를 머금었다. 무인의 도란 달마 대사나 삼봉 진인 같은 불가나 도가의 대종사들이 마지막에 이루었다는 전설처럼 전해지는 경지였기 때문이다. 그리고 곤의 어디에서도 그 비슷한 씨앗 하나조차 발견할 수 없음이었다. 그때였다.

"공자님! 공자님!"

우이의 다급한 외침이 메아리쳤다.

곤 등은 재빨리 동굴로 달려갔다. 우이가 초조한 모습으로 입구에서 곤을 맞이했고 동굴을 가리키며 소리쳤다.

"빨리! 빨리!"

곤을 선두로 동굴로 뛰어든 그들은 볼 수 있었다. 해경거인의 가슴에 꽂혔던 부러진 칼날이 이미 뽑혀져 있고 그가 사경을 헤매며 숨을 할딱이는 것을.

"할아버지⋯⋯!"

곤은 침상 곁에 꿇어앉으며 해경거인의 손을 잡았고 위지무외와 상충은 그 곁에 섰다.

"이제⋯⋯ 여한이⋯⋯ 없어⋯⋯."

해경거인이 말했다. 입도 벌어지지 않아 끊어질 듯 이어지는 미약한 음성이었다. 한 음절 한 음절이 고통일 터였다. 그러나 그의 눈은 웃고 있었다.

"노야⋯⋯!"

상충이 참지 못하고 자신도 곤의 곁에 꿇어앉으며 울먹였다. 해경거인의 희미한 시선이 그에게로 향했다.

"곤을⋯⋯ 잘⋯⋯ 부탁하네⋯⋯."

"염려 마십시오, 노야."

"힘든 일은⋯⋯ 녀석과⋯⋯ 상의하고⋯⋯."

"그렇게 하겠습니다."

해경거인의 시선이 이번엔 곤에게 건너왔다. 곤은 바위 위에서처럼 웃고 있었다. 해경거인도 따라 미소 지었다.

"그래…… 이제…… 모든 것을…… 네 뜻대로…… 하거……
라…….

무슨 소린지도 잘 알아듣지 못할 느리고 미약한 음성을 끝으로 해경
거인은 스르르 눈을 감았다. 여전히 입가에 희미한 미소를 머금은 채
그렇게 세상을 떠난 것이다.

"노야……!"

상충이 주르르 눈물을 흘렸고, 침상 끄트머리에 꿇어 엎드려 있던
우가 형제는 머리를 땅에 박으며 통곡을 터트렸다.

"상례부터 취하세. 편히 가실 수 있게…….

위지무외는 상충을 진정시키고 그를 일으켜 같이 죽은 자를 위한 두
번의 절을 했다. 그리고 그들은 동굴 입구로 물러나 망자를 기리듯 시
립을 했다.

곤은 가만히 해경거인의 얼굴을 보고 있었다. 한참을 그렇게 있던
그는 이윽고 몸을 일으켜 시신의 몸에서 옷과 붕대를 벗겨내기 시작했
다. 잠깐만에 시신은 알몸이 되었다. 전신에 크고 작은 상흔이었다. 곤
은 조금 전까지도 박혀 있던 칼자국을 비롯해 몇 개의 큰 상흔들을 조
용한 손길로 가만가만 쓰다듬었다. 마치 그것들의 역사를 더듬듯이.

그 다음 그는 침상에서 물러나 위지무외가 했던 것처럼 절을 올리는
것이었다. 그가 재배(再拜)를 마치고 막 몸을 일으킬 때였다. 돌연 우
대가 울먹이며 소리쳤다.

"왜 곡(哭)을 하지 않으십니까, 공자님? 곡을 하십시오!"

"……."

곤은 물끄러미 우대를 바라보더니 말없이 다시 침상으로 다가갔고,
시신을 안아 드는 것이었다. 우가 형제의 눈이 휘둥그레져 벌떡 일어

섰고 상충과 위지무외도 놀라 곤의 곁으로 다가왔다.

"대, 대체 무슨 짓입니까?"

"노야의 존체를 움직이면 안 됩니다! 우선 수의를 입히시고 혼이 머물 시간을 주어야 합니다! 장지로 옮길 때까지 움직여선 안 됩니다!"

우가 형제가 누가 먼저랄 것도 없이 소리쳤다. 상충도 한마디 거들었다.

"저들의 말이 옳네! 시신을 내려놓게!"

"고향으로 모실 것입니다."

곤이 말했다. 조용하고 차분한 음성이었다. 사람들의 얼굴에 의혹이 떠올랐고 우대가 대뜸 말꼬리를 잡았다.

"고향이라니요?"

"바다 말입니다."

"바, 바다라고요……?"

어리둥절한 우대의 물음에 곤은 이번에도 환한 미소를 지으며 머리를 끄덕였다.

"바다를 사랑하고 그 속에서 평생을 산 분이십니다. 당연히 그 품으로 돌아가 한 부분이 되어야지요. 할아버지가 원하신 일입니다. 저 역시 마찬가지고요. 대해가 건재하는 한 이제 할아버지는 영원히 그 속에 살아 계실 것입니다. 자유롭고 편안하게 말입니다."

"그, 그렇다고 이렇게 당장……!"

"들리지 않으십니까? 빨리 고향으로 가고 싶다는 할아버지의 투정이?"

"……!"

더 이상 아무도 말을 꺼내지 못했다.

곤은 성큼성큼 걸음을 옮겼다. 우가 형제 등도 그 뒤를 따랐다. 곤은 변변한 길도 없는 절벽을 시신을 안고도 잘도 올라갔다. 오히려 뒤따르는 사람들이 위험한 곡예로 진땀을 흘려야 했다. 봉우리 정상은 온통 바위였지만 꽤 평평했다. 거기서도 곤이 가서 자리한 곳은 바다와 맞닿아 수직보다 더 경사가 심한 섬의 한쪽 면인 절벽 끄트머리였다.

"끼이이이이아……."

갑자기 곤이 바다를 향해 입술을 오므리고 괴성을 내질렀다. 지독한 비명의 끝자락에 휘파람 소리를 합한 것 같은 도저히 말로 표현 못할 괴이한 음향이었다. 그 소리는 너무 컸고 또 심혼을 울리는 기이한 역도를 담고 있어서 위지무외까지도 잔뜩 인상을 쓰고 공력을 끌어올리며 귀를 막아야 했다. 그러니 그보다 멀리 떨어져 있다 하나 우가 형제가 귀를 막고 아예 머리를 땅에 처박는 것은 당연할 수밖에 없었다.

괴성은 지루할 정도로 길게 이어지더니 우가 형제가 실신할 지경에 이르러서야 멈췄다.

그리고 잠시 후, 정신을 추스른 사람들은 볼 수 있었다. 멀리 바다를 가르며 빠른 속도로 절벽 아래를 향해 다가오는 산처럼 거대한 물체를.

"아아……!"

위지무외와 상충은 입을 딱 벌렸다.

놀랍게도 고래였다. 그들의 생각이나 상식으로는 도저히 이해가 안 갈 정도로 어마어마한 크기의 거경(巨鯨)이었다. 산이 움직이는 것 같았다.

"해, 해신(海神)이다……!"

우가 형제가 부르짖으며 그 자리에 넙죽 엎드렸다. 해신은 해경거인을 일컫는 말이기도 했지만 그와 함께 바다를 누비던 세상에서 가장 큰 고래를 칭하는 말이기도 했다. 둘 다 어부들에게는 신이었다.

순식간에 절벽 아래까지 도착한 해신은 그 어마어마한 크기에도 불구하고 물을 튀기고 맴돌고 원을 그리고 하며 마치 장난치듯 날렵하게 움직이는 것이었다. 그런데 뒤이어 다시 수십 마리의 고래가 떼지어 나타나 해신이 있는 절벽 아래로 몰려오는 것이 아닌가. 그것들도 해신보다는 작았지만 웬만한 집채보다 큰 놈들이었다.

"허어……!"

어찌 된 영문인지를 몰라 위지무외와 상충이 입만 떡 벌리고 있을 때 곤이 다시 짧은 괴성을 질렀다. 그러자 신기하게도 해신을 비롯한 고래들이 화답하듯 기성을 토하는 것이었다. 그런데 위지무외와 상충을 정말 혼비백산하게 만드는 일은 바로 다음에 벌어졌다. 곤이 시신을 안은 채 서슴없이 절벽 아래로 몸을 던지는 것이 아닌가.

"곤!"

기겁한 상충이 소리 지르며 절벽 끝까지 내달았지만 이미 곤은 우아한 포물선을 그리며 바다로 추락하고 있었다. 위지무외도 멍청히 절벽 아래를 쳐다볼 뿐 어찌할 바를 몰랐다. 백여 장도 더 되는 절벽이었다. 내려다보는 것만으로도 그들은 아찔하기 그지없었다.

풍덩, 하고 물보라를 일으키며 곤이 내리꽂혔다.

그런데 그가 잠수되는 순간 고래들도 바다 속으로 모습을 감췄고 얼마 지나지 않아 그가 다시 수면에 모습을 보이자 고래들도 함께 솟구쳐 오르는 것이었다.

"저, 저……!"

상충이 제대로 말도 못하고 손가락질만 해댔다.

수면에 올라온 곤의 주위로 고래들이 둥글게 모여드는 것을 본 탓이다. 상충이 보기에 그것은 마치 수박 한 덩이를 두고 수십 마리의 소 떼가 서로 먹으려 덤비는 형국과 똑같아 보였다.

"걱정하실 필요 없습죠."

언제 일어났는지 상충의 곁에서 우대가 말했다.

"자세히 보십쇼. 저들은 서로 반가워하고 장난치고 이야기하고 있습 죠. 해신님의 혈육이시니 당연히 저들과도 혈육이고 친구들입죠."

"……!"

곤은 자신을 둘러싼 고래들의 주둥이를 한번씩 쓰다듬어 주고 있었 다. 그럴 때마다 고래는 주둥이를 그의 손에 붙인 채 재롱떨듯 몸을 한 바퀴씩 굴렸고, 환호성이라도 지르듯 기성을 토했다.

집채만한 고래들이 몸을 뒤척이자 격랑 같은 파도가 일었다. 작은 어선 정도는 그대로 침몰시킬 것 같은 파도였지만 곤은 조금도 영향을 받지 않았다. 한 손에 시신을 들고 다른 손으로는 고래를 쓰다듬으면 서도 파도가 치면 치는 대로 파도를 따라 일렁였고 어깨 어림 이상이 물속으로 잠기는 법이 없었다.

그리고 마지막으로 그의 손길이 해신의 주둥이에 얹혀졌다.

"산(山)아……!"

곤이 입을 열자 고래들은 그토록 부산하게 끽끽대던 울음과 몸부림 을 한순간에 그치는 것이었다. 마치 그의 말을 알아듣고 경청하기라도 하겠다는 듯이.

"할아버지가 돌아가셨단다. 우리가 그놈의 만년금구(萬年金龜) 내단 을 구하겠다고 대해로 나가지만 않았어도, 그래서 섬을 비우지만 않았 어도 얼마간은 더 사셨을 텐데……."

이제까지와 달리 곤의 음성에 슬픔이 어려 있었다. 해신도 끼익끼

익, 하고 구슬픈 울음을 토해냈다. 그러자 다른 고래들도 같이 기성을
질렀다.

"하지만 괜찮아. 슬퍼하지 마. 할아버진 여한이 없다고 하셨거든.
그리고 이젠 바다에서 영원히 사실 테니 오히려 기뻐하고 계실 거야."

곤은 언제 그랬냐 싶게 미소를 머금으며 해신의 주둥이를 토닥여 주
었다. 그리고 입을 오므리더니 짧은 기성을 토해냈다. 그러자 해신이
입을 떡 벌렸다. 엄청난 입이었다. 작은 집 정도는 통째 삼키고도 남을
정도였다. 곤은 그 속에 해경거인의 시신을 가만히 뉘었다. 그리고 잠
든 것 같은 해경거인의 얼굴을 응시하며 마치 응석이라도 부리듯 말했
다.

"너무 즐거워 마세요, 할아버지. 소손도 따라가고 싶잖아요!"

그리고도 한참을 바라보던 그는 다시 기성을 질렀다. 그러자 해신이
입을 닫는 것이었다. 곤은 다물어진 해신의 주둥이를 두 팔로 껴안으
며 말했다.

"산아! 바다의 심장, 너희들의 안식처인 그곳으로 할아버지를 모시
는 거야. 알지? 잘 모셔야 해."

그리고 해신의 주둥이에서 팔을 푼 그는 또 기성을 질렀다. 이번엔
좀 긴 소리였다. 그러자 고래들도 기성을 질렀고 해신을 선두로 그의
주위를 한 바퀴 도는 것이었다. 그리고 그들은 올 때처럼 사라져 갔다.

"……정말, 정말 보고 싶을 거예요, 할아버지……."

아득히 사라지는 고래들의 모습을 바라보며 곤이 낮게 중얼거렸다.

바다는 언제 고래들의 소동이 있었냐 싶게 어느덧 원래의 적막한 풍
경을 회복했다. 그러나 곤은 움직일 줄 몰랐다. 그는 마치 그 풍경의
일부분마냥 한참을 정물처럼 가만히 떠 있었다. 하지만 언제까지 그러

고 있을 수는 없는 법. 이윽고 그는 돌아섰고 절벽으로 다가와 기어오르기 시작했다.

그런데 절벽을 오르는 그의 움직임은 인간의 그것이 아니었다. 마치 거미 같았다. 수직보다 더 기울어진 절벽을 평지를 네 발로 뛰는 것보다 더 빨리 전혀 힘들이지 않는 모습으로 순식간에 올라오는 것이었다.

"서, 설마……!"

그가 어느새 절벽 위에 올라서자 그 일련의 광경에 넋을 놓고 있는 사람들을 제치고 우이가 말했다.

"해, 해신님을 해신님께 보시한 것은…… 설마, 아, 아니겠지요……?"

"그럴 리가 있나요. 그리고 산아는 육식을 하지 않아요."

곤이 미소 지으며 말했다. 그는 이 어리석지만 우직하고 사람에 대한 충심이 각별한 우가 형제가 마음에 들었다.

"이제 할아버지는 원하시던 곳으로 가셨습니다. 산아가 모시는 것이고요."

가슴속에 의문과 의혹이 말끔히 가신 것은 아니었지만 사람들은 머리를 끄덕였다.

그런데 그때였다. 기이하게도 그때까지 멀쩡하던 하늘에 먹장구름이 뒤덮이더니 빗방울이 떨어지기 시작하는 것이 아닌가.

"바다도 할아버지의 귀환을 기뻐하는 것입니다."

곤이 양팔을 옆으로 벌리고 머리를 들어 하늘을 보며 말했다. 사람들도 말없이 하늘을 올려다보았다.

빗줄기가 점점 굵어지기 시작했다.

잠시 후, 사람들은 비를 피해 다시 동굴로 돌아왔다. 동굴에서 하루

묵어가기로 한 것이다. 비도 비지만 때도 저녁이 다 된 시각이었다. 사람들은 우선 동굴 한 켠에 비치된 마른 장작을 꺼내 불부터 피웠다.

젖은 옷과 몸을 불가에서 말리는 가운데 우이가 힐끔 곤을 곁눈질하며 말을 꺼냈다.

"뭐, 먹을 게 있어야 할 텐데……."

"아……!"

곤이 탄성을 발하며 겸연쩍은 미소를 떠올렸다.

"기뻐해야 할 일인데, 저도 모르게 할아버지가 가시는 게 싫었던 모양입니다. 미처 생각을 못했습니다. 잠시만 기다려 주십시오. 물고기라도 몇 마리 잡아올 테니."

"저도 같이 가겠습니다. 낚시라면 또 제가……!"

곤을 따라 우이가 일어서며 말했다. 곤은 웃으며 머리를 흔들었다.

"그냥 계십시오."

그리고 우이가 다시 입을 열 틈도 주지 않고 횅하니 나가 버리는 것이었다.

채 일각이나 지났을까. 어느새 돌아온 곤은 양팔에 족히 석 자도 넘을 커다란 물고기를 한 마리씩 끼고 있었다. 상충과 우가 형제는 입을 떡 벌렸다.

"그새 어떻게……!"

"엄청난 놈들이군요! 이리 주십시오."

재빨리 물고기를 건네받은 우이는 그것을 한 마리씩 큰 꼬챙이에 꿰어 불 위에 걸었다. 그리고 작은 비수를 꺼내 적당한 간격으로 저미며 언제 준비해 두었는지 향신료(香辛料) 같은 것을 품에서 꺼내 뿌렸다. 곧 물고기가 익는 향긋한 냄새가 동굴을 채웠다. 모두가 불가에 둘러

앉아 물고기가 완전히 익기를 기다리며 침을 삼킬 때였다. 갑자기 우이가 아차, 하고 무릎을 탁 치더니 벌떡 일어났다.

"잠시만 기다려 주십시오."

그리고 부리나케 동굴을 뛰쳐나가는 것이었다.

상충과 위지무외가 의아한 얼굴로 우대를 쳐다보았다. 우대는 다만 씨익 웃어 보일 뿐 아무 설명도 않았다. 얼마나 지났을까. 물고기가 거의 익어갈 무렵에야 우이는 돌아왔다. 그런 그의 손엔 큰 술통 하나가 들려 있었다.

"오늘 같은 날 술이 없으면 해신님도 서운해할 거입죠. 헤헤헤."

"옳은 소리!"

얼씨구나 하고 상충이 얼른 술통을 받아놓았다.

물고기도 알맞게 익은 참이었다. 사람들은 부어라 마셔라 먹어대기 시작했다. 순식간에 그 큰 물고기 한 마리가 사라졌다. 그래도 우가 형제와 상충은 멈출 줄을 모르고 먹고 마시는 가운데 위지무외는 슬며시 일어나 해경거인이 누웠던 침상으로 다가갔다. 그곳에 곤이 턱을 괴고 걸터앉아 있었다. 곤은 고기 몇 점과 다른 사람들의 권유에 마지못해 술 한잔을 했을 뿐이었다.

"가신 분은 잊게."

위지무외가 그의 곁에 앉으며 말했다.

"노야께선 자네 말대로 좋은 곳으로 가셨을 것이네. 너무 상심 말게."

"할아버지 때문이 아닙니다. 상심도 아니고요."

곤이 위지무외를 돌아보며 말했다.

"그냥, 이젠 정말 혼자구나, 하는 것과 앞일을 생각했을 뿐입니다."

말하며 곤은 또 웃음 지었다.

문득 위지무외는 참 특이한 아이라는 생각이 들었다. 어떤 상황에서도 웃을 수 있다는 것은 쉬운 일이 아니었다. 더구나 그것이 항상 보는 사람을 환하고 편하게 만들어주는 그런 가식없는 미소란 것은 더욱 어려운 일이었다. 그런데 곤은 쉽게 해내고 있었다. 아니, 해내는 것이 아니라 아예 몸에 배어 있었다. 겉으로 보이는 모습과는 달리 어쩌면 조금도 평범한 구석이 없는 아이가 아닐까라는 생각을 해보며 위지무외는 내심 실소를 흘렸다. 그리고 그런 생각을 떨쳐 버리듯 가볍게 머리를 저은 그는 물었다.

"이제 어떻게 할 참인가?"

"두 분을 따라가야지요."

곤이 당연한 걸 물어본다는 얼굴로 지체없이 대답했다.

위지무외도 머리를 끄덕였다. 그 역시 곤을 데려갈 생각이었다. 그러나 그것은 표국에 닥친 위험을 곤을 앞세워 막아보겠다는 그런 생각에서가 아니었다. 그는 곤의 능력을 그리 높게 생각하지 않고 있었다. 해경거인의 손자이니 당연히 해경거인의 무공을 이어받았겠지만 나이도 있고, 또 여러 정황으로 봐서 그리 높은 무공을 닦았다고는 생각할 수 없었던 것이다. 더구나 천하제일인 수공과는 달리 해경거인 자신도 일반 무공으로 치자면 다른 신주십인에 비해서는 손색이 있는 것이었으니.

그것보다는 상충이 해경거인의 임종 직전에 한 약속도 있는 데다 보면 볼수록 기이하고 호감 가는 구석이 있었기 때문이다. 자기도 모르게 측은지심이 들고 뭔가 도와주고 싶은 마음이 들었던 것이다. 그리고 표국에 데려가면 무슨 일에든 소용이 있을 터였다. 또 그렇게 해야 곤이 다른 일에 정신을 빼앗기지 않을 터였다.

위지무외가 다짐하듯 재차 물었다.

"정말 이대로 우리를 따라가겠는가?"

"예."

"잘 생각했네."

위지무외는 곤의 손을 잡으며 말했다.

"우선 적교방은 젖혀두고 표국에서 함께 생활하며 때를 기다리세. 자네 할아버지도 자네가 혈기만 믿고 위험한 도박을 벌이는 걸 원치는 않을 걸세. 남자는 휘어질 줄도 구부릴 줄도 알아야 하는 법이고, 장부의 복수는 십 년이 걸려도 늦지 않다고 했으니, 자네가 열심히 수련하고 사람을 모으고 하다 보면 반드시 이루어질 날이 올 걸세."

위지무외의 본심은 이것이었다. 그는 혹시라도 이 혈기방장한 청년이 복수부터 하겠다고 날뛸까 염려가 되었던 것이다.

하지만 그는 곤의 의도를 제대로 이해하지 못하고 있었다.

"그런 것이 아니라……."

곤이 뒷머리를 긁적이며 겸연쩍은 미소를 물었다.

"오히려 그 일로 부탁드릴 것이 있습니다."

"……!"

위지무외의 안색이 조금 변했다. 혹시 복수와 관련된 부탁이 아닌가 해서였다.

작금 최고의 성세를 구가하고 있다는 장강수로채(長江水路寨)조차 함부로 하지 못해 동해를 나갈 때면 적당히 구슬리는 예물을 건넬 정도로 강한 조직이 적교방이었다. 그에 비하면 천마표국은 언감생심 이름을 밝힐 처지도 못 되었다. 표행에서 그들의 영역을 통과할 일이 있을 때 그들이 표국의 예물을 받아주는 것만으로도 감지덕지해야 할 처지였다. 그러니 그들과 싸우자는 종류의 부탁이라면 그것은 위지무외가 도저히 들어줄 수 있는 일이 아니었다. 천마표국 전체가 다 달려든다 해도 불가능한 일이었다.

불편하고 긴장된 마음으로 곤을 바라보던 위지무외가 뭐라 말을 꺼내려 입을 열었다. 하지만 곤이 조금 빨랐다.

"좀 불편하시겠지만 육지로 나갈 때 며칠 정도 더 걸리는 물길로 돌아갔으면 합니다."

한편 안도하면서도 위지무외는 의아한 표정으로 눈을 끔뻑였다.

"무슨 뜻인가?"

"적교방인지 하는 놈들에게 들렀다 가야지요."

"들, 들러서는……?"

말까지 더듬는 위지무외였다. 곤은 환하게 웃으며 말했다.

"돌려줘야지요."

"……!"

위지무외는 '이 녀석이 지금 제정신인가' 하는 눈빛으로 그를 바라볼 뿐 말을 못했다. 한참이 지나서야 정신을 추스른 그가 말했다.

"서, 설마, 적교방과 싸우겠단 말인가?"

"당연하지요!"

강한 음성으로 대답한 사람은 어느덧 두 사람의 말을 주의 깊게 경청하고 있던 우이였다. 곧 이어 그는 벌떡 일어났고 상기된 얼굴로 말을 이었다.

"놈들에게 제놈들이 어떤 짓을 한 건지 똑똑히 알려줘야 합니다!"

"그렇고말고!"

우대가 말을 받았다.

"알고 그랬을 리야 없겠지만, 어떻든 감히 해신 노야를 위해한 자들입니다! 해신의 후예가 살아 있으며 그 분노가 어떤지 보여줘야 합니다! 뼈에 사무치도록 말입니다!"

곤은 웃음을 띠고 말했다.

"그렇게 할 것입니다."

우가 형제는 그제야 안심했다는 얼굴로 머리를 끄덕이며 다시 자리에 앉았다.

반면 위지무외와 상충은 멍하니 그들을 쳐다볼 뿐 말을 못했다. 기가 막히고 어이가 없는 것이다. 한참 만에 상충이 더듬더듬 입을 열었다.

"이, 이보게. 지금 무슨 소리들을 하고 있는 것인가? 내일 당장 적교방에 쳐들어가기라도 하겠단 말인가?"

"물론입니다."

당연한 것을 묻는다는 곤의 태도였다.

"허허……!"

자기도 모르게 실소부터 나오는 상충이었다. 그러다 정색을 하고 말했다.

"이보게! 적교방이 무슨 수수깡으로 만든 애들 병정놀이 하는 곳인 줄 아는가? 강호의 고수들도 피해 가는 피에 굶주린 악귀들이 그들일세! 무엇을 가지고 놈들과 싸운다는 것인가? 겨우 우리 다섯으로 뭘 어찌하겠단 말인가?"

"다섯이 아닙니다."

곤은 머리를 흔들었다.

“……!”

상충과 위지무외의 눈이 빛났다. 뭔가 다른 대비책이 있나 해서였다. 그러나 곤의 이어져 나온 말은 그들을 더욱 점입가경으로 몰아넣었다.

“저 혼자면 됩니다. 그만한 일에 여러분들까지 수고하실 필요는 없습니다.”

“그, 그 무슨 말도 안 되는……!”

상충이 말을 더듬거릴 때 우가 형제가 노한 얼굴로 상충을 노려보며 말했다.

“지금 해신님을 모욕하는 것입니까?”

“바다에서 감히 해신님께 대항할 자는 없습니다! 해신님께서 모습을 드러내는 것만으로도 놈들은 지리멸렬 살려달라고 애걸복걸할 것입니다! 붉은 상어 아니라 그보다 더 무섭고 많은 자들이 있다 해도 해신님 앞에서는 예외가 없습니다! 절대로!”

“…….”

위지무외와 상충은 더 말을 꺼내지 않았다. 꺼내봐야 소용없음을 알았기 때문이다. 그들은 그저 벙어리 냉가슴 앓듯 속으로 끙끙대며 가만히 앉아 있을 도리밖에 없었다. 다만 서로를 쳐다보며 이 기막힘을 한숨 어린 눈으로 토로할 뿐이었다.

‘저들의 말도 안 되는 행보를 따라갈 수도, 그렇다고 같이 가지 않을 수도 없는 이 일을 어찌하면 좋단 말인가……?’

‘기회를 봐서 설득해 봐야지요…….’

‘어떻게……?’

‘…….’

잠시 침묵이 찾아들었다. 빗소리는 더욱 세차게 울려 퍼지고 간간이 탁, 타닥, 하고 불꽃이 터트리는 기성만이 동굴 속의 적막을 깨웠다.

"참."

곤이 문득 생각났다는 듯이 눈을 빛내며 물었다.

"그런데 무슨 일로 할아버지를 찾아오신 것입니까?"

"그건 차차 이야기하기로 하고……."

위지무외가 말끝을 흐리고는 되물었다.

"자네 무공은 어느 정도인가?"

"글쎄요."

곤이 고개를 갸웃거리며 말했다.

"누구랑 직접 비교해 본 적도 싸워본 적도 없는지라……."

위지무외의 미간이 절로 찌푸려졌다.

"무공을 할아버지께 배웠을 것이 아닌가? 공력을 잃었을 뿐 가르치는 데는 지장이 없을 터이니. 그렇다면 이렇다 저렇다 하신 말씀이 계셨을 게 아닌가! 근래에 자네 무공에 대해 무슨 말씀하신 것이 없나?"

"없습니다."

곤은 머리를 흔들었다.

"할아버지께 몇 가지 배우기는 했지만 아주 어릴 때 몇 년뿐이었습니다. 그 이후로 무공에 대한 것은 일체 말씀하신 적이 없고요."

위지무외는 다시 기가 막혀오기 시작했다.

"서, 설마, 그때 이후로 전혀 무공을 수련한 적이 없단 말인가……?"

"거의 그런 셈입니다."

"거의……?"

조금의 기대를 가지고 말꼬리를 잡는 위지무외였다. 곤은 그런 위지무외의 마음을 아는지 모르는지 태연히 대꾸했다.

"바다에서 조금씩 배운 것은 있습니다. 혼자 물속에 있거나 바다의 친구들이랑 놀면서 장난 삼아 배우고 익힌 몇 가지가 있긴 한데, 그것이 어느 정도 수준인지는 저도 잘 모르겠습니다."

"어떤 것들인데?"

바짝 궁금증을 드러내는 위지무외였다. 그러나 곤은 선뜻 대답을 못 하고 머뭇거렸다.

"……따지자면 물 같은 건데……."

"구체적으로."

"그것이……."

곤이 난감한 얼굴로 머리를 긁적였다.

"……물처럼…… 흐르고…… 호흡하고…… 하여간 그런 건데, 말로 표현하기는 어려워요. 나중에 보여드릴 기회가 있을 것입니다."

"……."

위지무외는 그럼 그렇지 하는 얼굴로 내심 한숨을 내쉬었다.

그는 그래도 일말의 희망을 걸고 있었던 것이다. 해신이라 추앙받던 해경거인이고 그의 무공을 모두 이어받았다면 적어도 물에서만큼은 승산이 있지 않을까 해서였다. 그런데 가만히 듣자니 이건 숫제 해경거인이 가르치기를 포기한 형국이 아닌가. 게다가 물처럼이라니. 위지무외는 그 소리가 고래들과 장난치며 실컷 바다에서 놀았다는 내용으로밖에 들리지 않았던 것이다.

위지무외는 이제 아예 밖으로 드러내어 휴우, 하고 긴 한숨을 내쉬었다. 그리고는 행낭(行囊)에서 한 가지 물건을 꺼내는 것이었다. 동물의 뼈로 만들었으되 은은한 묵빛이 어린 손잡이와 역시 같은 빛깔의 동물 가죽에 싸인 도신(刀身)의 길이가 꼭이 한 자씩인 교아소도였다. 그는 그것을 곤에게 내밀었다.

"어떻든 이제 자네가 주인일세."

"아……!"

탄성을 뱉으며 곤은 공손히 두 손으로 그것을 받았다. 그리고 그대로 눈앞으로 들어 올려 감상하듯 천천히 훑어보기 시작했다.

"혹시라도 손상이 있을까 해서 일 년에 두 번 정성껏 기름 먹인 마포(磨布)로만 닦아 예기를 잃지 않도록 했네."

상충이 말했다.

잠시 시선을 소도에서 뗀 곤이 감사의 표시로 미소를 지어 보였다. 그러나 이내 그의 시선은 다시 소도로 되돌아왔고, 그것을 부드러운 손길로 가만히 쓰다듬기 시작했다. 어찌 보면 귀한 장난감을 받은 아이 같기도 했고 어찌 보면 뭔가 경건한 의식을 치르는 사도 같기도 했다. 감상하듯 그렇게 한참을 보낸 다음에야 곤은 교아소도를 빼 들었다. 스윽, 하고 칼날이 두터운 가죽을 미끄러지는 음향이 들리고 뒤이어 불빛이 칼날에 반사되어 소스라쳐 올랐다. 암청색 칼날은 끝이 약간 구부러진 삼각형으로 정말 상어의 이빨과 다름없는 형상을 하고 있었다. 그리고 특이하게도 구부러진 바깥이 아닌 안쪽으로 날이 서 있었다.

"도신은 해저묵철(海底默鐵)로 천 번을 담금질했고, 도병(刀柄)과 도집은 교룡의 뼈와 가죽으로 만들었다고 들었습니다."

수평으로 뉜 칼날을 눈 높이로 들어 올려 보며 곤이 말했다.

심해에서 채취하는 해저묵철은 만년한철이니 하는 전설적인 것과는 비교할 수 없겠지만 다른 일반적인 강호의 유명하다는 것들보다는 월등히 나은 철이었다. 더구나 천 번을 담금질했다면 그것만으로도 이미 드물게 보는 보도였다.

"평생 무기라곤 이것밖에 사용한 적이 없다고 하셨습니다. 두 분께 드리기 전엔 몸에서 떼어놓은 적도 없었고요."

다시 다른 각도에서 칼을 감상하며 곤은 말했다.

"할아버지께서는 두 분에 대한 보은도 보은이지만 이것을 기다리셨는지도 모르겠습니다. 항상 이 칼 이야기만 나오면 제게 직접 물려주지 못함을 안타까워하셨으니……."

말끝을 흐린 곤은 문득 칼날에 손가락 하나를 살며시 가져다 댔다. 순간 몇 개의 핏방울이 또르르 도신을 타고 굴렀다. 핏방울은 구부러진 칼끝에 맺히더니 그대로 떨어져 내렸다. 그런데 놀랍게도 칼엔 핏방울이 구른 흔적조차 없었다. 그것이 무엇을 뜻하는지 아는 위지무외와 상충의 입이 저절로 벌어졌다.

곤이 말을 이었다.

"담금질 후에는 항상 교룡의 기름을 희석한 물에 식혔다고 했지요. 그래서 칼날이 충격으로 이가 빠지거나 상하지 않는 한 날을 갈 필요도 마포로 닦을 필요도 없다고요."

"아……!"

상충이 탄성을 뱉어냈다. 자신이 한 일이 쓸모없었음에서 오는 탄성이 아니었다. 얼마나 정성을 다하고 잘 만들어진 칼인지를 새삼 느꼈기 때문이었다.

곤이 이윽고 칼을 칼집에 넣었고 그것을 옆구리에 꽂았다. 그런 연후 그는 몸을 일으키더니 동굴 한쪽 구석으로 가는 것이었다. 다 똑같은 석벽이려니 했던 벽면의 어느 부분에 그의 손이 닿자 신기하게도 높이가 두 뼘도 넘을 돌 상자가 벽으로부터 밀려 나왔다. 사람들의 의아하고 호기심 어린 시선 속에 그는 그것을 들고 침상으로 다시 돌아왔다.

돌 상자엔 크고 작은 여러 가지 것들이 들어 있었다. 곤은 그중 마치 물고기의 부레같이 생긴 얇은 막으로 싸인 한 개의 계란 같지만 그보다는 더 둥글고 조금 작은 물체를 꺼내더니 말했다.

"할아버지께 조금이라도 효험이 있을까 해서 산아와 며칠을 헤맨 끝에 구한 것인데, 돌아오니 이미 드실 수 없는 지경인지라……."

침울한 표정으로 말을 흐리며 곤은 그것의 막을 벗겨냈다.

그러자 말할 수 없이 청량한 향기와 함께 우윳빛 서기가 감도는 연홍빛 물체가 드러났다. 다음 순간 호기심 어린 눈으로 보고 있던 위지무외와 상충의 눈이 더할 수 없이 커졌고, 누가 먼저랄 것도 없이 경악성을 토해냈다.

"서, 설마, 내단(內丹)……?"

"만년금구에게서 얻은 것입니다."

곤이 머리를 끄덕이며 말했다.

"원래는 금구에게 돌려주려 했었는데 찾을 길이 없는 데다, 여기까지 어려운 걸음을 하신 두 분께 마땅히 대접할 것도 없고 하니…… 아직 완전히 형성된 것은 아니지만 그래도 드시면 괜찮을 것입니다."

어디 괜찮기만 하겠는가. 전설로나 전해지는 내단이었다. 비록 완전하게 형성된 내단이 아니라 해도 무병장수는 물론이고 많게는 몇십 년 적게는 몇 년을 죽어라 일심으로 무공을 연마한 효과는 볼 수 있을 터였다.

입을 떡 벌리고 내단만 쳐다보는 위지무외와 상충 앞에 곤은 그것을 내밀었다.

“드세요.”

“노, 노제……!”

입도 잘 떨어지지 않는 두 사람이었다. 곤은 미소 지었다.

“할아버지의 선물이라고 생각하십시오. 받으세요.”

“바, 받을 수 없네.”

한동안 탐욕의 눈길을 거두지 못하던 상충이 이내 머리를 흔든 뒤 단호한 얼굴로 말했다. 위지무외 역시 머리를 끄덕이며 말했다.

“우린 이런 것을 받을 정도로 대단한 일을 한 적이 없네. 이것은 자네가 복용하게.”

“맞습니다.”

상충도 거들었다.

“우린 이미 나이가 들어 큰 효과를 기대하기도 힘들 뿐더러, 자넨 또 대적을 앞에 두고 있지 않은가. 국주님 말씀대로 하게.”

그러나 곤은 머리를 흔들었다.

“제겐 소용없는 물건입니다. 과거 절증의 관계로 그 어떤 영약이라도 저에겐 아무 효과가 없습니다. 이걸 먹어봐야 배를 채우는 것 이상도 이하도 아닙니다. 여러 말씀 마시고 어서 드십시오.”

말하며 곤은 아예 내단을 두 조각으로 분리시켰고 그것을 하나씩 둘의 손에 억지로 얹어주는 것이었다.

“허…….”

위지무외와 상충은 어쩔 수 없다는 얼굴로 행여 떨어질세라 그것을 살그머니 거머쥐었다. 그러자 대번에 손을 통해 기이한 열기와 청량한 기운이 동시에 전해져 오는 것이었다. 둘의 얼굴이 자신도 모르게 상기되었다.

"이렇게 하세."

떨리는 눈길로 잠시 내단을 응시하던 위지무외가 말했다.

"이것으로 우리의 은혜니 뭐니 하는 것은 더 이상 언급 않기로 하세. 어려움에 처한 사람을 도운 당연하고 사소한 일을 빙자해 이처럼 찾아온 것만 해도 민망한데, 자네 조손이 자꾸만 은공 운운하니 바늘방석 같던 참일세. 물론 이걸 받는 우리가 훨씬 염치없고 이득을 보는 것인 줄은 알지만, 자네가 이토록 권하니 이것으로 모든 것을 상쇄하는 것으로 하세. 자네는 더 이상 은혜니 은공이니 해서는 아니 되네. 어떤가?"

"우선 드시고 운공부터 하십시오."

곤이 미소 지으며 다시 권했다.

둘은 이내 침상 위에 가부좌를 틀고 앉았다. 그리고 내단을 삼키고 운공에 들어갔다. 잠시 그들을 응시하던 곤은 이번엔 제법 크고 묵직한 주머니를 돌 상자에서 꺼냈고 우가 형제에게 내밀었다.

"두 분겐 이게 제일 쓸모있겠지요?"

"헉……!"

"진, 진주가! 이렇게나 많이……!"

무심코 주머니를 받아 펼치던 우가 형제는 입을 떡 벌리고는 말을 잇지 못했다. 주머니엔 보기에도 영롱한 최상급 진주가 수십 개도 넘게 들어 있었던 것이다.

우대가 머리를 흔들며 황망히 말했다.

"공, 공자님! 저희들은 결코 이런 것을 바란 것이 아닙니다. 노야께 입은 은혜만 해도……."

"압니다. 그렇지만 그것 역시 할아버지의 선물이니 그냥 받으세요. 구하기가 그리 어려운 물건도 아니고."

곤이 웃으며 우대의 손에 떠맡기듯이 주머니를 쥐어주었다.

우가 형제는 멍한 가운데 기쁘고 감격 어린 시선을 진주 주머니에서 거둘 줄 몰랐다. 다음으로 곤은 자신의 행낭을 가져다 돌 상자에서 몇 가지 물건을 정리해 넣었고 돌 상자를 다시 원래의 자리에 장치했다.

곧 동굴 속은 정적이 찾아들었고, 빗소리는 그 정적 속에 더욱 거세게 어둠을 두드렸다.

제2장

조우광룡(遭遇狂龍)

조우광룡(遭遇狂龍)

"날씨 한번 좋습니다."

우이가 하늘을 보며 말했다.

언제 비가 왔느냐는 듯 아침은 맑고 투명하기 짝이 없었고 일행은
그 아침 햇살을 받으며 출발시킨 배에 승선해 있었다. 돛 폭 가득 바람
을 머금은 배는 무척 빨랐다. 벌써 섬이 아득히 보였다.

아무렇게나 뒤로 묶은 머리를 바람에 흩날리며 곤은 바다를 향해 선
두에 팔짱을 끼고 서 있었고 우가 형제는 배를 조종하며 뭐가 그리 좋
은지 연신 콧노래를 흥얼거렸다.

다만 올 때처럼 차양 아래 의자에 앉은 위지무외와 상충만 내내 얼
굴을 펴지 못하고 있었다. 그들은 어떻게든 곤을 설득해 적교방으로
쳐들어가는 것만은 막고 싶었다. 그러나 섣불리 말을 꺼냈다가는 곤은
고사하고 당장 우가 형제의 반발에 부딪칠 터였다. 마음 같아서야 이

들이 뭘 하든 신경 쓰지 않고 가까운 육지에 내려달라고 해서 제 갈 길로 가고 싶었다. 그렇지만 그러기엔 그들의 알량한 협의지심이 허락하지 않았고, 또 인연의 끈이 너무 질겼다. 더군다나 누구나 눈에 불을 켜고 덤벼들 내단이란 보물까지 선뜻 내준 곤이 아니던가.

내단은 정말 보물이었다.

오늘 아침에서야 운공에서 깨어난 위지무외와 상충은 온몸에 기가 충만하고 날아갈 듯 가벼운 것을 느꼈다. 그것은 그들이 이제껏 내공을 수련해 왔어도 한 번도 느끼지 못한 그런 상쾌함이었다. 그래서 가볍게 자신들이 배운 투로대로 몸을 움직여 보았고 하마터면 눈물을 흘릴 뻔했다. 명가(名家)의 지도도, 제대로 된 심법도 받지 못한 탓에 수십 년 동안 제자리걸음만 하던 공력이 제 길을 찾아들고 있다는 것을 알았기 때문이다.

내단의 효과였다.

그것은 떠들기 좋아하는 이야기꾼들이 말하는 한 번에 수십 년의 공력이 생기고 고수가 되는 그런 것은 아니었다. 오히려 그것은 토양의 문제였고 그릇의 문제였다. 복잡하고 끊어지고 흐트러지고 작은 여러 갈래로 뒤섞여 있던 공력이 내단의 효과로 끊임없고 집중되는 하나의 굵은 줄기로 형성되고 있었다. 즉, 지금까지 백의 노력으로 하나도 건지기가 힘들었다면 이제는 그 십 분지 일의 노력만으로도 그 이상의 효과를 볼 수 있는 기반을 만들었다는 이야기였다. 또 그것은 당장은 효과가 없을지 몰라도 앞으로 수련을 쌓으면 쌓는 만큼 발전할 수 있다는 이야기였다. 그러니 두 사람의 기쁨과 감개무량함이 어떠했을지 능히 짐작이 가는 일이다.

그런데 이런 이들이 어떻게 위험을 알면서도 곤을 팽개쳐 두고 떠날 수 있겠는가. 그들은 어떻게 하면 그의 마음을 돌릴 수 있을까 궁리하며 기회를 엿보고 있었다. 정 안 되면 몰래 혈을 짚어서라도 말릴 생각인 것이다.

"헉!"

갑자기 상충이 경악성을 뱉으며 벌떡 일어섰다.

골똘한 생각에 잠겨 있었던 탓에 미처 보지 못했던 뱃전을 스치고 지나가는 크고 시커먼 물체들 때문이었다. 상충과 함께 일어선 위지무외도 그것을 보았고 탄성을 터트렸다.

"아……!"

고래였다. 수십 마리의 크고 작은 고래들이 배를 에워싸듯 하고 같이 달리고 있었다. 그것만이 아니었다. 이제 곤은 아예 선두의 난간에 올라가 있었고, 그런 그의 앞뒤를 가로질러 작은 고래들이 솟구쳐 올라 날듯이 스쳐 지나고 있었다. 때때로 곤은 손을 내밀어 앞을 스치는 녀석들의 머리를 쓰다듬기도 했다. 물이 튀고 고래들이 솟구쳐 오르고 곤이 쓰다듬고. 그 일련의 동작들은 정말 한 폭의 그림이었다.

문득 곤이 고개를 돌리더니 우대에게 말했다.

"전 이 녀석들과 좀 돌아다니다 오겠습니다. 목적지는 아시죠? 적산군도(赤珊群島)로 곧장 가는 겁니다."

그리고는 누가 뭐라 할 사이도 없이 그대로 바다로 몸을 누이는 것이었다.

"저, 저……!"

상충과 위지무외가 다급하게 뱃전으로 다가갔지만 곤의 모습은 어디에도 없었다. 그토록 난리를 피우던 고래들도 마찬가지였다. 바다는 언제 그런 일이 있었냐는 듯이 맑고 잔잔하기만 했다.

"안심하십쇼."

당황스런 모습으로 바다를 두리번거리는 두 사람에게 우대가 웃으며 말했다.

"우리가 아무리 멀리 가 있고 떨어져 있어도 해신님의 손바닥 안입죠. 바다는 저분의 세상이니까요. 달리 해신님이 아닙죠."

"……!"

위지무외와 상충은 절레절레 머리를 흔들며 다시 의자에 앉았다. 그러다 문득 생각났다는 듯 위지무외가 의아한 모습으로 물었다.

"그런데, 적산군도라니? 적산군도를 왜……?"

적산군도는 장강구에서도 남동쪽으로 빠른 배로 이틀은 족히 가야 할 거리에 있었다. 전역에 붉은 산호초가 군데군데 형성되어 둘러싸고 있는 크고 작은 수십 개의 섬들로 이루어진 아름다운 군도였다. 그러나 험한 물길 때문에 선박들이 가까이 접근하지 않는 것은 물론이고, 전혀 인적을 발견할 수 없는 무인도들로 알려진 곳이기도 했다. 그러니 위지무외로선 일행이 그곳으로 갈 이유를 찾을 수 없었던 것이다.

"두 분께서도 모르셨군요."

우대가 웃으며 말했다.

"저희도 어젯밤 해신님이 일러주셔서야 알았습죠. 해신님은 알려진 것처럼 적교방의 근거지가 주산군도(舟山群島)가 아니라고 했습죠."

우가 형제는 섬을 떠나고 난 뒤부터는 계속 곤을 해신이라고 불렀다. 곤이 그러지 말라고 해도 막무가내였다.

두서없는 우대의 말을 간추려 보면, 적교방은 영악하게도 자신들의 근거지를 숨겨왔다는 것이었다. 해적의 특성상 근거지가 알려지면 곧 관의 소탕이 이어질 것이고 그렇지 않다 해도 좋을 것이 하나도 없었

기에 그들은 주산군도를 자신들의 근거지인 양 꾸며왔다는 이야기였
다. 주산군도의 무인도 하나를 골라 본거지인 양 그럴듯하게 꾸며놓고
는 해적질한 물건의 교환이나 매매 행위는 물론이고 손님 접대나 예물
접수 등의 모든 대외적인 일을 그 섬에서 처리해 온 것이다.

그렇지만 실상은 적산군도 끄트머리에 있는 다섯 개의 섬이 모여 있
어 오봉도(五峯島)라 부르는 곳이 놈들의 본거지라는 것이었다. 그곳은
주산군도에서 빠른 배로 하루 정도 거리였고, 물밑의 산호초 때문에 물
길을 모르면 범접도 할 수 없는 적산군도에서도 가장 험한 장소였다.

아마도 곤은 그런 사실들을 자신의 섬으로 이주해 왔던 과거 적교방
의 사람들에게서 들었을 터였다.

"으음……!"

위지무외가 침음성을 토해냈다.

또 생각이 틀어지고 있었다. 그는 최악의 경우 주산군도 못 미처 가
까운 거리인 항주에라도 들러 급한 대로 친분이 있는 강호의 친구들을
규합해 함께 적교방으로 갈 생각을 하고 있었던 것이다. 그러나 적산
군도라면 사정이 달랐다. 그 항로에서 항주에 들르려면 적어도 이틀은
소요될 터였다.

그런데 그런 그의 속도 모르고 우이는 가슴 후련하단 듯 웃으며 말
했다.

"바다를 어지럽히며 못된 짓만 일삼던 그놈들은 이제 해신님에 의해
흔적없이 사라질 것입죠."

"……!"

위지무외와 상충은 서로를 쳐다보며 한숨만 내쉬었다.

그런 둘의 심정엔 아랑곳없이 어쨌든 여정은 순조로웠다. 물결도 잔

잔했고 순풍이었다.

곤은 저녁 무렵이 되어서야 모습을 드러냈다. 그런데 떠날 때의 많은 고래 대신 달랑 한 마리만 데리고 돌아왔다. 하지만 그 한 마리는 그냥 한 마리가 아니었다. 우가 형제의 배보다 몇 배는 더 큰 산이었기 때문이다. 산은 배 가까이엔 올 수가 없었다. 작은 움직임에도 배가 풍랑을 만난 것처럼 흔들렸던 것이다. 곤은 산을 십 장 이상의 간격을 두고 따르게 하고는 배로 올라왔다. 양손 가득 보기만 해도 먹음직스런 조개 등의 갖가지 해산물을 들고서였다.

그런데 그가 배로 오르는 순간 위지무외와 상충은 입을 떡 벌렸고 벌린 입을 다물 줄 몰랐다.

물에서 배로 올라오는 곤의 몸놀림 때문이었다. 작은 배라고 해도 족히 반 장 높이는 될 난간이었다. 그런데 곤은 양손 가득 해산물을 안고 있어 손을 쓸 수 없음에도, 그리고 어떤 지지대도 없음에도 마치 물이 던져 올리기라도 한 것처럼 몸을 쭉 뽑아 올려 부드럽게 배 난간을 뛰어넘었고 선 자세 그대로 가볍게 갑판에 안착했던 것이다. 그렇다고 물고기처럼 물속에서 빠른 속도로 유영해 추진력을 삼은 것도 아니었다. 그는 뱃전 가까이에서 일행을 향해 웃어 보였고 다음 순간 갑판에 서 있었던 것이다.

도무지 이해할 수 없다는 시선으로 두 사람이 곤을 쳐다볼 때 그는 해산물을 우이에게 넘겨주었다. 그리고 말했다.

"이삼 일 안에 폭풍우가 있을 것입니다. 굉장히 큰 놈입니다. 그전에 일을 마치는 게 좋겠습니다. 속도를 더 내야겠어요. 다시 바다가 잠잠해지길 기다리려다간 며칠이 걸릴지 모를 일이니."

"서, 설마, 태풍이 올라온단 말씀이십니까?"

우이가 놀란 음성으로 물었다. 곤이 머리를 끄덕였다.

"적산군도 쪽은 더 빨리 닥칠 것입니다."

"……!"

우가 형제의 얼굴에 당장 그늘이 자리했다. 하늘은 맑기만 하고 바다는 잔잔했지만 누구도 곤의 말을 의심하지 않았다. 다만 위지무외와 상충은 오히려 내심 옳다구나 하는 회심의 미소를 짓고 있는 것이 다를 뿐.

우대가 울상을 하고 말했다.

"하, 하지만 해신님! 저희 배는 지금 낼 수 있는 최고 속도입니다. 계속 이렇게 바다가 거들어준다 해도 사오 일은 걸려야 적산군도가 보일 것입니다. 아무래도 한 이틀 더 간 연후에 어디 섬이나 육지로 들어가 태풍을 피하는 것이……."

"그렇게 하세!"

얼른 위지무외가 맞장구쳤다. 그리고 우대를 향해 시선을 돌렸다.

"이틀이면 항주까지는 갈 수 있겠나?"

우대가 의아한 얼굴로 대답했다.

"전속력으로 달리면 가능은 합니다만……?"

"그럼 됐어! 거기서 태풍을 피하세!"

쐐기를 박듯 위지무외가 말했다. 그러나 다음 순간 그의 그런 노력은 아무 소용이 없게 되었다. 곤이 머리를 흔들었던 것이다.

"태풍이 오기 전에 놈들의 소굴까지 갈 방법은 있습니다."

"어, 어떻게요……?"

우대가 반문했다. 곤은 미소 지었다. 조금 장난기가 어린 듯도 했고 자신감 같기도 했다.

"네 분이 조금 고생을 하셔야 되는 일입니다."

"고생이야 얼마든지 참아낼 수 있습니다만……?"

의문 가득한 우대의 대답에 곤은 여전히 웃으며 말했다.

"배에 밧줄은 있겠지요?"

여전히 의아함을 거두지 못하는 표정이었지만 우대는 재빨리 밧줄을 가져다 곤에게 건넸다. 모두가 의문을 띠고 지켜보는 가운데 곤은 밧줄의 한쪽 끝을 선두 난간의 튀어나온 부분에 묶었고, 다른 끝을 가지고 물로 뛰어들더니 이미 배의 앞으로 오게 한 산의 등으로 올라가는 것이었다.

"아……!"

"저런 수가 있었구나……!"

그제야 곤의 의도를 눈치 챈 사람들이 탄성을 발했다. 산이 배를 끌고 달린다면 그 속도는 불문가지일 터였다.

"돛을 내리고, 우선 식사부터 하세요."

산의 등에서 곤이 말했다. 딱히 소리친 것 같지도 않았는데 십여 장이나 떨어져 있음에도 그의 말소리는 너무도 선명하게 들렸다.

사람들은 바쁘게 움직였다. 우이는 식사를 준비하고 우대는 돛을 내렸다. 뒤에서 바람을 받고 앞에서 끌면 더 빠를 텐데 왜 돛을 내리는가? 하고 상충은 의아하게 생각했지만 굳이 묻지는 않았다. 그보다는 우가 형제의 부탁으로 위지무외와 더불어 뱃전에 널려진 크고 작은 제멋대로 움직일 가능성이 있는 물건들을 선실로 던져 넣기에 바빴던 것이다.

배가 달리기 시작했다. 가공할 속도였다. 촤아악, 하고 수면을 치는 소리가 들리는가 하면 어느새 수면 위를 배 밑바닥도 닿지 않게 수 장

여나 이동해 다시 촤악, 하고 수면을 미끄러지고 또 허공을 나는 동작
이 되풀이되고 있었다. 마치 돌고래가 전속력으로 수면 위를 달리는
것과 같은 양상이었다. 우가 형제도 위지무외와 상충도 아무것도 잡지
않고는 앉아 있을 엄두를 내지 못했다. 상충은 그제야 돛을 내린 이유
를 수긍하고도 남음이 있었다. 이런 속도라면 뒤에서 아무리 바람이
불어도 돛은 거추장스런 훼방꾼이 될 뿐만 아니라 견디지도 못할 터였
다.

처음 사람들은 양 편으로 나누어 뱃전을 잡고 앉아 있었다. 우가 형
제는 좌현에 상충과 위지무외는 우현에. 그러나 우가 형제는 일각도
앉아 있지 않아 선실로 내려가 버렸다. 곧 어둠이 올 테고 차라리 선실
기둥에 몸을 묶고 잠을 청하겠다는 이유도 있었지만 빠른 속도에서 오
는 거센 바람과 이명 현상을 견디지 못한 것이다.

그러나 남은 두 사람은 아니었다. 그들은 최대한 선두 가까이에 붙
어 앉아 더할 수 없이 커진 눈으로 앞을 바라보기에 여념이 없었다. 그
러다 상충이 더듬더듬 입을 열었다.

"저, 저럴 수가 있습니까……?"

처음 곤이 산의 등에 엎드린 채 달리기 시작할 때 그들은 당연히 산
의 몸이나 입에 밧줄이 묶여 있으리라 예상했다. 그런데 점점 속도가
붙어 산의 등이 거의 수면에 드러날락 말락 할 정도가 되어 최고 속도
를 내기 시작하자 그들은 보았다. 더욱 꽉 잡고 등에 엎드려 있어도 불
안할 곤이 오히려 몸을 일으키는 것을. 그리고 그들의 예상과는 달리
밧줄이 그의 허리에 묶여져 있는 기막히고도 엄청난 광경을.

지금 곤은 그토록 빠른 속도로 유영하는 산의 등에 팔짱까지 끼고
앞을 본 채 두 발로만 서서 머리칼을 휘날리고 있었다. 산의 등이 작은

물고기들과 달리 그리 미끄럽지 않다 해도 이것은 도저히 상식으로 이해할 수 있는 일이 아니었다.

"어, 엄지발가락과 집게발가락의 힘이 엄청나게 강한 것일까요?"

상충의 말에 위지무외는 머리를 흔들었다.

작다고는 하지만 삼사십 명은 족히 탈 배였다. 더구나 꿈틀거리며 무시무시한 속도로 물살을 가르는 고래 등 위였다. 그냥 서 있는 것도 불가능할 그곳에 두 발로 버틴 채 달랑 밧줄 하나로 배를 끈다는 것은 아무리 발가락의 힘이 강해도 될 일이 아니었다. 설사 거기다 절정고수이고 그 이상의 공력을 갖고 있다 해도 꿈도 못 꿀 일이었다.

상충 역시 자신의 이야기가 말도 안 된다는 것을 알고 있었다. 그러나 눈앞에 벌어진 일을 불가사의하다고 그냥 접어두기에는 궁금증이 너무 컸다.

"저런 종류의 무공을 연마한 것일까요?"

"……."

위지무외는 대답할 수 없었다. 그 역시 해경거인이 수중제일인이었으니 그 편이 신빙성이 있지 않을까 생각해 보지만 그것도 불가해하기는 마찬가지였다. 그런 종류의 공부가 있다손 치더라도, 배를 끌고 고래 위에 태연히 서 있을 수 있는 저 엄청난 괴력은 또 어떻게 설명한단 말인가.

배는 밤새도록 달렸다.

위지무외와 상충은 교대로 한 시진씩 선실로 내려가 눈을 붙인 외에는 계속 뱃전에 앉아 있었다. 그동안 곤은 보통은 서 있었지만 때때로 가부좌를 하고 앉기도 했다. 조식을 취하는 모습이었지만 위지무외와 상충은 절대 그럴 리가 없다고 생각했다. 저런 상태에서 조식을 취한다는 것은 그대로 주화입마에 들겠다는 소리와 똑같았던 것이다. 전설처럼 전해지는 양심선공(兩心禪功)을 익혔다 해도 힘들 일이었다.

배가 질주를 멈춘 것은 태양이 동쪽 하늘을 붉게 물들이며 조금씩 자태를 드러낼 때였다. 그리고 곤이 배로 건너왔다. 위지무외와 상충은 대번에 그의 손을 잡아끌어 의자에 앉혔다.

"힘들지 않는가?"

"염려하실 정도는 아닙니다."

웃으며 대답하는 곤의 얼굴은 변함이 없었다. 밤새도록 배를 끄느라 시달렸을 텐데 조금도 지친 기색이 보이지 않았다. 그런 그의 모습을 본 위지무외와 상충은 더 이상 궁금증을 감추지 않았다.

"어떻게 그럴 수 있나?"

상충이 물었다.

"어떻게 인간의 몸으로 그렇게 배를 끌 수 있나? 그것도 그런 자세로 서서? 그러고도 어떻게 이렇게 멀쩡할 수 있느냔 말일세?"

위지무외가 부언했다.

"또, 물에서 뱃전에 손도 대지 않고 솟아오르는 것도 그렇고!"

와르르 쏟아내는 두 사람의 말에 곤은 피식 실소를 흘리며 별것 아니란 듯 대답했다.

"그런 건 쉬워요. 말씀드렸었지요, 물에서 배운 게 있다고. 물의 힘을 이용하면 누구나 할 수 있는 일입니다. 이런 배 정도는 굳이 끌지 않아도 저절로 따라오게 만들면 되고, 물에서 솟구치는 것도 물의 힘을 빌리면 간단한 일이니까요."

"……!"

두 사람은 잠시 서로를 쳐다보았다. 그러다 위지무외가 다시 물었다.

"그, 그것이 무공인가?"

곤은 머리를 끄덕였다.

"그렇다고 할 수 있겠지요."

"어, 어떻게, 그, 그런 무공이……?"

"그냥 주고받으면 됩니다."

곤의 대답에 위지무외가 눈을 끔뻑이며 물었다.

"주고받다니? 뭘? 무엇과?"

"나와 내 주변의 것들이죠. 저는 주로 물을 이용합니다. 기를 받아
쓰기도 하고 내가 동화되기도 하고…… 구체적으로 설명하긴 힘들지
만, 하여간 그렇습니다."

"……!"

두 사람은 멍하니 곤을 쳐다볼 뿐 더 이상 말을 못했다.

숱한 세월을 강호에서 뒹굴고 남 못잖은 식견과 견식이 있는 그들이
기에 이제 곤의 말이 무엇을 뜻하는지 감이 잡힌 것이다. 그러나 그것
은 그들을 더할 수 없는 경악으로 몰아넣었다. 조금 모호한 이야기였
지만 곤의 말은 그가 진정으로 삼라만상의 기를 마음대로 빌려쓸 수
있다는 물아일체(物我一體)의 환허지경(幻虛之境)의 진경(眞境)에 이르
렀다는 것이었다. 그것은 조화지경(造化之境)이었고, 무인의 도와도 통
하는 기나긴 무림사에서도 몇 이루지 못한 전설의 경지였다. 곤의 나
이 불과 이십 대 초반이었다. 뱃속에서부터 무공을 연마했다 해도 생
각도 하지 못할 이야기였다.

한참 만에 상충이 더듬거리며 물었다.

"자, 자네도 그럼, 허, 허공을 걸어다니고, 검강(劍罡) 같은 강기를
마음대로 내뻗고 그런다는 것인가……?"

“사람이 허공을 어떻게 걸어다녀요?”

곤이 도리어 눈을 크게 떴다.

“그리고 강기는 또 뭡니까?”

“가, 강기를 몰라?”

눈이 휘둥그레진 상충의 물음에 곤은 당연하다는 듯이 머리를 흔들었다.

더욱 어리둥절하고 아연해지는 두 사람이었다. 조화지경에 든 고수라면 허공을 걸어다니는 것은 다소 과장이 있다 하더라도 강기 정도는 어렵지 않게 발출할 수 있을 터였다. 현 강호의 최고 기인들인 신주십인 중에도 강기를 자유자재로 구사하는 사람이 여럿 있다고 들었으니까. 그런데 곤은 강기가 뭔지도 모른다고 말하고 있는 것이다. 두 사람은 혼란스럽기 그지없었다.

그러나 두 사람은 더 이상 그런 의문과 혼란을 곤을 상대로 풀 수가 없었다. 우가 형제가 벌써 식사를 준비해 탁자로 가져오고 있었기 때문이다. 둘 다 간밤에 시달린 탓인지 조금 해쓱한 얼굴이었다.

“앞으로 한나절이면 적산군도에 도착하겠습니다, 해신님!”

음식을 내려놓으며 우대가 말했다. 우이도 혀를 내두르며 거들었다.

“세상에서 우리 배보다 빨리 달린 배는 아직 없을 것입니다. 정말 무서운 속도이더군요. 저희가 속이 다 울렁거릴 정도였습니다. 으흐흐…….”

짐짓 몸을 부르르 떨어 보이는 우이였다. 곤이 미소 지었다.

“조금만 더 고생하면 됩니다.”

“아이고, 무슨 말씀을! 고생이라니요! 해신님에 비하면 저희들이야……!”

과장되게 손을 내저으며 말하던 우이가 갑자기 말을 멈추더니 멀리 바다를 두리번거렸다.

"그런데, 해신님이 안 보이는군요?"

이번의 해신은 고래를 일컫는 것이었다. 계속 배 앞에 있던 산이 어느 틈에 종적을 감추고 보이지 않았다. 곤이 다시 미소 지었다.

"산아도 먹어야지요."

"아……!"

우이가 탄성하며 고개를 끄덕였다.

식사는 해산물이 주종이었지만 풍성했다. 모두 시장한 터라 허겁지겁 달려들었다. 그런데 곤은 아니었다. 섬에서도 거의 식사를 하지 않았고, 어제저녁도 생각이 없다며 배로 건너오지도 않았었는데, 지금도 몇 점 집어 먹지 않아 일어서는 것이었다. 먹는 데 열중하던 사람들의 시선이 일제히 그에게로 몰렸다.

"아니, 왜……?"

위지무외의 말에 이어 우가 형제가 벌떡 일어나더니 잔뜩 죄스런 얼굴로 손을 비비며 말했다.

"저희 음식 솜씨가 입에 안 맞나 보군요. 제가 새로 해 올리겠습니다. 좋아하시는 것이 있으면 말씀해 주십시오."

"아니, 아닙니다."

곤이 손을 흔들며 말했다.

"계속 벽곡(辟穀)을 해온 탓입니다. 할아버지가 조금이라도 더 오래 사실까 해서 같이 해오다 보니……."

"아……!"

"얼마 전부터 익힌 음식에 습관을 들이려고 자주 먹어보는 중입니다만, 아직 익숙지가 않아 그러니 괘념치 마세요."

그러며 곤은 행낭에서 꽤 큰 목함을 꺼냈다. 그 속에는 밤톨만한 단환들이 가득 들어 있었다. 그는 그중 하나를 집어 입에 넣고 천천히 씹기 시작했다.

"이것 하나면 전 하루 종일 먹지 않아도 괜찮습니다."

웃으며 하는 그의 말에 모두 목함과 그의 입을 번갈아 쳐다볼 뿐이었다.

식사가 끝난 후 다시 질주에 들어간 배는 딱 한나절 후에 멈췄다. 멀리 점점이 뿌려진 것 같은 수십 개의 섬들이 아스라이 보일 때였다. 곤은 배로 돌아왔고 밧줄을 풀었다. 상충이 의아한 눈으로 물었다.

"왜? 더 가까이 가지 않고?"

그래 보여도 고래의 힘을 빌리지 않고 그냥 가자면 얼마나 먼 거리인지 이제는 아는 상충이었다.

그와 위지무외는 적교방과 부딪치는 것에 대해 아직도 불안하고 걱정스럽기는 마찬가지였지만 처음만큼은 아니었다. 미심쩍기는 하지만 어느 정도 곤의 능력을 믿는 마음이 생긴 것이다. 또 곤이 그들의 바램처럼 조화지경의 고수이든 아니든 간에 적어도 물에서는 그를 당할 사람이 없다는 것은 이제 철석같이 믿고 있었다. 고래의 힘만 빌려도 물에선 무적일 터였다. 그래서 놈들의 섬으로 올라가서 싸우지만 않으면 승산이 있다고 여기는 것이다.

"다 왔습니다. 여기 계십시오."

곤이 말했다. 그리고 앞을 가리켰다.

"그럴 일도 없겠지만, 혹시 무슨 일이 있어도 저놈들이 안전하게 지켜줄 것입니다."

산의 곁에 어느새 산보다는 작지만 집채만한 두 마리의 고래가 산과
같이 유영을 하고 있었다.

"무, 무슨 소린가……?"

눈이 휘둥그레진 상충이 말했다.

"서, 설마, 자네 혼자 가겠다는 것인가?"

"그럴 수 없네!"

위지무외도 격앙된 어조로 말했다.

"자넬 험지에 보내놓고 우리가 어찌 두 손 놓고 여기서 놀고 있을 수
있단 말인가! 같이 가세! 죽든 살든 예까지 온 이상 같이 가야 하네!"

곤은 웃으며 머리를 흔들었다.

"두 분까지 수고할 필요가 없습니다."

"여보게!"

상충이 다시 소리치며 말을 하려 했지만 말을 이을 수가 없었다. 곤
이 그보다 빨리 입을 열었던 것이다.

"여기가 안전합니다. 그리고 놈들의 섬 근처엔 해류가 빠르고 곳곳
에 산호암초가 산재해 있어 이 배로는 접근할 수도 없습니다."

"그건 해신님 말이 옳습죠."

우대였다. 그가 머리를 끄덕이며 곤의 말에 맞장구쳤다.

"원래 오봉도는 물길이 없기로 유명합죠. 어떻게 적교방 놈들이 물
길을 개척하고 둥지를 틀었는지는 모르겠지만, 그것 하나만으로도 천
연의 요새입죠. 우리 배로 오봉도에 접근한다는 것은 그야말로 자살
행위입죠. 가까이 가기도 전에 좌초되고 말 거입죠."

"그, 그런……!"

위지무외와 상충이 입을 벌린 채 더 말을 못하고 있을 때 곤은 몇 차

례 기성을 지르더니 훌쩍 물로 뛰어들었고 산의 등에 올랐다. 그리고 일행을 돌아보지도 않고 그대로 배를 끌고 올 때처럼 꼿꼿이 서서 물살을 가르며 떠나가는 것이었다.

"저, 저……!"

상충이 그 모습을 가리키며 소리를 냈지만 어찌할 방법이 없었다. 그와 위지무외가 허탈하고 어이없는 얼굴로 쳐다보는 사이 벌써 곤은 가물가물 사라져 가고 있었다. 돌연 위지무외가 우가 형제에게 고개를 돌리며 소리쳤다.

"따라가세!"

"예에?"

우가 형제의 눈이 둥그래졌다. 위지무외가 재촉했다.

"어서 돛을 올리게! 물길이 험하지 않은 곳까지라도 따라가세!"

"그, 그것이…… 괜히 방해만 되는 게 아닐깝쇼……?"

"그게 무슨 소린가!"

우대의 미적거리는 말에 상충이 호통을 쳤다.

"자네들은 저 아이가 걱정도 되지 않는단 말인가? 힘이 되든, 되지 않든 가까이 있어야겠네! 어서 가세!"

"저희도 그러고야 싶습니다만, 해신님 명인데……!"

우이가 울상을 하고 말했다.

"그리고 저 고래들이 가만히 있을까요?"

"지금 중요한 게 뭔지 모르겠나?"

상충이 미간을 외락 좁히며 소리쳤다.

"또, 고래야 일단 가보면 알 일이 아닌가! 우리를 보호하라고 했겠지, 설마 이 자리에서 꼼짝도 못하게 막으란 소리야 했겠나?"

상충의 말대로였다. 배가 움직이기 시작하자 고래들은 좌우에서 호위하듯 따라올 뿐 다른 행동은 취하지 않았다.

한 시진도 되지 않아 곤은 오봉도 앞 반 리 정도 거리에 모습을 드러냈다.

오봉도는 적산군도에서도 최남단에 위치해 있었다. 우가 형제의 배가 있는 곳과는 적어도 배로 반나절 거리는 되었다. 곤은 이미 위지무외와 상충이 어떤 행동을 할지 추측하고 있었다. 그래서 그곳에 떼어놓은 것이다. 아마도 일이 끝날 때쯤에야 오봉도 가까이 올 수 있을 터였다.

"……."

곤은 물 위로 머리만 내어놓은 채 가만히 오봉도를 응시했다.

오봉도는 가운데 섬을 기점으로 다른 네 개가 사방 대칭되게 오십여 장 정도의 비슷한 거리를 두고 모여 있었다. 일부러 그렇게 만들려 해도 쉽지 않을 형태였다. 그중 적교방의 본거지는 오봉도의 가운데 섬이었다. 그렇지만 다른 섬에도 초소를 세워 경계를 게을리 하지 않는다고 들었기 때문에 곤은 멀리서부터 산을 떼어놓고 혼자 진입하고 있는 것이다. 산의 큰 덩치가 놈들의 이목을 끌까 해서였다.

"……!"

문득 곤의 눈에 이채가 스쳐 가더니 고개를 돌렸다.

멀리 기성을 토하며 돌고래 한 마리가 빠른 속도로 다가오고 있었다. 곤은 곧 물속으로 잠수했고 돌고래만큼 빠른 속도로 물속을 유영하기 시작했다. 그런 그의 입에서도 물속임에도 불구하고 고래들이 지르는 기성이 흘러나오고 있었다. 오래잖아 둘은 중간 지점에서 만났고 물속에서 수십 번의 기성을 교환했다. 그리고 돌고래는 다시 돌아갔다.

돌고래는 이 인근 유역에 사는 놈으로 산이 소식을 전하러 보내온 놈이었다. 돌고래가 전해준 것은 적교방 배들의 최근 움직임이었다. 그리고 다른 것도 있었다. 적산군도의 다른 한 섬에 은밀히 배 한 척이 정박해 있다는 것, 그리고 거기서 쪽배가 하나 내려졌고 한 사람이 타고 오봉도 중앙 섬으로 진입했다는 것, 그것이 대략 한 시진 전이라는 것 등이었다.

곤은 이내 다시 움직이기 시작했다.

머리를 물 밖으로 내어놓은 상태였지만 물고기가 유영하는 것만큼이나 속도가 빨랐다. 갑자기 빨라지는 해류도 그에겐 지장을 주지 못했다. 원래 그는 가까운 오봉도의 북쪽 섬부터 들러 초소를 제거하고 그곳에서 가운데 섬을 살핀 후 행동할 예정이었다. 하지만 고래로부터 소식을 들은 이제는 아니었다. 그는 곧장 가운데의 섬을 향해 가고 있었다. 그런데 북쪽 외곽의 섬을 막 지나던 때였다.

"……!"

곤이 문득 모든 행동을 정지하고 멈추는 것이었다. 가운데 섬에서 벌어지는 뜻밖의 일을 목격했기 때문이다.

적교방의 본거지인 가운데 섬은 일반적으로 사람들이 섬 하면 떠올리는 그런 섬이 아니었다. 큰 나무 한 그루 찾아볼 수 없이 약간의 키 작은 초목만이 듬성듬성 바위틈을 비집고 자랄 뿐인 온통 바위투성이 작은 섬에 불과했다. 하지만 사방이 나는 새도 넘나들기 힘든 수백 장의 깎아지른 절벽으로 둘러싸여 있는 천험의 요새였다. 물에서 섬으로 오르는 길도 오직 하나밖에 없었다. 북동쪽 절벽 아래 커다랗게 움푹 파여 들어간 곳이 그것이었다. 그곳에 두 척의 배가 감춰져 있고 배가 대어져 있는 곳으로부터 꼬불꼬불 절벽을 오르는 좁고 가파른 계단이 마련되어 있었다.

일은 그곳에서 벌어지고 있었다. 무슨 일인지 수십 명의 사람들이 한꺼번에 계단으로 몰려 내려오고 있었고, 얼마나 다급한지 서로 밀고 당기느라 간혹 발을 삐끗한 자들이 바다로 추락할 정도였다.

"아악!"

긴 비명을 지르며 또 한 사람이 추락하고 있었다.

파도 소리가 높았지만 곤은 그런 것에 구애받지 않고 듣고자 하는 것을 들을 수 있는 사람이었다. 그는 사람들이 몰려 계단을 내려오며 빨리빨리, 하는 외침과 연신 토하는 억눌린 신음 소리까지도 들을 수 있었다.

먼저 내려온 자들은 벌써 배에 올라 서둘러 배를 움직였다. 그러자 더한 아비규환이 벌어졌다. 절벽을 채 내려오지도 않아서 배로 뛰어내리는 자들이 태반이었고, 무사히 배에 내렸지만 충격을 이기지 못해 다리가 부러진 듯 주저앉으며 비명을 지르는 자들부터 기다리라고 고함을 지르며 높은 무공을 과시하듯 다른 자들을 밟고 날듯이 내려오는 자까지 말이 아니었다.

먼저 움직이기 시작한 한 척이 부두라고 할 수 있는 움푹 파인 곳을 빠져나오기 시작했다. 너무 빨리 움직이는 바람에 거우 이십여 명이나 탔을까 말까였다. 뒤처진 자들의 같이 가자는 절규가 메아리쳤지만 그들은 뒤도 돌아보지 않았다. 곧 남은 한 척에 사람들이 몰렸고 그것도 부랴부랴 움직이기 시작했다. 그 배에도 제때 타지 못한 자들은 그대로 바다에 뛰어들어 헤엄쳐 배를 뒤쫓았다. 다행히 절벽에서 한참을 벗어나지 않고는 돛을 펼 수 없는 탓에 속도가 느렸고 그래서 재빠른 자들은 배에 오를 수 있었다.

그러나 그렇게도 못할 정도로 처진 자들이 여럿이었다. 그들은 발을 동동 구르며 절규했다. 공포 어린 눈으로 연신 계단 쪽을 뒤돌아보면서. 그리고 어느 순간 그들은 계단이 시작되는 절벽 위쪽에 시선을 고정시킨 채 사색이 되었다.

"으으……!"

그들을 이렇게 급박하도록 내몬 공포가 나타난 것이다. 사람이었다. 그것도 단 한 사람. 손에 갈 지(之) 자를 적당히 펴놓은 것 같은 보기만 해도 오금이 저리는 은빛 찬란한 도를 들고 머리에 관을 쓴 화려한 금포인(錦袍人)이었다. 그는 절벽 위에 모습을 드러냈다 싶은 순간 어느새 수백 장의 가파른 계단을 한달음에 내려와 배를 타지 못한 자들 앞에 섰다.

남은 자들의 반응은 각양각색으로 나타났다.

"흐으으……!"

공포를 주체 못해 온몸을 사시나무 떨듯 떨며 신음을 흘리며 주저앉는 자.

"으악!"

비명을 지르며 아예 바다로 뛰어드는 자.

"으아아아!"

그리고 광기 어린 모습으로 비명보다 더 처절한 기합성(?)을 내지르며 되려 금포인을 향해 칼을 들고 달려든 유일한 한 사람.

그러나 그들 모두는 금포인의 도가 빛을 뿜으며 마치 번갯불 같은 형상으로 휘둘러지는 찰나 이미 이승 사람이 아니었다. 보기에도 무서워 보이는 금포인의 도는 단순히 그 도의 위용만이 아니었다. 휘둘러지는 순간, 천공을 가로지르는 뇌전(雷電)처럼 심혼을 흔드는 우렛소리가 울렸고 일 장여에 달하는 번개 형상의 광망이 도 끝에서 발산되었다. 도의 극의(極意)를 깨닫고 정점에 이르러야만 발휘할 수 있다는 도강(刀罡)이었다. 그것도 가장 무섭다는 뇌정도강(雷霆刀罡)이었다. 그것에 닿는 것은 무엇이든 형체가 남아나지 않았다. 정말 한순간에 번개가 쓸고 지나가는 듯했다.

그리고 그것은 천하에 오직 한 사람만이 시전할 수 있는 것이었다.

"으아악! 광룡(狂龍)이다!"

"빨리! 빨리!"

아우성은 배에서 터져 나왔다. 부두의 광경을 바로 눈앞에서 목도한 뒤에 출발한 배가 더욱 심했다. 그렇지만 벌써 부두에서 이십여 장을 벗어나고 있었고 이제 돛을 펴는 중이었다. 그런데도 그들은 안심하기는커녕 미친 것처럼 소리 지르며 아우성을 치고 있었다.

그럴 만도 한 것이 상대는 천하제일을 다투는 무서운 사람이었기 때문이다.

신비와 공포의 대명사 뇌정궁(雷霆宮)의 주인. 무림 사상 초유의 뇌정도강을 발출하는 뇌정도법(雷霆刀法)의 창시자. 애병 뇌정도(雷霆刀)를 뽑아 들었다 하면 웬만해선 상대를 살려두는 법이 없는 잔혹한 손속을 지닌 신주십인의 일 인. 보통 광룡이라 부르는 뇌도광룡(雷刀狂龍). 바로 그 사람이었던 것이다.

일수에 부두를 쓸어버린 광룡은 자신을 바라보며 아우성치는 자들에게 호응이라도 하듯 서슴없이 그들의 배를 향해 몸을 날렸다. 그러나 무려 이십여 장이었다. 인간의 몸으로 단번에 배로 날아간다는 것은 불가능했다.

역시나 가볍게 솟아올랐던 그도 십여 장 정도에서 힘이 빠진 듯 바다로 떨어져 내렸다. 배에서 환호성이 터져 나왔다. 천하의 광룡도 이젠 어쩌지 못한다는 환호성이었다. 그러나 환호성은 금세 비명으로 바뀌었다. 떨어져 내리던 광룡이 유연한 몸놀림으로 물을 차더니 다시 솟구치는 것이었다. 잠자리가 물을 찍듯 난다는 절정신법 청정점수(蜻蜓點水)였다.

곧 광룡은 배 위로 떨어져 내렸고 다시 한 번 은은한 천둥 소리를 동반한 번갯불이 배 곳곳을 누볐다. 오래지 않아 사람은 물론이고 돛을 비롯해 갑판 위로 솟아 있던 대부분의 것들이 초토화되었다. 도저히 인간의 손으로 펼쳐졌다고는 믿어지지 않는 가공스럽고 무지막지한 손속이었다.

“……!”

그리고 광룡의 시선이 먼저 떠난 배로 향했다.

그것은 벌써 오봉도를 거의 벗어나 그가 타고 있는 배에서 삼사십 장은 족히 멀어져 있었다. 청정점수를 연속 서너 번은 펼쳐야 할 거리였다. 광룡은 미간을 찌푸렸다. 아무리 그라도 두 번 이상은 무리였던 것이다. 그러나 곧 그는 방법을 찾아냈다. 판자 조각 몇 개를 주워 든 것이다. 판자 조각을 디딤돌로 이용한다면 공력의 소모 없이 훨씬 먼 거리를 건널 수 있을 터였다.

“……?”

그런데 막 몸을 날리려던 그가 돌연 의혹의 눈길로 배를 쳐다보며 움직임을 멈추었다. 빠르게 나아가던 배가 갑자기 크게 기우뚱하며 돌더니 멈추는 것을 보았기 때문이다. 그것도 돛이 부러지고 선체를 반대로 틀면서. 그리고 또 오래잖아 그는 배가 다시 섬으로 되돌아오는 것을 보았다.

광룡은 판자 조각을 내려놓고 기다렸다. 굳이 원인 따윈 생각하지 않았다. 그는 해야 한다고 마음먹으면 반드시 하는 사람이었고 자신이 해야 할 바 외에는 조금도 신경 쓰지 않는 사람이었다.

삼십 장, 이십 장, 점점 다가온 배가 십 장 정도에 이르렀다. 광룡이 기다리던 거리였다. 그는 망설임없이 번갯불 형상의 도를 번뜩이며 그대로 몸을 날렸다.

곤은 웬 자가 번갯불 같은 도로 부두의 사람들을 도륙하는 놀라운 광경을 구경하느라 움직일 생각도 않고 있었다. 그런데 그사이 먼저 출발한 해적들의 배가 어느새 그가 있는 곳까지 도달하고 있었다. 그제야 곤은 자신이 뭘 하려던 참인지 깨달았고 움직였다. 어쨌든 놈들이 탄 배를 그대로 보낼 수는 없었다.

적교방의 배는 며칠 간의 가까운 거리라면 몇백 명은 태우고 항해할 수 있는 제법 큰 것이었다. 돛을 한껏 펼친 채 빠르게 물살을 가르는 그것을 향해 곤은 정면으로 나아갔다. 곧 배와 충돌할 것 같은 순간 곤은 몸을 뽑아 올렸다. 족히 몇 장은 될 높이를 유령 같은 몸놀림으로 날아오른 그는 선두 최상단 난간에 몸을 세웠다.

"누, 누구냐!"

"이건 또 뭐야!"

광룡을 돌아보느라 모두가 뒤를 살피는 가운데 암초를 피하기 위해 앞을 볼 수밖에 없었던 몇몇 돛을 조종하던 놈들이 곤을 발견하고 소리쳤다. 그제야 다른 자들도 눈치 채고 돌아볼 그때였다.

곤은 마치 장난처럼 제자리뜀뛰기를 하는 동작으로 두 발을 굴렀다.
순간, 기가 막히게도 그 큰 배가 기우뚱하며 곤이 선 선두 부분이 거의
물에 잠길 듯이 내려앉고 선미가 번쩍 치켜들리며 옆으로 도는 것이
아닌가. 빠른 속도로 나아가던 배가 갑자기 그런 상태로 제동이 걸렸
다고 상상해 보라.

제일 먼저 바람을 잔뜩 머금었던 돛이 순간적인 힘을 이기지 못해
꽈드득, 하며 부러져 나갔다. 다음으로 갑판의 고정되지 않고 놓여진
물건들이 미친 듯이 날았고 굴렀다. 사람도 예외는 아니었다.

"끄아악!"

"사, 사람 살려!"

온갖 비명들 속에 배는 다시 수평을 회복했다. 그런데 이치대로라면
한쪽으로 기울어졌었으니 당연히 반대 편으로 어느 정도 기울고 다시
그 반대로 되고 하는 수순을 밟으며 시간이 걸려야 정상일 텐데 그렇
지 않았다. 배는 단번에 언제 그랬냐는 듯이 그대로 멈춰 섰다. 아니,
제동이 걸릴 때 선미가 원을 그리며 옆으로 돌아, 올 때와 정반대로 선
두가 가운데 섬을 향하며 선 것이었다. 모두가 곤이 발을 한번 구름으
로 일어난 일이었다.

"누, 누구십니까?"

선미가 번쩍 치켜들리는 바람에 물건들과 함께 선두로 날아와 처박
힌 자들 중 털보장한이 물건들을 헤치고 엉금엉금 기어나오며 사색이
된 얼굴로 물었다.

곤이 반문했다.

"당신이 우두머리입니까?"

짐작하지 못해서 물은 건 아니었다. 다른 자들은 정신을 잃었거나

아직도 정신을 차리지 못하고 신음만 흘리는 상황에서 제일 먼저 정신을 수습한 것도 그랬고, 꽤 괜찮은 복색과 칼을 차고 있는 것으로 보아도 이자가 높은 자리에 있는 자임은 틀림없을 터였다. 그러나 확인해서 나쁠 것은 없었다.

"대, 대방주를 찾으십니까?"

털보장한은 곤이 서 있는 난간 쪽으로 기어와서는 아예 무릎을 꿇고 앉아 애절한 눈으로 곤을 올려다보며 말했다.

천하가 인정할 정도로 질기고 독하기로 소문난 적교방답지 않은 모습이었다. 그러나 그것은 그럴 수밖에 없었다. 이미 광룡에 의해 놀랄 만큼 놀란 새가슴이었다. 자신들이 자랑하던 독종이니 뭐니 하는 것이 얼마나 무의미한 것인지 광룡은 끔찍하도록 똑똑히 보여주었던 것이다. 그리고 비록 눈앞의 사람은 얼굴도 동안이고 생글생글 미소마저 띠고 있지만, 그가 보기엔 광룡보다 더하면 더했지 못하지 않은 사람이었다. 한술 더 떠 인간인지가 의심스러울 정도였다. 인간이 어떻게 배를 겨우 발 한번 굴러 이 지경으로 만들 수 있단 말인가. 그러니 애초에 다른 생각은 할 수가 없었다.

털보장한은 곤이 아무 말 않고 보고만 있자 눈치를 살피며 주절주절 이야기를 늘어놓았다.

"저, 적교(赤鮫) 대방주는 물론이고, 독교(毒鮫) 이방주도 없습니다. 그들은 장강수채와의 일 때문에 주산군도의 분채(分寨)에 갔습니다. 어, 어제 떠났으니 아무래도 여러 날 후에나 돌아올 것입니다……."

"당신의 지위는 무엇입니까?"

"저, 저는……."

털보장한은 머뭇거리며 곤의 눈치를 살폈다.

곤은 여전히 웃고 있었다. 그의 웃음은 소리를 내지도 그리 크게 입매를 일그러뜨리지도 않지만 언제나 보는 사람으로 하여금 환하고 편안한 느낌을 주는 것이었다. 그러나 지금 이 순간, 적어도 털보장한에게는 아니었다. 그는 그의 미소를 보는 순간 황급히 머리를 조아렸고 말했다.

"제, 제가 삼방주이기는 합니다만, 시, 실권은 방주 형제가 다 가지고 있습니다. 제가 할 수 있는 거라곤 수하들보다 고기 몇 점 더 먹는 것 정도밖에."

"해경도(海鯨島)를 알지요?"

곤이 털보장한의 말을 자르며 물었다. 털보장한이 고개를 들어 어리둥절한 눈으로 쳐다보며 반문했다.

"해, 해경도요……?"

"그럼 녹도는 아나요?"

곤이 다시 묻자 이번엔 털보장한이 반색을 하며 대답했다.

"알고말고요! 요동 반도 끝에 있는 제법 큰 섬이 아닙니까!"

"한 달 전쯤, 그리로 간 사람이 누굽니까?"

"하, 한 달 전이면……."

장한이 잠시 말을 흐리며 기억을 더듬었다. 그러다 탄성을 뱉어냈다.

"아! 그때라면 독교 방주가 갔습니다! 고려 쪽으로 나갔다가 그쪽으로 돌아 배신자를 처단하고 왔다고 한 적이 있습니다. 예! 틀림없습니다!"

곤의 얼굴에 웃음이 짙어졌다.

"그때 같이 나갔던 사람들 중 지금 여기 있는 자가 있습니까?"

"도, 독교 방주의 수하들은 거의가 주산군도로 따라가고……."

털보장한이 말을 흐리며 뒤를 돌아보았다.

그의 뒤엔 그제야 정신을 차리고 짐들을 헤치고 나온 수하들이 역시 그와 마찬가지로 무릎을 꿇고 앉아 있었다. 그중 하나가 털보장한이 돌아본 뜻을 알고는 재빨리 머리를 조아리며 말했다.

"방(方) 소두목이 있었는데…… 섬에서 빠져나오지는 못했을 것입니다……."

얼른 말을 꺼내놓고는 말을 하다 보니 그자가 섬을 빠져나오지 못한 것이 제 죄라도 되는 양 갈수록 목소리가 기어 들어가 끝에는 들리지도 않을 정도였다.

곤의 시선이 그자를 향했다.

"부두에서 죽은 자들 중에 있습니까?"

"그, 그렇진 않을 것입니다. 방 소두목은 이번에 독교 이방주의 전각을 지키는 임무를 맡은지라 움직이지 못했을 것입니다. 워낙 이방주 성질이 사나워 소홀히 했다가는……."

"아직 섬에 남아 있다는 이야기인가요?"

곤의 물음에 그자는 슬그머니 시선을 내리깔았다.

"나, 남아 있긴 하겠지만……."

"살아 있기는 힘들 것입니다."

털보장한이 힐끔 이젠 정면에 자리한 광룡이 있는 배를 곁눈질하며 낮게 덧붙였다.

광룡이 탄 배는 물에 떠 있다 뿐이지 이미 배의 형상을 하고 있지 않았다. 섬에서도 그랬다. 갑자기 하늘에서 떨어지듯 불쑥 나타난 광룡은 불문곡직 살아 움직이는 것은 그것이 무엇이든 도부터 휘둘렀다.

그런데 그런 그의 칼을 피해 과연 섬에 살아남은 사람이 있을 수 있을까 하는 것은 너무도 회의적이었던 것이다.

"어쨌든 섬으로 갑시다."

곤이 말했다. 장한을 비롯한 모두의 눈이 휘둥그레졌다.

곤은 그런 그들을 여전히 웃음을 물고 하나하나 쳐다볼 뿐 재촉은 않았다. 그러나 장한과 그 수하들은 이내 조타를 잡고 배를 움직이기 시작했다. 그들이 본 곤의 웃음은 어떤 재촉이나 명령보다도 무서웠던 것이다.

돛이 없어 느리기는 했지만 배는 나아갔다.

곤은 여전히 위태해 보이는 난간에 서서 점점 다가오는 섬을 보고 있었다. 그 직선상에서 조금 비껴나 광룡이 타고 있는 배가 돛도 사람도 없이 맴돌고 있었다. 광룡은 무심히 도를 늘어뜨린 채 곤이 탄 배를 쳐다보고 있었다. 비록 꽤 거리가 있었지만 곤은 광룡이 선명하게 보였다.

광룡은 특이하게도 관을 쓰고 있었다. 황족들이 쓰는 것처럼 크고 화려한 것은 아니나 나름대로 고귀하고 풍모가 있는 붕황관(鵬凰冠)이었다. 그리고 역팔자로 치솟은 검미와 붕황관 아래 보이는 머리칼이 모두 은빛이었다. 얼굴도 준수하기 그지없었다. 그런데 기이한 것은 그 얼굴이 은빛 눈썹과 어울려 어찌 보면 이삼십 대로도 보이고 또 어찌 보면 오륙십 대로도 보인다는 점이었다. 또 그런 얼굴에 서린 냉막함이 침착한 태도와 어울려 저절로 위엄과 경외를 불러일으키고 있었다. 정말 어디 한 군데 평범한 구석이라고는 찾아볼 수 없는 모습이었다.

"저 사람이 누구지요?"

돌아보지도 않고 하는 곤의 물음에 그때까지 그대로 꿇어앉아 있던 털보장한이 조금 황당하단 얼굴로 반문했다.

"과, 광룡을 모르십니까?"

"광룡이 누굽니까?"

"예에?"

털보장한의 눈이 더할 수 없이 커졌다.

그는 곤도 신주십인의 하나쯤 되고 광룡과 같이 온 사람이라고 생각하고 있었다. 그렇지 않고서야 이 같은 고수들이 일 년 가야 다른 배 한 척 구경하기 힘든 이런 벽지에 한날한시에 나타날 리가 없었던 것이다. 그런데 두 사람은 전혀 모르는 사이인데다 곤은 또 세상에 모르는 사람이 없을 광룡을 누구냐고 묻고 있는 것이었으니.

"뇌도광룡(雷刀狂龍) 진천하(震天下)의 광룡을 정말 모르신다는 말입니까……?"

"뇌도광룡 진천하?"

곤이 장한의 말을 되뇌었다. 그리고 이내 머리를 끄덕였다.

"과연 그 말이 어울리는 인물이군요."

"……!"

장한은 하도 어이가 없어 입을 벌린 채 멍하니 곤의 뒤통수를 쳐다볼 뿐이었다. 곤이 말했다.

"말해 보세요."

"예?"

"저 사람에 대해 아는 대로 이야기해 보란 말입니다."

"과, 광룡은, 으헉!"

말을 하려던 장한이 갑자기 경악성을 토하며 두 팔로 머리를 감싸고

냅다 바닥에 머리를 처박았다. 이미 두 배가 가까이 접근했고 광룡이 번개가 일렁이는 도를 휘두르며 이쪽 배로 날아오는 것을 본 탓이다.

곤도 그것을 보고 있었다. 그러나 그는 별 동요하는 기색이 없었다.

우르르, 하는 뇌성과 함께 광룡의 도가 곧바로 곤의 몸을 쓸어왔다. 광룡의 몸은 아직 이 장이나 떨어진 허공에 있는데 도강이 먼저 덮치는 것이다. 순간 곤의 몸이 마치 누가 위에서 잡아당기기라도 하듯이 스르르 솟구쳤고 때맞춰 뇌정도의 가공할 도강을 발 밑으로 흘려보냈다. 그리고 다시 제자리에 사뿐히 내려섰다.

"너는 누구냐?"

동시에 곤과 조금 떨어진 난간에 안착한 광룡이 눈을 빛내며 물었다. 뇌전 같은 눈이었다. 곤은 미소 지었다.

"당신은 누굽니까?"

"……!"

광룡의 검미가 꿈틀했고 다음 순간 그의 뇌정도가 다시 사나운 기세로 불을 뿜듯 뿜어져 나왔다. 말은 그 다음이었다.

"염왕에게나 물어보거라!"

"그러죠. 하지만 당신보다는 나중에!"

웃음을 머금고 대꾸하는 곤이었다. 그리고 이번엔 그도 피하고 있지만은 않았다. 그는 교아소도를 빼 들었고 뇌정도를 마주쳐 갔다.

뇌정도는 가공스러웠다. 눈도 뜨기 힘들 정도의 빛나는 도강이 일 장도 넘게 쭉, 뻗어 나오며 곤은 물론이고 사방을 찢어발길 듯한 기세였다. 반면, 교아소도는 그 흔한 기세 하나 일으키지 못하고 단지 빠르기에서만 뒤지지 않을 뿐인 암청색 칼날 그대로였다. 누가 봐도 무모하기 그지없어 보이는 부딪침이었다. 그러나 최초의 부딪침에 이어 연속적으로 격돌이 이어져도 곤은 조금도 전권에서 물러서지 않았고 교아소도도 멀쩡했다. 겉보기엔 뇌전의 그림자가 두 사람은 물론이고 사방을 온통 뒤덮고 있었지만 곤은 조금도 손해를 보지 않고 있었다. 놀라운 일이었다. 아무리 해저묵철이라도 도강에 견딜 수는 없었다. 하물며 그것이 천하에 못 자르는 것이 없다는 뇌정도강임에야.

그리고 묘하게도 짧은 순간 수십 합의 교전이 이루어졌음에도 병기가 부딪치는 소리조차 없었다.

그것은 보기엔 정면에서 부딪치는 것 같았지만 결코 그렇지 않았기 때문이다. 강하면 강한 대로 빠르면 빠른 대로 대응해 결코 정면충돌하는 법 없이 교아소도를 도강에 붙이고 끌고 흘리고 해서 곤은 상대의 예봉을 무력화시켰고 다음에 공격까지 이어가고 있었다.

곤은 물이고 바람이었다.

물을 향해 무엇인가를 던져 보라. 수면에 닿기 전까지 아무리 힘과 속도가 있었더라도 수면을 통과하는 순간 그 힘과 속력 거의 전부가 사라지는 것과 같은 원리로 그는 움직이고 있었다. 또 교묘한 시간의 안배와 상대보다 빠른 손놀림이 있었다. 부드러운 천으로 강하기 그지없는 쇠공을 받아내듯이 탄력과 미세한 물러섬을 이용해 상대보다 훨씬 적은 공력으로 상대의 강하기 그지없는 공격을 전부 막아내는 것이다.

물론 그렇다고 해서 곤이 유리하고 광룡이 밀린다는 이야기는 아니었다. 둘 다 전력을 다하고 있는 것도 아니었고. 접전의 묘에서 곤이 조금 득을 본다는 것뿐이지 전세를 장악하거나 밀어붙이지는 못했다. 굳이 말하자면 곤의 그런 묘법(妙法)에 광룡의 월등한 힘과 기세가 어울려 팽팽한 국면을 형성하고 있었다. 그리고 보면 둘은 모든 것이 정반대였다. 무공도 기질도 심지어 무기의 길이까지도.

"……!"

갑자기 광룡이 우뚝 멈춰 섰다. 뇌정도도 거두어 바닥으로 늘어뜨린 채였다. 그런 그의 눈은 이채를 띠고 곤을 바라보고 있었다.

그는 이해할 수가 없어 손을 멈춘 것이었다. 뇌정도법은 천지간에 가장 강하고 빠르다는 뇌전을 형상화시킨 것이었다. 그것은 또 무엇이든 자르고 파괴하는 힘이었고 한 번도 자신의 기대를 저버린 적이 없었다. 그런데 교아소도와 부딪치기만 하면 알 수 없는 끈끈한 힘이 작용해 결국은 맥을 못 추고 물러서야 했다. 그리고 병기가 부딪치면 당연히 병기를 통해 상대에 대한 감각이 전해져 와야 할 텐데 마치 허깨비를 상대하는 것처럼 아무 감각도 느낄 수가 없었다. 거기다 상대의 무기와 부딪칠 때마다 그로부터 미세하고 기묘한 떨림이 전해져 왔다. 그것은 어떻게 해도 떨굴 수가 없었고 결국 그것이 공력을 흩트리고 집중할 수 없게 만드는 것이었다.

"도대체 이것은 무슨 공부냐?"

결국 광룡은 물었다.

"어째서 뇌정도가 그 작은 도를 단번에 가르지 못하고, 오히려 내가 공력의 집중에 방해를 받는 것이지?"

"물을 생각해 보십시오."

곤이 미소를 물고 대답했다. 광룡은 잠시 곤을 빤히 쳐다보았다. 그리고 이내 눈을 빛내며 말했다.

"전사(轉徙)란 말이구나!"

전사는 이화접목(移花接木)이니 사양발천근(四兩發千斤)이니 하는 공부들의 정점에 있는 기법이었고 경지였다. 그러나 그것은 단순히 부드러움과 시기 적절함의 적은 힘으로 상대의 힘을 이용해 물리친다는 그런 것에 그치는 것이 아니었다. 광룡이 당했듯이 접촉하는 순간 상대의 힘을 그 힘을 이용해 교묘히 무너뜨릴 뿐만 아니라 또 그것을 파고들어 끊임없이 상대를 흔들어 종내는 자신도 모르게 두 눈 빤히 뜨고 제압당할 수밖에 없게 만드는 것이 진정한 전사의 무서움이었다.

조금 전의 격돌에서 만약 광룡이 아닌 다른 고수였다면 몇 합 지나지 않아 볼썽사나운 꼴을 보였을 터였다.

"아니야."

그러나 광룡은 이내 그것을 부정했다.

"전사 하나만으로 신주십인의 반열에 오른 백설행노(百舌行老)와도 손을 섞어봤지만 이런 것이 아니었어. 네 동작들엔 전사와는 또 다른 것이 있어."

"전사라고요?"

곤이 고개를 갸웃하며 말했다.

"나는 전사가 뭔지 모릅니다. 배운 적도 없고. 나는 다만 물 이야기를 했을 뿐입니다."

곤의 담담한 말에 광룡의 눈에 차가운 광채가 스쳐 갔다. 자신을 놀리나 해서였다. 그러나 그는 곧 그것이 아님을 알았다. 웃고 있지만 곤의 눈빛이 진지한 것을 보았기 때문이다.

잠시 광룡은 곤을 응시했다. 그러다 불쑥 물었다.

"누구에게 배웠느냐?"

곤은 서슴없이 대답했다.

"물에서요. 어릴 때 할아버지께도 조금 배웠고."

"할아버지가 누구냐?"

“말하기 싫습니다.”

“……!”

광룡의 검미가 날카롭게 솟았다. 그는 자신 앞에서 이렇게 분명히 거부하는 자를 본 적이 없었다. 또한 그런 일이 생기는 것을 용서한 사람도 아니었다.

그러나 그는 발작하지 않았다. 수십 년 강호를 횡행해도 맛보지 못했던 승부에 대한 불안을 느끼는 것도 그랬지만 그것보다는 왠지 이상하게도 점점 눈앞의 청년이 마음에 들었기 때문이다. 광룡으로선 누군가에게 생전 처음으로 가져 보는 호감이었다. 그런 사람을 만난 적도 그런 생각을 한 적도 없었다. 그렇지 않다면 사람들이 그를 천하제일오(天下第一傲)라 부르지도 않았을 터였다. 어쨌든 그것은 자신이 생각해도 이상한 일이었다. 이런 벽지에서 아무런 상관도 없는, 그것도 새파란 젊은이에게서 괜찮은 기분을 느끼다니.

그래서 그는 발작하는 대신 등에 진 넓은 도갑(刀匣)을 끌러 내려 뇌정도를 넣었다. 그의 도갑은 일반의 것과 달리 매우 컸다. 뇌정도 자체가 공간을 많이 차지하는 탓도 있지만 그러고도 빈 공간이 남을 정도였다. 곤은 이미 그전에 교아소도를 갈무리한 상태였다.

도를 갈무리하고 도갑을 다시 등에 진 광룡이 입을 열었다.

“네 이름도 말하기 싫으냐?”

“곤입니다.”

“곤이라…… 좋은 이름이군.”

곤을 되뇌며 광룡은 머리를 끄덕였다. 그리고 다시 물었다.

“성은?”

“성이자 이름입니다.”

광룡의 눈가에 뜻밖이란 이채가 스쳐 갔지만 일순간이었고 이내 머리를 끄덕이는 것이었다. 그리고 말했다.

"나는 천악(天岳)이다."

"어울리는 이름이군요."

곤의 말에 광룡의 냉막하기 짝이 없던 얼굴에 한줄기 입매의 일그러짐 같은 것이 지나갔다. 도저히 웃음이라고 봐주기 힘든 것이었지만 그것은 광룡이 지금까지 지어본 것 중 가장 큰 미소였다. 그리고 싸늘하기만 했던 얼굴에 그 미소가 자리하자 본래의 준수한 모습과 어울려 정말 아름다울 정도였다.

아마 그를 아는 사람들이 이곳에 있어 그의 이런 모습을 본다면 기절초풍할 터였다.

원래 광룡은 천하에서 제일 오만한 사람으로, 그리고 멋대가리없는 냉막한 하나의 표정밖에 없는 사람으로 더 유명한 인물이었다. 그와 어느 정도 친분을 쌓고 있는 사람들은 말할 것도 없고 뇌정궁의 인물들조차 그의 표정이 바뀌는 경우는 단 한 가지밖에 없다고 공공연히 말할 정도였다. 물론 그 한 가지 경우란 손을 쓰기 전에 짓는 검미를 치켜 올리는 그것이었다. 그런데 그런 사람이 지금 곤에게 미소를 보이고 있는 것이다. 물론 그것이 어떤 의미이며, 광룡을 아는 사람들은 물론이고 광룡 자신에게 있어서도 얼마나 큰 사건인지 알 리 없는 곤이었지만.

광룡이 다시 물었다.

"내 나이가 얼마로 보이느냐?"

"한 갑자는 충분히 넘으셨을 듯합니다만."

뭣 때문에 자꾸 쓸데없는 것을 묻느냐고 한마디 할 법도 하건만 곤은 별 거리낌 없이 대답하고 있었다. 그런데 그는 광룡에 대해 들은 것도 본 것도 오늘이 처음이면서도 단번에 그의 연배를 맞추고 있었다.

"잘 봤군."

광룡이 머리를 끄덕였다.

"내 나이 올해로 꼭 예순여덟이다. 그런데 너는 이십 대 초반을 넘지 않았을 듯한데, 그런가?"

"맞아요."

"놀랍군."

광룡은 놀랍다고 말하면서도 전혀 놀라는 표정이 아니었다. 정말 웬만해선 표정 변화가 없는 그였다.

"내가 네 나이 땐 어떻게 하면 강해질 수 있을까 하는 것밖에 생각이 없었는데, 너는 벌써 나와 같은 경지에 있군. 자격이 있어."

"……?"

곤의 눈가에 의문이 떠올랐다. 자격이라니?

그런데 광룡은 곤이 말을 꺼내기도 전에 또 다른 말을 하고 있었다. 이번엔 정색을 하고서였다.

"먼저, 저놈들에 대한 이야기부터 하자."

말을 끊으며 그가 가리킨 것은 배 한쪽 구석에 모여 잔뜩 웅크리고 앉아 떨고 있는 해적들이었다.

"나는 저놈들을 용서할 수 없다. 부운도(浮雲島)라고, 내가 매년 여름마다 찾는 곳이 있다. 산동(山東) 해변에서 좀 떨어진 조용하고 아름다운 섬이지. 그런데 이번에 들렀더니 엉망진창이었어. 섬사람들을 죽인 것도 모자라 내 별원까지 깡그리 불 태웠더란 말이야. 저놈들 짓이라고 하더군."

"……!"

곤은 그가 말하는 뜻을 깨달았다. 아무 표정도 없이 담담하게 말하고 있지만 그가 자신을 오해하고 있고 그래서 양보를 바라고 있다는 것을. 그것이 자신을 두려워하거나 손을 섞기가 겁나서가 아니라 순전히 호의를 가지고 있기 때문이라는 것도 알 수 있었다. 그러나 곤은 사실을 말할 기회가 없었다. 광룡이 말을 이었기 때문이다.

"너와 내가 전력으로 부딪치면 어떻게 될까? 아마 모르긴 몰라도 쉽게 승부를 내지는 못할 것이다. 끝내는 양패구상이 되기 십상일 게고. 그렇지?"

"그럴 것입니다."

곤은 선선히 시인했다. 틀린 말이 아니었기 때문이다. 광룡이 다시 말을 이었다.

"그렇다면, 저런 하찮은 것들 때문에 우리가 싸울 필요가 있겠나? 네가 굳이 목숨 걸고 보호해야 할 이유가 있다면 몰라도."

곤은 미소를 떠올리며 머리를 흔들었다.

"잘못 말씀하셨습니다."

"……?"

"싸움을 건 것도 내가 아니고, 내가 저놈들을 보호한 적도 없습니다. 나는 다만 내 자신을 방어했을 뿐입니다."

"……!"

광룡은 흠칫한 기색으로 곤을 바라보았다. 사실 따지고 보면 전부 자신이 지레짐작으로 저지른 일이었다.

"그렇군. 내가 급한 탓이었군."

순순히 시인하는 광룡이었다. 물론 얼굴 표정까지 그렇지는 않았다. 광룡답게 그는 조금도 잘못한 사람의 얼굴을 하고 있지 않았다. 그저 한쪽 입 끝이 구분하기 힘들 정도로 말려 올라가는 정도의, 그것도 일시간의 변화를 보였을 뿐이었다.

그러나 이것은 또 그를 아는 사람들이 보았다면 더욱 놀랄 일이었다. 그것은 아직 그가 한 번도 해본 적 없고 해보지 않은 미안함의 표현이고 잘못의 시인이었기 때문이다. 그는 자신이 저지른 짓에 대해서 그것이 아무리 잘못된 일이라도 단 한 번도 남에게 그것을 시인하거나 그런 표정도 지어본 적 없는 사람이었다. 그럴 필요가 없었고 그런 경우가 생긴다 해도 무표정하게 외면해 버리거나 아예 뇌정도로 말을 해 왔기 때문이었다.

그런데 그 자신이 생각해도 이상할 정도로 그는 지금 순순히 자신의 잘못을 시인하고 있었다. 그것뿐이 아니었다. 그가 일 년 내 하는 말보다 오늘 더 많은 말을 하고 있었다. 더구나 이토록 부드러운 대화는 아마 그 평생에 처음일 터였다.

"그런데 왜?"

변함없는 냉막한 표정으로 광룡이 물었다.

"저놈들과 관계도 없으면서 무엇 때문에 이곳까지 오고, 나를 막았느냐?"

"관계가 없다고는 안 했습니다."

"……!"

광룡의 검미가 꿈틀, 하고 치켜 올라갔다.

"아까는 분명 저놈들과 상관없다고 들었다."

"보호하지 않는다고 했을 뿐입니다."

말하며 곤은 계속 미소를 물고 있었다. 그는 눈앞의 젊은(?) 노인이 매우 재미있다고 생각하고 있었다. 그래서 자꾸 말꼬리를 모호하게 하는 것이었고 진정으로 웃음을 물고 있는 것이었다.

곤은 자신이 기억하기 시작한 후부터 지금까지 접해본 사람이래야 손으로 꼽을 정도였고 그것도 거의가 평범한 사람이었다. 누군가와 길게 이야기를 나눈다고 해봐야 할아버지와 고래가 전부였다. 그런데 난생처음으로 대화할 만한 사람을 만난 것이다. 자신이 터득한 물의 무리(武理)에 버금가는 수위의 무예에 보통 사람들과는 전혀 다른 행동 양식을 보이는 광룡을. 호기심과 친근감이 생기는 것은 어쩌면 당연한 일인지도 몰랐다.

"보호하지 않는 것과 상관하지 않는 것이 무엇이 다르지?"

광룡의 검미가 더욱 치솟았다. 허튼소리라도 나오면 당장 다시 뇌정도를 들이멜 태세였다. 곤이 말했다.

"나도 받을 빚이 있거든요."

광룡이 어리둥절한 눈을 했다.

"빚……?"

"목숨 빚이죠. 내게 가장 소중했던."

곤은 더욱 환하게 웃으며 말했다.

광룡은 흠칫했다. 참으로 환한 웃음 속에서 반대로 완벽하게 정지되어 있는 눈동자를 본 것이다. 그것은 그조차 온 전신이 스멀거릴 정도로 기묘한 살기였고 전율이었다. 그것으로 광룡은 곤의 심정이 어떤지 얼마나 중요한 사람이었는지 여러 말 필요없이 알 수 있었다. 광룡이 말했다.

"할아버지인가?"

"……!"

곤의 얼굴에 순간적으로 웃음이 가셨다. 광룡은 머리를 끄덕였다.

"나는 여기서 손을 떼겠다. 나머진 네 몫……."

구석에서 어쩔 줄 모르는 해적들을 일별하며 말하던 광룡이 문득 말 끝을 흐렸다. 가만히 생각해 보니 자신이 다 해치우고 남은 자들이래야 그들뿐이었던 것이다.

"애석하군. 그런 줄 알았으면 좀 남겨두는 건데. 섬은 내가 집 한 채, 개미새끼 한 마리 남겨두지 않았거든."

말과는 달리 전혀 애석해하지 않는 광룡의 표정에 곤은 미소를 떠올렸다.

"염려 마십시오. 다른 놈들이 있습니다."

광룡의 눈가에 이채가 스쳐 갔다.

"다른 놈들?"

"다행히 오늘 섬에 붙어 있지 않은 놈들이지요. 원흉이기도 한."

"……!"

광룡의 눈에 아차 하는 빛이 떠올랐다. 그는 이제야 그 사실을 안 것이다. 보이는 족족 적교방을 쳐 죽였을 뿐 그들로부터 어떤 말을 듣지도 듣기를 원하지도 않았었기 때문이다. 곤이 웃으며 말했다.

"말씀하신 것을 뒤집지는 않겠지요?"

"물론."

뒤늦게 놈들이 더 있다는 것을 알고 아쉬운 마음이 드는 것도 사실이었지만, 그렇다고 말을 번복할 광룡은 아니었다. 더구나 모처럼 마음에 드는 상대에게 양보하는 것이고, 또 놈들의 최후가 어떠할지 능히 짐작할 수 있기에 더욱 그랬다.

“네 말대로 정말 다행이군. 잘됐어.”

광룡은 진심이었다. 곤도 그것을 알았다. 두 사람은 잠시 서로를 쳐다보며 말없이 서 있었다. 잔잔한 해풍이 두 사람을 쓸고 지나갔다.

제3장
노호(怒虎)

노호(怒虎)

문득 광룡이 고개를 들어 하늘을 쳐다보았다. 그리고 밑도 끝도 없이 불쑥 물었다.

"형제가 있나?"

잠시 의아한 빛을 떠올렸지만 곤은 이내 대답했다.

"없습니다."

"다른 혈육은?"

"없습니다. 유일하게 계시던 한 분도 그분이 원하시던 곳으로 가셨고요."

"……!"

잠시 하늘을 응시한 자세 그대로 가만히 있던 광룡이 고개를 바로해 곤을 똑바로 쳐다보며 말했다.

"느껴본 적 있나?"

“……?”

“사람이 너무 높이 오르다 보면 외롭다는 거. 어느 날 문득 홀로 하늘만 바라보는 자신을 발견했을 때의 그 말로 표현할 수 없는 적막감을. 그것은 혈육이 없다는 것과는 또 달라. 너는 아직 젊어 어떨지 모르겠다만, 아니, 그래도 아마 한두 번은 경험했을 거야. 너나 나 정도 올라오려면 그걸 겪지 않을 재간이 없으니까.”

“……!”

“그런데 그 시간이 점점 길어지고, 배운 공부만큼 성질도 혼자라서 타인과 사귀지 못하는 사람일수록 유독 더하지. 정말 지겨울 정도로. 너무 지겹고 권태로워 오히려 시간이 지날수록 더욱 괴팍해지고 사나워지는…….”

“손자라도 되어달란 말씀입니까?”

곤이 불쑥 반문했다. 이 냉막하기만 한 위인이 왜 장황하게 말을 언급하는지 알 것 같았기 때문이다. 그 역시 같은 느낌이었고 그냥 헤어지기에는 아쉬움을 느끼고 있었다. 그러나 자신과는 조손뻘이었다. 그렇다고 다시 할아버지를 만들고 싶은 생각은 전혀 없었다. 할아버지는 한 분이면 족했다.

“나도 천지간에 혼자다.”

잠시 곤을 보고 있던 광룡이 말했다.

“그러나 손자를 얻고 싶은 생각은 없다. 내 모습 어딜 봐서 네 할아버지뻘로 보인단 말이냐? 그리고 너와 나 사이에 쓸데없이 시간을 더 보냈다는 햇수의 차이 외에 무슨 다른 점이 있단 말이냐? 이미 똑같이 정점에 도달해 있는 것을.”

“……?”

"내 아우가 되라."

"예?"

곤의 눈이 휘둥그레졌다.

그런 제의를 하면서도 너무 무감동하고 냉막한 표정에 놀라서가 아니었다. 이미 상대가 얼마나 무뚝뚝하고 재미없는 사람인지 느끼고 있는 곤이었다. 그가 놀란 것은 설마 이렇게까지 직선적이고 파격적인 제안을 할 줄은 몰랐기 때문이었다. 손자도, 아들도 아닌 아우라니.

광룡이 다그쳤다.

"싫단 말이냐?"

곤은 얼른 손을 내저었다.

"그럴 리야 있겠습니까. 하지만 아무래도 그것은."

"그럼 됐다."

더 말할 것도 없다는 듯 곤의 말을 자르며 광룡이 말했다.

"이제부터 우리는 형제다. 내가 형이고 네가 아우다."

"……!"

순간 곤은 뭉클한 무엇이 가슴에 치밀어 오르는 것을 느꼈다.

그것은 할아버지 이외의 사람에게서는 한 번도 느껴보지 못했던 감정이었다. 정을 주지 못했든 줄 대상이 없었든, 스스로 마음을 닫았든 간에 그런 사람이 한번 마음을 터놓으면 진정일 수밖에 없는 것이다. 곤도 광룡도 그런 범주에 속하는 사람들이었다. 그래서 광룡 역시 평소엔 꿈도 꾸지 않을 언행을 장황하게 늘어놓았던 것이고, 곤 역시 아무 거리낌 없이 묻는 대로 대답했던 것이다.

하지만 둘은 이런 감격적이고 뭔가 뜨거운 것이 넘쳐흘러야 할 격정적인 순간에도 가만히 서로를 보고 있을 따름이었다. 곤이야 너무 뜻밖이고 워낙 연배 차이가 나니까 그렇다 쳐도, 반강제적이다시피 해서 자신이 원했던 아우가 생겼는데도 광룡의 냉막한 표정은 여전했다. 한 치의 어떤 격동도 찾아볼 수가 없었다. 그러나 마주 보는 둘은 이미 서로의 마음을 잘 알고 있었다.

광룡이 불쑥 말했다.

"신곤(神鯤)이 좋겠군."

"……?"

"내가 부를 네 이름이다."

"아……!"

곤은 탄성했다. 그리고 머리를 끄덕였다. 그도 그 이름이 싫지 않은 것이다. 그리고 또, 이러니저러니 말을 않지만 그것이 자신을 아우로 맞이한 데 대한 광룡의 선물이며, 실상은 그가 얼마나 기뻐하고 있는지를 보여주는 것임을 알기 때문이었다.

가만히 곤을 보고 있던 광룡의 입가에 예의 미소 같지도 않은 미소가 다시 걸렸다.

"너는 곤, 나는 용, 이제부터 강호는 곤룡(鯤龍)이 있음을 알게 될 것이다."

"반드시 그럴 것입니다."

곤도 빙그레 미소 지었다. 그사이 배는 벌써 섬에 닿고 있었다.

"가자."

섬의 정상을 가리키며 광룡이 말했다.

"형제의 의를 맺었으니 먼저 천지신명께 고해야지. 정식으로 제단을 갖추어 알리는 것은 후일 내 뇌정궁에 와서 하기로 하고, 오늘은 우선 간단히 가장 중요한 의식만 치르기로 하자. 이 섬의 꼭대기에서 천지지신 앞에 맹세의 서약이나 맺어두는 것이다. 가자!"

그리고 곧바로 몸을 돌려 아직도 오 장어나 남은 바다를 건너뛸 태세였다. 곤이 말했다.

"먼저 가십시오."

"……?"

의아한 광룡의 시선이 곤에게로 건너왔다.

곤이 웃으며 해적들을 가리켰다. 그제야 광룡은 머리를 끄덕였고 이내 몸을 날렸다. 광룡의 신형이 부두에 닿고 날듯이 계단 위로 사라지는 것을 지켜본 곤은 그제야 갑판으로 내려섰다. 그리고 해적들을 손짓해 불렀다.

"모두 이리 오십시오."

곤의 말이 끝나자마자 해적들은 부리나케 곤의 앞에 질서정연하게 꿇어앉았다. 꼭 무언가 폭력을 휘두르고 겁을 주어야만 공포를 느끼는 것은 아니다. 오히려 그런 것보다는 무언의 공포가 더욱 가슴을 짓누르는 경우가 많다. 곤의 말이 아무리 부드럽고 경어일지라도 해적들의 가슴엔 이미 공포로 각인되어 있었다. 그래서 감히 선실 어딘가에 몰래 숨어 있을 영악한 생각을 해낸 자도 없었다. 하기야 그렇게 한다고 곤이 그것을 모를 리도 없겠지만.

"당신들에게 두 가지 길이 있습니다."

침도 삼키지 못할 정도로 해적들이 조용히 귀를 기울이는 가운데 곤이 말했다.

"하나는 무공을 폐하고 이 섬에 남는 것이고, 다른 하나는 이 자리에서 내게 사혈을 짚이는 것입니다."

"……!"

해적들의 얼굴이 사색이 되었다.

둘 다 최악이었던 것이다. 사혈이 짚이면 당연히 죽을 것이고, 무공이 폐지된 채 섬에 남아봐야 그보다 나은 게 없었다. 곤이 배를 남겨둘 리 없을 것이고, 적교방에서도 몇몇 사람 외에는 아는 이가 없다는 물길을 헤쳐 이곳까지 올 다른 배도 없을 터이니 어찌어찌 살아남는다 해도 죽는 것보다 못한 처지일 것이 뻔했다.

곤은 여유를 주지 않고 물었다.

"어떤 것을 택하겠습니까?"

"대, 대협! 제발, 한 번만 살려주십시오!"

"살려주십시오……!"

한 명이 용기를 내어 엎드려 통곡하듯 사정하자 해적들은 일제히 따라서 울며 사정하기 시작했다. 삽시간에 배는 울음바다가 되었다. 그러나 그들을 지켜보는 곤의 얼굴은 조금도 변화가 없었다. 그는 조용히 입을 열었다.

"모두 사혈을 짚이는 것으로 택한 것입니까?"

낮았지만 그의 음성은 그 통곡성 속에서도 선명하게 해적들의 귀로 전달되었다.

해적들은 일제히 입을 닫고 곤을 올려다보았다. 그런 그들을 향해 곤이 성큼 한 걸음 내디뎠다. 순간 해적들은 마치 그렇게 하기로 약속이나 한 것처럼 동시에 울부짖듯 소리쳤다.

"아, 아닙니다! 으흑……!"

"섬에 남는 쪽을 택하겠습니다……!"

곤은 삼방주 하나를 남기고 다른 자들의 무공을 모두 폐지시켰다. 그리고 배가 섬에 닿자 모두에게 먼저 내리게 했다. 공력이 전폐되어 해적들은 흐느적거리며 간신히 부두에 내려섰다. 그들이 다 내린 후 곤은 다시 선두의 난간에 훌쩍 올라섰고 배를 세울 때처럼 발을 굴렀다.

"허억……!"

"저, 저럴 수가……!"

혼이 달아난 얼굴로 해적들이 탄성을 내지르며 입을 벌렸다. 심지어 자신도 모르게 그대로 바닥에 털썩 주저앉는 자도 있었다.

경이로운 광경이 벌어지고 있었다. 곤이 발을 구르는 순간, 통나무를 깎아 바닷물도 새어들지 못하도록 튼튼하기 그지없게 만들어진 큰 배가 산산이 해체되고 있었던 것이다. 폭파되거나 부서지는 것이 아니었다. 수많은 구슬을 꿴 목걸이를 들고는 그것의 연결 매체인 실을 끊은 것처럼 배를 구성하고 있던 나뭇조각 하나하나가 이음매에서 흐트러져 한순간에 해체되어 수면 위로 떨어져 내리고 있었다.

해적들의 눈에 곤은 더 이상 인간이 아니었다. 그들은 곤에게 달려들지 않고 고분고분했던 자신들의 결정이 얼마나 똑똑한 짓이었는지 다시 한 번 절감하고 있었다.

발을 구른 후 곤은 곧바로 몸을 날렸다. 그리고 그가 부두의 지면에 안착했을 때 배는 완전히 분해되어 나뭇조각으로 혹은 가라앉고 혹은 바다를 덮으며 물결을 따라 일렁였다.

"그동안 저지른 죄를 속죄하며 살기 바랍니다."

해적들에게 말한 곤은 곧 삼방주의 뒷덜미를 잡고 날듯이 계단을 오르기 시작했다. 바람이 흐르듯 유연하고도 빠른 신법이었다. 뒷덜미가 잡힌 삼방주는 공력이 남아 있음에도 조금도 어떤 반항의 몸짓을 하려들지 않았다. 그래서 그는 곤의 뒤에 매달려 마치 두건이 바람에 날리듯 지면과 수평으로 몸이 허공에 뜬 채 끌려갔다.

사방이 절벽인 섬은 가운데가 조금 들어간 분지 형태였다. 온통 바위와 돌투성이인 분지 곳곳에 꽤 거창했을 몇몇 거각(巨閣)들과 많은 집들이 형체만 남긴 채 잔해로 널브러져 있었다. 광룡의 솜씨일 터였다.

광룡은 섬에서 제일 높은 북쪽 절벽 위에서 곤을 기다리고 있었다. 곤은 절벽 바로 아래에 삼방주의 혈을 짚어두고 위로 올랐다. 절벽 위는 두세 장의 그래도 제법 평평한 자리가 있었다.

"……!"

그 가장자리에 안착한 곤의 눈에 언뜻 이채가 스쳐 가더니 곧 입가에 미소를 떠올렸다. 절벽 중앙에 자리가 펴져 있고 술병과 잔이 놓여 있는 것을 본 탓이다. 아마도 광룡이 해적들의 집을 뒤져 찾아낸 것일 터였다. 그것은 겉으로는 전혀 그렇게 보이지 않지만 광룡이 의외로 섬세하고 사려가 깊은 일면이 있음을 보여주는 것이었다.

"꿇어앉아라."

광룡이 말했다. 곤이 의아한 얼굴로 쳐다보자 그는 다시 말했다.

"북쪽 하늘을 향해 꿇어앉아라."

곤은 그와 같이 했다. 그러자 광룡은 잔에 술을 따라 북천(北天)에 뿌리는 것이었다. 말없이 세 번을 뿌린 그도 곤의 곁에 단정하게 꿇어앉았다. 그리고 북천을 향해 두 손을 벌리며 말했다.

"천지신명 앞에 아룁니다. 지금 이 시각부터 신곤과 광룡은 형제의 의를 맺사옵니다. 굽어살피시어 앞길을 인도해 주옵소서. 아울러 이 맹약에 어긋남이 있을 시는 스스로 지옥의 유황불 속으로 뛰어들 것이며, 만인의 손가락질을 받으며 죽어갈 것임을 맹세하옵니다."

말을 마친 그는 곤에게 눈짓을 했다.

곤은 그것이 무슨 뜻인지 알았고 그가 한 대로 따라했다. 이윽고 곤도 말을 마치자 둘은 천지신명에 대한 대례를 올렸다. 그리고 광룡의 지시에 따라 둘은 마주 앉았고 한 잔의 술을 나누어 마셨다.

"되었다."

광룡이 말했다.

"이것으로 우리는 형제다. 사람들에게 알리고 정식으로 선포하는 것은 후일 궁에서 하기로 하자. 네가 거추장스럽게 여긴다면 굳이 할 필요도 없겠고. 중요한 건 우리 두 사람이지 다른 인간들이 아니니까."

"형님께서 하자는 대로 하겠습니다."

곤의 말에 광룡은 예의 미소를 떠올렸고 머리를 끄덕였다. 그리고 힐끔 삼방주가 있는 곳에 눈길을 주며 물었다.

"저놈을 앞세워 놈들에게 갈 생각이냐?"

"할아버지의 거처에 발을 디뎠던 자들은 하나도 용서할 수 없습니다. 저자가 모두 확인시켜 줄 것입니다."

"자초지종을 듣자. 그리고 네 이야기도."

곤은 머뭇거리지 않고 이야기했다. 해적들에 관한 것과 자신이 기억하는 할아버지와 자신의 모든 이야기를. 그리고 천마표국에 관련된 앞으로의 예정도. 그리 많은 내용도 아닌 데다 곤은 간단간단하게 설명했고 광룡은 성격대로 묵묵히 듣기만 한 탓에 잠시 만에 이야기는 끝이 났다.

"금릉의 천마표국?"

다 듣고 난 광룡이 의아한 기색으로 말했다.

"그런 표국도 있었나? 어쨌든 은혜는 반드시 갚아야지. 원한도 물론 그래야 하고.”

“할아버지께서는 원한은 잊어도 은혜는 절대 잊지 말라고 말씀하셨지요.”

“그럴 분이지.”

“……!”

곤의 눈이 둥그래졌다.

“할아버지를 알고 계셨습니까?”

“무슨 말을 하는 거냐?”

광룡이 도리어 반문했다.

“나도 신주십인이라 불려진 지가 벌써 삼십 년이다. 그런 나보다도 훨씬 먼저 오르고 명성을 떨치신 분을 내가 모를까? 너무 떨어져 있어 만난 적이 없을 뿐.”

“할아버지가 신주십인이라고요?”

곤은 더욱 눈을 둥그렇게 떴다.

기실 곤은 해경도를 떠난 적도 무림에 대해 아는 것도 거의 없었다. 떠나 있어도 대부분 산과 보냈을 뿐 사람을 접촉한 적도 별로 없었다. 해경거인 역시 곤에게 그런 것들에 대해서는 그리 언급하지 않았다. 그는 곤의 성격과 실력을 잘 알고 있었기에 때가 되어 부딪치면 저절로 알아질 일을 굳이 선입견을 심어줄 생각이 없었던 것이다. 그러다 보니 자신의 강호에서의 명성이나 활약도 별반 말한 적이 없는 것이고.

그리고 사실 곤은 신주십인이 구체적으로 누구누구인지도 모르고 있었다. 신주십인이란 명칭도 단지 근년에 들어 할아버지의 병세가 나빠진 탓에 좋은 약이 없을까 하고 돌아다니다 우연히 만나거나 구해준 선원들이나 여행객들에게서 들은풍월에 불과할 뿐이었다. 물론 섬에 이주해 왔던 해적들도 한몫한 것은 틀림없고.

그러나 그들은 애초에 곤의 할아버지가 해경거인임을 알지도 못한 데다 그들 자신도 과연 진정한 신주십인이 정확히 누군지 모르는 사람들이었다. 또한 그들이 아는 강호 이야기래야 피상적이고 가공된 것이 대부분이기에 곤이 귀담아듣지도 않았던 것이다.

"말씀이 없으셨던 게로군."

대강 상황을 짐작하는 광룡이었다. 곤이 머리를 끄덕였다. 광룡이 말했다.

"하기야 그런 것에 무슨 의미가 있겠느냐. 그분께서는 너의 할아버지란 것만으로 충분하셨을 것을. 굳이 다른 이야기가 필요없으셨을 것이다."

"단지 조금 놀랐을 뿐입니다."

곤이 다시 미소를 물고 말했다.

사실 그보다 해경거인을 잘 아는 사람은 없는 것이다. 그러니 할아버지가 숨긴 것도 말하기 싫어서 알려주지 않은 것도 아니란 것을 이해하고도 남음이 있었다.

그때였다. 문득 광룡이 고개를 바다 쪽으로 돌리며 눈을 빛냈다. 멀리 북서쪽에서 나타난 배를 발견한 이유였다. 곤도 그것을 보고 있었다. 배는 이제 겨우 수평선에 모습을 드러낸 상태였다. 아무리 빨라도 여기까지 오려면 한 시진은 족히 걸릴 터였다. 곤이 말했다.

"제 일행입니다."

"그 천마표국인지 하는?"

"좋은 분들입니다."

광룡이 언뜻 눈살을 찌푸리는 것 같아 곤이 한 말이었다. 광룡의 시선이 곤에게 건너왔다.

"나도 같이 갈까?"

"예?"

반문하던 곤은 이내 웃으며 머리를 흔들었다.

"놈들을 응징하는 것은 제 손으로도 충분합니다. 그리고 형님도 기다리는 일행이 있지 않습니까."

"……!"

광룡의 시선이 흠칫 흔들렸다. 곤이 말을 이었다.

"알려고만 들면 물에서 제 이목을 피할 수 있는 것은 아무것도 없습니다. 쪽배를 이 섬의 서쪽 절벽 아래 은닉해 두고 형님은 절벽을 타고 올라오셨다는 것도 이미 알고 있습니다."

"그렇군. 이제 네가 수중제일인이지."

말하며 광룡은 머리를 끄덕였다. 곤도 미소를 지어 보였다. 문득 광룡이 등에 진 도갑을 내려 무릎에 올리며 말했다.

"이것만은 명심해라. 이제 너는 나의 형제다. 너는 비록 해경거인의 손자지만 나와 형제가 됨으로써 나와 같은 무림 최고 배분이 되었다. 어떤 자리에서든 당당하고 위신이 있어야 한다. 네가 누군가에게 허리를 굽힌다면 나까지 굽히는 것이 된다. 그러니 항상 그것을 잊지 말아야 할 것이다."

"잘 알겠습니다."

곤의 대답을 들으며 광룡은 도갑을 열었다. 그리고 뇌정도 밑에서 제법 굵고 묵직해 뵈는 묵빛 팔찌를 꺼내는 것이었다. 자세히 살펴야 보일 정도로 안쪽의 한곳에 작게 칠성(七星) 문양이 새겨진 것 외에는 어떤 다른 문양도 조각도 없는 투박해 보이기까지 한 팔찌였다. 그렇지만 기이한 한기(寒氣)와 은은한 묵빛 광택을 발하는 그것은 누가 보아도 예사로이 보아 넘길 수 없는 물건임에 틀림없었다.

광룡은 그것을 곤에게 내밀었다.

"받아라. 너를 만난 선물이다. 나와는 맞지 않으나 물건이 아까워 지니고 다니던 것이다. 칼을 맞대는 순간 바로 네가 주인임을 알았다. 그리고 내가 왜 그토록 애착을 버리지 못하고 지니고 다녔는지도. 어서 차보아라."

곤은 망설이지 않고 팔찌를 받았고 왼손을 끼워 넣었다. 그런데 너무 헐렁해 손을 내리면 흐를 것 같았다.

광룡이 말했다.

"안쪽의 칠성 문양이 있는 곳에 미세하게 균열이 간 부분이 있다. 그것을 손목의 혈에 올리고 공력을 끌어올려라."

곤은 그대로 했다.

순간 착, 하는 소리와 함께 팔찌가 축소되며 완벽한 감촉으로 손목을 감쌌다. 곤의 얼굴에 놀람이 스쳐 갔다. 팔찌의 작동 때문이기도 했지만, 팔찌가 손목과 합일되는 순간 팔찌로부터 은은하고 청량한 냉기가 흘러나와 본신의 기와 합류하는 것을 느꼈기 때문이었다.

광룡이 다시 말했다.

"너는 음류(陰流)의 공력을 익혔으니 나와는 달리 많은 도움이 될 것이다. 그리고 아까처럼 그곳에 다시 공력을 주입해 보아라. 아마 십 성 전력을 다해야 할 것이다."

곤은 시키는 대로 했다. 그러자 갑자기 창, 하는 맑은 음향과 더불어 얇디얇은 은백색 연검 한 자루가 곤의 손에 쥐어지는 것이었다. 그런데 놀란 곤이 엉겁결에 공력을 흩트리자 착, 하고 다시 팔찌로 되돌아오는 것이 아닌가.

"아……!"

곤은 탄성을 발하며 다시 공력을 주입했다.

팔찌는 다시 연검이 되었다. 검은 완전한 연검이 아니었지만 어느 연검보다 얇았고 그러면서도 강한 탄력이 있었다. 길이는 일반 검보다 조금 길었고 폭은 손가락 세 개를 겹친 정도로 협소한 편이었다. 하지만 은백색 검날은 투명하기까지 해 얼굴이 그대로 비춰질 정도였다. 그리고 검에서 사방을 엘 듯한 한기가 끊임없이 흘러나왔다. 그것은 곤의 내력과 어울려 상승 작용을 일으키고 검을 계속 펼치고 있어도 조금도 내력의 손상이 없도록 했다. 아니, 오히려 상쾌하고 내력이 더욱 충만해지는 느낌마저 들었다.

곤은 연검을 홀린 듯이 응시하며 말했다.

"정말 좋은 검입니다. 형님 말씀처럼 마치 저를 위해 만들어진 것 같고요."

"우연히 입수한 것이기에 그 내력은 나도 모른다. 다만 너처럼 음류의 내공을 익힌 사람이 아니면 사용할 수 없다는 것은 알았다. 양강의 내력으로는 검과 계속 충돌할 뿐이었으니까. 이름은 내가 지었다. 빙섬(氷閃)이다."

"빙섬……!"

곤이 탄성처럼 말했다.

"정말 어울리는 이름입니다."

그는 그러고도 빙섬에서 눈을 떼지 못하다가 한참 후에야 그것을 팔찌로 환원시켰다. 그리고 광룡을 보았다.

"고맙습니다, 형님."

“물건이 주인을 만난 것뿐이다.”

담담히 말하는 광룡이었다. 그런 광룡에게 미소를 보이던 곤이 문득 뭔가를 떠올린 얼굴로 눈을 깜빡였고 이내 자신의 행낭을 열었다. 그리고 주둥이가 묶여진 작은 주머니를 꺼냈고 광룡에게 내밀었다.

“형님의 선물에 비하면 보잘것없지만 제 마음입니다.”

잠시 곤을 쳐다보던 광룡이 이윽고 그것을 받았다. 뭘 바라고 한 선물이 아닌지라 망설였던 것이다. 그러나 원래 결의형제를 맺으면 선물을 주고받는 관습도 있는지라 다른 말 않고 받은 것이다.

“……!”

그런데 무심코 주머니를 열던 광룡의 눈에 놀라움이 스쳐 갔다.

주머니 속엔 두 알의 진주가 있었다. 그런데 보통 진주가 아니었다. 주머니를 열자 대낮인데도 다채롭고 황홀한 서기가 소스라쳐 오를 정도로 영롱하고 빛나는 물건이었다. 크기도 호두알만큼이나 컸다. 일궁의 주인인 광룡은 당연히 많은 보물을 가지고 있고, 또 그보다 더 많고 희귀한 것들을 구경해 본 사람이었다. 그렇지만 그는 아직 이렇게 크고 다채로운 빛깔의 빛나는 진주는 접해본 적이 없었다. 보물의 가치를 아는 광룡이었다. 그는 대번에 상인이라면 빙섬보다 이 진주들의 값어치를 훨씬 크게 매길 것이란 것을 알았다. 물론 무인이라면 어림없는 이야기겠지만.

곤이 말했다.

“십여 년 전, 유난히 크고 이상하게 생긴 조개에게서 얻은 것인데, 할아버지께서도 본 적이 없다면서 놀라워하셨습니다. 그래서 보관해 왔던 것이고요.”

“나도 본 적도 들은 적도 없다. 아마 값을 매기기 힘들 정도로 귀한 물건일 것이다.”

“다행입니다.”

곤이 환하게 웃었다.

그러나 광룡은 머리를 흔들었다. 그리고 주머니를 내밀며 뭐라 입을 떼려 했지만 그럴 여가가 없었다. 곤이 말을 이었기 때문이다.

“거절하지 마십시오.”

곤은 광룡이 무슨 말을 하려는지 짐작하고 있었던 것이다. 잠시 곤을 바라보던 광룡은 주머니를 갈무리했다. 마음만으로 충분하다고 생각하는 그였지만 곤이 이렇게까지 말하는데 굳이 거부할 이유는 없었던 것이다.

우가 형제의 배가 점점 오봉도에 접근하고 있었다. 곤도 광룡도 그것을 보고 있었다. 헤어져야 할 시간이었다. 두 사람은 묵묵히 몸을 일으켰다. 광룡이 말했다.

“긴 이야기는 다음에 하자. 너는 당분간 저들을 도와야 한다니 시간이 없을 테고. 궁으로 돌아갔다가 내가 다시 나오마. 금릉이라고 했지?”

“예. 하지만…….”

대답하며 곤이 말꼬리를 흐렸다. 광룡이 말했다.

“무슨 걱정 하는지 안다. 염려 마라. 금릉에 가면 너부터 만날 것이니.”

“……!”

곤이 미소 지었다. 그런 그를 향해 광룡은 머리를 끄덕여 보인 후 몸을 날렸다. 그리고 뒤도 돌아보지 않고 동쪽 절벽으로 가더니 아래로 사라졌다.

곤은 그가 쪽배를 몰고 바다로 나설 때까지도 그대로 선 채 보고 있었다.

*   *   *

"지금, 무슨 소리를 하는 거요?"

종잠(宗潛)은 퉁방울 같은 눈으로 상대를 노려보며 말했다.

그는 탁자를 사이에 두고 한 중년의 매부리코와 마주 앉아 있었다. 산해진미가 탁자 바닥이 보이지 않을 정도로 쌓여 있고 술도 잔 가득히 따라져 있다. 그러나 평상시라면 이게 웬 떡이냐고 달려들었을 종잠이 그것들은 거들떠보지도 않았다. 그는 이 자리에 앉는 순간부터 줄곧 상대만 응시하고 있었다. 그러나 상대는 달랐다. 그는 처음 한번 형식적으로 음식을 권해본 이외에는 계속 느긋한 손길로 이것저것 맛보고 술도 들이키는 중이었다.

종잠의 눈에 그것이 곱게 비칠 리 없었다. 하기야 따지자면 이곳으로 가라는 총채주(總寨主)의 명을 받았을 때부터 그리 좋은 기분은 아니었다. 다른 일로 멀리 민강(玫江)수채에 가 있는 사람을 부랴부랴 불러들인 것도 그랬고, 일개 방이라 하나 한갓 해적 나부랭이를 상대로 장강수로채(長江水路寨) 최고의 호한이며 총채의 현무전주(玄武殿主)인 자신이 와야 하는 것도 그랬다. 그런데 한술 더 떠서 자신을 협상 대상으로 지목해 놓고는 막상 자리한 적교방 이방주란 자가 안하무인의 행동으로 노골적으로 부아를 돋우고 있는 것이다.

그러나 종잠은 전에 없이 인내하고 있었다. 총채주가 신신당부한 말이 그의 발목을 잡고 있었기 때문이다.

"이번 협상은 매우 중요하네. 장강구의 경계가 달려 있어. 엉성하게 했다 간 지난해처럼 대사주(大沙州)를 은근슬쩍 제 집 안방처럼 드나드는 수가 있 단 말야. 휴우……! 놈들의 간곡한 부탁에 할 수 없이 응낙하긴 했지만 종 전 주를 보낼 생각을 하니 걱정부터 앞서는군……. 내가 걱정하는 건 자네 성미 야! 제발 잘하게! 욱하는 성미에 또 그놈의 도끼부터 꺼내 들지 말고! 그리고 협상이 끝나기 전엔 절대 술도 먹지 말고 말이야! 부탁이네!"

종잠의 별호는 노호(怒虎)였지만 새선풍(塞旋風)이라고도 불렸다. 수 호전(水滸傳)에 나오는 흑선풍(黑旋風) 이규의 화신 같았기 때문이다. 밤송이 수염에 철탑 같은 근육질의 우람한 몸도 그랬고, 제 덩치만큼 무식한 염라부(閻羅斧)와 그 부법(斧法)도 그랬다. 마시면 수십 통의 말 술이고 거기다 술에 취하면 어쩌다 한번씩 행패를 부리는 것도 똑같았 다. 다만 다른 것이 있다면 이규보다는 훨씬 머리가 좋다는 것 정도. 그러나 그것도 그의 무지막지한 용맹 앞에 드러날 일이 별로 없었다.

"그러니까, 이제 와 생각해 보니 나를 부른 게 잘못인 것 같다? 대사 주를 양보하던지, 총채주를 불러라? 이게 방금 전에 내가 들은 소리가 맞는 거요?"

조소를 노골적으로 드러내며 으르렁거리듯 말하는 종잠이었다.

하지만 적교방 이방주 독교는 그를 쳐다보지도 않았다. 그는 잔을 빙글빙글 돌리며 바깥에 시선을 주고 있을 따름이었다.

이들은 지금 적교방의 주선(主船)인 거대한 적교선(赤鮫船)의 갑판 위에 있었다. 배는 주산군도 섬들 사이 적교방의 근거지로 알려진 섬 앞에 정박해 있었다. 그리고 적교선의 왼편엔 종잠이 타고 온 수채의 그리 크진 않지만 날렵하게 생긴 배가 대어져 있고 오른편엔 좀 떨어져 적교선보다는 작지만 역시 적교방의 배 한 척이 정박하고 있었다. 그러나 워낙 많은 섬들이 다닥다닥 붙어 있는 곳인지라 이토록 큰 배들이 정박하고 있어도 바깥에서 보일 염려는 없었다.

섬의 까마득한 절벽 사이를 부산스럽게 나는 갈매기를 한가한 모습으로 바라보던 독교가 이윽고 시선을 종잠에게 돌리며 말을 꺼냈다.

"귀가 어두운 분은 아니라고 들었소만?"

"……!"

종잠은 하도 기가 막혀 일순간 대응도 못하고 멍하니 독교를 바라보았다.

'이, 이놈이 지금 나하고 농담이라도 하자는 건가……?

따지자면 장강수채를 이루고 있는 열여덟 대채(大寨) 중 그 어느 하나에도 비견될까 말까 한 적교방이었다. 그것도 앞에 앉은 자는 방주도 아닌 이방주였다. 다른 곳에서 만났다면 눈길 한 번 제대로 마주치지 못할 자였다. 그래서 종잠은 더욱 어이가 없었고 더욱 참아야 할 이유를 찾지 못했다. 이제 총채주의 당부 따위는 문제가 아니었다. 그러나 그는 자리를 박차고 일어설 수 없었다.

"전주……!"

미처 발작하기도 전에 종잠의 어깨에 얹혀지는 손이 있었던 것이다.

종잠을 돕도록 총채주가 붙여준 두 사람의 총채호법 중 하나인 음귀수(霪鬼叟)였다. 호법들은 종잠의 뒤에 적당히 거리를 두고 서 있었다. 기실 그들의 가장 큰 책무는 종잠의 발작을 막는 것이었고 재빨리 그 역할을 다하고 있는 것이다. 음귀수는 손을 얹어 종잠의 경각심을 일깨우고 다른 한 사람인 쇄비(鎖臂) 만균(萬鈞)은 그를 위해 미리 준비해

온 해갈주(解渴酒)를 행낭에서 꺼내 병째 종잠에게 건넸다.

원래 해갈주는 선원들이 선상에서 험한 노동을 할 때 담력을 높이거나 마음을 안정시킬 목적으로 사용하는 도수 낮은 술이었지만 종잠에게는 물 대용이었다. 특히 오늘처럼 술도 마실 수 없는 이런 자리에서 울화가 활활 타오를 때는 필수품이었다.

호로병에 담긴 한 근은 족히 나갈 해갈주를 빼앗듯이 받아 든 종잠은 입도 떼지 않고 일순간에 다 마셔 버렸다. 그러고서야 길게 숨을 내뿜었다. 그렇다고 이미 흉측하게 일그러진 그의 인상이 펴진 것은 아니었다. 더구나 마치 그런 종잠을 구경하듯 물끄러미 바라보고 있던 독교는 그가 호로병을 내려놓자 불에다 기름을 끼얹듯 한마디 더 던지는 것이었다.

"정말 이규가 다시 살아온 것 같소이다그려. 그런데 흑선풍은 큰 산돼지 한 마리를 통째로 먹은 적도 있다던데, 종 전주도 그렇게 해본 적이 있소?"

"너! 이놈!"

결국 종잠의 입에서 벽력성이 터져 나왔다. 그리고 벌떡 몸을 일으키며 음식이 가득 놓인 그 큰 탁자를 그대로 뒤집어엎었다. 그릇과 음식 파편이 사방으로 비산했지만 독교는 이미 제자리에 없었다. 예상하고 있었단 듯 그는 재빨리 멀찌감치 몸을 피한 것이다. 그의 뒤에 서 있던 다섯 명의 호위도 마찬가지였다.

"이, 쥐새끼 같은 놈이, 감히! 어디서! 이리 주시오!"

성난 멧돼지의 모습으로 씨근덕거리며 종잠이 돌아보지도 않고 뒤로 손을 내밀었다.

협상의 자리인지라 무기를 호법들에게 맡겨두었던 것이다. 그런데

잠시 시간이 흘러도 응당 전해져야 할 익숙한 염라부의 촉감이 없을
뿐만 아니라, 뭔가 반응이 있어야 할 독교조차 멀거니 자신을 보고만
있는 것이 아닌가.

"빨리 안 주고 뭐 하는……!"

성난 얼굴로 고개를 홱 돌리던 종잠은 말을 잇지 못했다. 두 호법들
이 이미 멀찌감치 삼 장 밖으로 물러서 있었기 때문이기도 했지만, 그
보다는 갑자기 치밀어 오르는 가슴의 통증 때문이었다.

"산공독(散功毒)……!"

가슴을 잡고 비틀거리다 다시 의자에 털썩 주저앉으며 종잠이 중얼
거렸다.

그리고 독교와 호법들을 번갈아 쳐다보는 그의 시선엔 경악과 함께
도저히 이해할 수 없다는 의문이 자리하고 있었다. 그는 이 배에 오른
후 적교방에서 내놓은 어떤 것도 입에 대지 않았다. 그런데 중독된 것
이다. 그렇다면 자신이 준비해 온 해갈주에 문제가 있었다는 말이었고,
그것은 두 호법이 장난을 쳤다는 말밖에 되지 않았다. 종잠은 그것을
믿을 수가 없었다.

"왜, 왜……?"

불을 뿜을 듯한 눈으로 그러나 여전히 의문을 담고 종잠은 다가오는
두 호법을 바라보았다. 만균과 음귀수는 천천히 종잠에게 걸어왔고 그
의 일 장 앞에 멈추었다. 그리고 음귀수가 싸늘한 목소리로 소리쳤다.

"종잠! 너는 망령되이 총채주의 분부를 잊고 네 성질을 이기지 못해
협상을 난장판으로 만든 바, 본 호법들이 보다 못해 너를 제압한 것이
다. 협상이 잘못되면 네 목을 치겠다고 총채주님께서 분명히 말씀하셨
거늘, 벌써 잊었단 말이냐!"

"……!"

종잠은 멍하니 입을 벌린 채 음귀수를 쳐다보았다.

'이, 무슨 자다가 남의 다리 긁는 소리란 말인가……?

사람이 너무 황당하고 기가 막히면 화도 내지 못하고 말도 나오지 않는 법이다. 그러나 음귀수는 종잠이 어떤 표정으로 자신을 쳐다보는지 아랑곳없이 독교를 향해 몸을 돌렸고 정중히 포권을 했다.

"정말 미안하외다. 본채의 어리석은 한 인물이 협상을 그르쳤으니 드릴 말씀이 없습니다. 이제 그 원흉을 제압해 귀 방에 넘기니 선처를 바랍니다."

"생각 같아선 협상이고 뭐고 다 때려치우고 싶은 마음이오만."

독교가 가볍게 답례하며 말했다.

"중상이긴 하나 본인은 다행히 목숨을 건졌고, 수하 몇 죽은 거야 어쩔 수 없는 일. 귀 채가 흉수를 잡아 이렇게 먼저 인도하니 오늘 일은 없었던 것으로 하겠소. 다만 다음 회합엔 좀 더 똑똑하고 유능한 인물을 보내시기 바라오."

"이방주의 아량에 감사드립니다."

음귀수는 다시 한 번 포권하고는 몸을 돌려 종잠을 응시했다.

종잠은 그때까지도 얼이 빠진 모습으로 멍하니 그들의 수작을 보고 있을 따름이었다. 음귀수의 눈 깊숙이 연민의 빛이 스쳐 갔지만 그것은 찰나였다. 염라부를 그의 곁에 던지며 음귀수가 말했다.

"종잠, 본시 우리 손으로 너를 처단해야 마땅하나 그동안의 공로를 생각해 네게 손을 대지는 않겠다. 부디 다음 세상에서는 좀 더 현명한 인물로 태어나길 빌겠다."

"으흐흐흐……."

갑자기 종잠이 음산한 웃음을 터트렸다. 그런 그의 눈은 이미 예전의 사나움을 회복하고 있었다. 그는 음귀수를 똑바로 노려보며 물었다.

"수룡(水龍), 그 개차반 때문이오?"

"……!"

음귀수가 흠칫하더니 말했다.

"너는 수채의 법에 따라 저들에게 건네지는 것이다."

"개소리!"

종잠이 버럭 소리 질렀다.

"내가 모를 줄 아나? 총채주의 혈육이란 이유만으로 그 개망나니를 후임으로 앉히려는 미친 짓이라는걸? 내가 반대하고 다니니까 눈엣가시 같았겠지! 애초에 생겨먹길 회유는 씨알도 안 먹힐 나니까 말야! 그래서 이렇게 얼토당토않은 짓거리를 꾸민 것이고!"

"우리는 아는 바 없다."

"흥! 날 죽인다고 그놈이 총채주에 오를 것 같아? 천만의 말씀! 장강수로십팔대채(長江水路十八大寨)와 그 예하의 수많은 소채들이 대번에 들고일어날 거야! 그들은 그 개망나니에게 자신들의 미래를 맡길 만큼 어리석지도 멍청하지도 않아! 결국 그렇게 되면 까딱 잘못하다간 장강은 다시 뿔뿔이 흩어져! 그럼 누가 득일까?"

말을 끊은 그는 여전히 음귀수를 노려보며 한 손으로 독교를 가리켰다.

"바로 저놈들이야! 우리가 혼란 되고 흩어지면 흩어질수록 호시탐탐 우리를 노리던 놈들에겐 이익이 생기니까 말야! 당신들은 그토록 장강에서 잔뼈가 굵어놓고 그걸 몰라? 겨우 서른아홉 해를 물에서 뒹군 나도 아는데! 오륙십 년씩이나 물밥을 먹은 당신들이?"

"호오……!"

탄성을 터트리며 끼어든 사람은 독교였다. 그는 종잠에게로 걸어오
며 말했다.

"듣던 것과는 달리 종 전주는 상당히 말을 잘 지껄이는군. 모르는
사람은 당신 말이 전부 옳은 줄 착각하겠어. 교묘해. 그러나 이간질도
상황을 봐가면서 해야지. 안 그래?"

"닥쳐! 네놈이 끼어들, 컥!"

노성을 지르던 종잠은 말을 맺지 못하고 신음과 함께 의자째 뒤로
나뒹굴었다. 독교의 발이 우두둑, 하고 소리 내며 그의 가슴에 꽂힌 것
이다. 아마도 갈비뼈 몇 대는 족히 나갔을 터였다.

"……!"

종잠이 신음을 지르는 순간 음귀수는 움찔했지만 그뿐이었다. 만균
의 경거망동하지 마라는 전음도 전음이었지만 이미 끝난 일이었다. 그
는 만균을 눈짓하며 말했다.

"우리는 이만 가보겠소이다."

"멀리 안 나가겠소이다. 살펴가시길."

독교의 포권을 받는 둥 마는 둥 그들은 수채의 배에 올랐고 곧 떠났
다. 어떻든 한솥밥을 먹던 사람이었다. 그런 그가 고통받는 모습을 직
접 보고 싶지는 않았던 것이다. 하물며 장강의 흑선풍이라 불리며 수
채는 물론이고 온 강호가 알아주던 호한이 아니던가.

그들이 떠나는 모습을 잠시 지켜보던 독교가 종잠의 곁으로 다가와
염라부를 집어 들더니 히죽히죽 웃으며 말했다.

"자, 이제 마음 놓고 놀아볼까, 흑선풍 나리!"

　그러나 가슴을 부여잡고 간신히 일어나 앉는 종잠의 얼굴은 의외로 담담했다. 배신에 대한 증오도 다가올 고통에 대한 공포도 없었다. 오히려 마주 웃으며 말하는 것이었다.

　"호랑이가 산에서 내려오니 개새끼까지 짖는다더니, 그 말이 딱 맞구나…… 컥!"

　종잠은 다시 뒹굴었다. 그러나 그는 기를 쓰고 다시 일어나 앉았다. 고통스러운 모습이었지만 눈빛이나 기세는 조금도 굴하는 빛이 없었다. 독교가 비웃음을 물고 염라부를 까딱이면서 말했다.

　"우선 네가 어떤 짓을 했는지부터 알려주는 게 순서겠지? 아니, 아예 저 사람들이 돌아가 보고할 내용을 가르쳐 주마. 너는 협상 중에 갑자기 나를 기습한 거야. 내 팔과 다리를 부러뜨리고, 그것도 모자라 갈비뼈조차 성한 곳이 없도록 만들었어. 그리고 말리는 내 수하를 다섯이나 죽였고, 흐흐흐, 네가 생각해도 죽을 짓을 했지? 이제 차례대로 그렇게 해줄 테니 즐겁게 감상하도록!"

　"몰랐군!"

　종잠은 짐짓 놀랍다는 얼굴로 천연덕스레 말했다.

　"네놈의 무공이 그렇게 높을 줄은 미처 몰랐어! 내가 기습을 했는데도 그 정도에서 그치다니 말야. 한 번의 도끼질도 감당 못할 놈이 너무 얼굴에 금칠을 하는 것 아니냐?"

　"흐흐흐."

　독교는 독사 같은 눈빛으로 징그러운 흉소를 흘렸다.

　"나를 격동시켜 단번에 가고 싶은 모양인데, 그렇게는 안 되지. 네놈이 그럴수록 고통의 시간만 길어질 뿐이야. 나는 오늘 흑선풍 멧돼지가 어디까지 망가져야 목숨이 끊어지나 천천히, 오래도록 감상할 참이

거든."

말과 함께 독교는 종잠에게로 다가왔다. 그리고 종잠의 한쪽 다리를 펴 발로 밟더니 도끼를 천천히 치켜들었다.

"자, 먼저, 네가 그토록 애지중지하던 이 도끼로, 네놈의 다리가 얼마나 튼튼한지 시험해 보자고. 이야기는 그 후에 다시 나누어도 늦지 않으니까 말야. 흐흐흐."

비릿한 흉소를 흘리며 독교가 치켜든 도끼를 막 내려치려는 순간이었다. 갑자기 콰앙, 하는 귀청을 찢는 소리와 함께 배가 기우뚱하며 사정없이 흔들리는 것이 아닌가. 무언가 강력한 힘이 배 밑창을 때리는 충격이었고 소리였다.

"어엇……!"

독교는 거센 진동에 경악성을 뱉어냈고 넘어지려는 몸을 간신히 추스르며 수하들에게 소리쳤다.

"무슨 일인지 알아봐! 빨리!"

"그럴 필요 없어요."

대답은 다른 데서 들려왔다.

선두 난간 쪽이었다. 언제 올라왔는지 그곳에 곤이 서 있었다. 온몸이 물에 젖어 거의 실신하다시피 늘어진 삼방주를 한 손으로 부축한 채였다. 그는 사람들의 놀란 시선이 자신에게로 쏠리자 환하게 미소를 지어 보였고 이내 갑판으로 내려섰다. 그리고 성큼 걸음을 옮겨 독교 앞으로 다가섰다.

"가봐야 소용없어요. 어차피 이제 이 배는 못 움직여요. 내가 밑에 큰 구멍을 뚫어놨거든요. 배가 커서 시간이 걸리기는 하겠지만 머잖아 가라앉을 거예요."

"미, 미친 소리……!"

얼빠진 듯한 얼굴로 독교가 자신도 모르게 더듬거리며 되받았다.

이 정도 큰 선체의 외부에 들어간 나무라면 두께만도 석 자가 넘었다. 거기다 바닷물에 찌고 말리고 하는 일을 반복한 것도 모자라 물이 스며들지 못하도록 특수한 기름까지 먹인 것이라 철벽이나 마찬가지였다. 그것을 무슨 수로 물속에서 구멍을 뚫는단 말인가. 그러나 배는 이미 미세하지만 조금씩 균형을 잃어가고 있었다.

"대, 대체 네놈은 누구냐?"

겨우 정신을 수습하며 독교가 물었다. 그러나 곤은 그를 보고 있지 않았다. 삼방주를 흔들어 깨우더니 그에게 물었다.

"저 사람입니까?"

"마, 맞습니다. 저, 저 사람이 독교입니다……."

힘들게 머리를 들며 삼방주가 대답했다. 완전히 탈진한 모습에 귀를 기울여야 간신히 알아들을 미약한 음성이었다. 그럴 만도 한 것이 그는 계속 그런 상태로 곤에게 끌려 다녔던 것이다. 더구나 조금 전엔 거의 반 시진이나 물속에 있어야 했다. 곤이 한번씩 어딘가 이상한 혈을 눌러 물을 토하게 하고 명맥을 유지시켜 주지 않았다면 벌써 용왕을 알현해도 몇 번은 했을 터였다.

"아니! 네가……!"

그제야 삼방주를 알아본 독교가 소리쳤다.

"어떻게 된 일이냐? 네가 여기를 어떻게 왔어?"

"……."

삼방주는 초점없는 눈으로 망연히 독교를 쳐다볼 뿐 아무 대꾸도 하지 않았다.

사실 물어볼 필요도 대답할 필요도 없는 일이었다. 속사정까지야 모르겠지만 상황은 미루어 충분히 짐작할 수 있는 일이었다. 그러나 독교는 그것을 인정할 수가 없었다. 험난한 물길의 오봉도였다. 더구나 많은 수하들까지 있었다. 그런데 거기서 삼방주를 제압해 끌고 올 수 있는 사람이 있으리라고는 아무리 해도 믿어지지가 않는 것이다. 그리고 아무리 궁금해도 그는 이제 더 물어볼 수도 없었다. 곤이 삼방주의 단전을 툭 쳤고, 삼방주는 허억, 하고 바람 빠지는 소리를 내며 그대로 바닥에 널브러졌던 것이다.

"무, 무슨 짓이냐!"

단전을 파괴한 것이란 걸 안 독교가 소리치며 들고 있던 도끼를 그대로 휘둘러 왔다. 동시에 그의 호위들도 움직였다. 제 손에 익은 무기가 아니라지만 독교의 공력은 그런대로 쓸 만한 것이었다. 도끼가 부웅, 하는 파공성을 내며 무서운 기세로 곤을 쓸어왔다. 호위들의 무기도 각자 방위를 점하며 뒤를 이었다.

그러나 곤은 먼저 갈라온 도끼가 면전에 이를 때까지 미동도 않더니 곧 얼굴이 조각날 듯한 시점에야 슬쩍 손을 움직였다. 그것으로 끝이었다. 어느새 도끼는 곤의 손에 넘어와 있고 독교는 신음을 토하며 뒤로 물러섰다. 그래도 그는 괜찮은 편이었다. 뒤이어 덮치던 호위들은 한순간에 모두 무기를 놓쳤고 신음을 토하며 쓰러졌다. 어느 틈에 삼방주처럼 전부 단전이 파괴된 것이다.

"사, 사술이야……."

귀신이라도 본 듯한 얼굴로 머리를 흔들며 더듬거리는 독교였다. 곤이 환하게 미소 지으며 말했다.

"해경도 이야기를 듣고 싶어요."

“무, 무슨……?”

“한 달 전 녹도 근방의 한 섬에서 당신이 저지른 일 말입니다.”

“……!”

아무 말도 못하고 독교는 다만 눈을 끔뻑였다.

“할아버지 가슴에 칼을 꽂은 사람이 누구죠?”

곤은 여전히 웃으며 말했다.

“무공을 잃은 할아버지였어요. 당신들이 칼을 꽂지 않아도 이 년도 더 살지 못할 분이셨고요.”

독교는 문득 소름이 돋는 것을 느꼈다. 독한 심보와 잔인한 손속으로 유명한 그였지만 이 순간은 아니었다. 환한 미소를 머금고 조용조용 말하는 곤에게서 그는 말할 수 없는 공포를 느꼈던 것이다.

그는 황망히 곤의 시선을 피하며 힐끔 오른편의 배를 쳐다보았다. 그곳에 방주 적교와 수하들 중 날고 긴다는 정예가 타고 있었다. 종잠을 제압할 계책을 수립해 놓고도 안심이 되지 않아 만약을 대비한 수였다. 그런데 이 정도 소란이면 벌써 눈치를 챘어도 몇 번은 챘어야 할 시간인데 아무런 동정이 없었다.

‘설마, 또 술판을 벌이고 있단 말인가……?’

독교는 미간을 찌푸렸다. 너무나 술을 좋아하는 적교였다. 그래서 중요한 대외적인 협상에는 더욱 독교를 내세우는 것이었고.

그러나 이내 독교는 그럴 가능성이 없다는 것을 알았다. 아무리 술에 취했어도 배 밑창이 부서지는 그 큰 소리를 저쪽 배에서 못 들었을 리 만무했다. 그렇다면 이유는 한 가지였다. 그는 더욱 공포 어린 눈으로 곤을 쳐다보았다. 그의 심중을 들여다보듯 머리를 끄덕이며 곤이 말했다.

"기대하지 마세요. 저쪽 배에 탄 사람들도 모두 단전이 파괴되었으니까."

"……!"

독교의 눈에 더할 수 없는 경악과 공포가 자리했다. 그러다 불현듯 주변을 두리번거렸다. 곤을 도와준 또 다른 사람이 있나 해서였다. 아무리 무공이 강해도 곤 혼자서 그런 일을 했다고는 믿을 수 없었기 때문이다. 고르고 고른 오십 명의 수하는 물론이고 적교 방주까지 있었다. 적교가 누군가. 절정고수라고 말하긴 뭣하지만 그런 고수도 두려워할 정도로 끈질긴 지독함을 장기로 하는 사람이 아니던가.

그러나 아무리 사방을 둘러보아도 자신들 외에는 사람의 흔적이 없었다.

다만 언제 나타났는지 멀리 섬 사이를 조심스레 미끄러져 오는 작은 배 하나는 있었다. 우가 형제의 배였다. 곤은 이번에도 그들을 멀찌감치 떨궈놓고 먼저 온 것이다. 그러나 그토록 멀리 떨어져 있는 그것이 지금 독교의 눈에 들어올 리 없었다. 그것보다는 곤이 도끼를 내려놓는 대신 쓰러진 수하 하나가 떨어뜨린 칼을 집어 드는 것이 눈에 더욱 부각되어 들어왔다.

칼을 이리저리 비춰보며 곤이 말했다.

"아직 내 질문에 대답을 안 했어요."

"무, 무슨……?"

"누가 할아버지께 칼질을 했죠?"

"……!"

독교는 흠칫 몸을 떨었다. 그 섬에서의 일이 떠올랐기 때문이다.

배신자를 거의 다 처단할 무렵이었다. 지팡이에 의지한 노인 한 사람이 나타나 자신들을 나무라며 호통을 쳐댔었다. 그때 그는 귀찮은 마음에 바닥에 뒹구는 죽은 배신자의 부러진 칼을 차서 노인의 가슴에 적중시키고는 호쾌하게 웃었었다. 독교는 곤이 말하는 사람이 그 노인이 틀림없을 것이라는 생각이 들었다. 그러나 자신의 추측이 맞든 맞지 않든 간에 사실대로 말할 수는 없었다.

"누, 누구를 말하는 건지……?"

"기억이 안 나나 보군요. 내가 도와드리죠."

도 끝을 손가락 두 개로 집으며 곤이 또 환하게 미소 지었다. 독교가 진저리를 칠 때 뚝, 하고 도가 부러졌다. 힘을 준 것 같지도 않았는데 도는 끝에서 삼 분지 이(三分之二) 지점이 동강났다. 곤은 손잡이 부분을 버리고 도를 들어 보였다.

"이만큼이죠?"

독교는 가슴이 철렁 내려앉는 것을 느꼈다.

"무, 무슨……!"

"곧 기억이 날 겁니다."

말이 끝나는 순간 곤은 독교의 두 자 앞에 자리했다. 장내의 누구도 곤이 어떻게 움직였는지 보지 못했다. 공간을 격해 갑자기 퍽, 하고 나타나듯 허깨비 같은 이동이었다. 그리고 놀랄 사이도 없이 곤의 손에 들려 있던 부러진 칼이 독교의 가슴을 파고들었다.

"크윽……!"

독교는 참담한 비명과 함께 비틀거렸고 허우적거리며 가슴의 칼로 손을 가져갔다. 그러나 그는 더 이상 움직일 수 없었다. 곤이 그의 혈을 제압해 꼼짝할 수 없게 만든 것이다. 엉거주춤한 자세 그대로 경직된 독교는 공포 어린 눈으로 곤을 쳐다보다가 가슴에서 도를 타고 떨어져 내리는 핏방울을 보다가 했다. 곤은 다시 그의 혈을 짚어 피가 흐르는 것을 막았다. 그리고 말했다.

"어때요? 생각이 좀 났어요?"

"……!"

"안 날 리가 없을 텐데? 정확히 그 부위에 그 각도, 그 깊이인데……?"

곤이 고개를 갸웃거리며 말했다.

독교의 눈에 암담한 절망과 공포가 교차해 지나갔다. 그는 이제 알았다. 상대는 이미 자신의 소행임을 모두 알고 있으며 다만 자신의 고통을 즐기고 있을 뿐이라는 것을. 틀림없이 그때 동행했던 저쪽 배의 수하들에게서 모든 사실을 확인하고 자신에게 온 것일 터였다.

곤이 말을 이었다.

"그런 상태로 할아버지는 한 달을 사셨어요. 당신도 그럴 수 있을 거예요. 그러면 잊었던 사실들도 생각이 날 테고."

"……!"

독교의 눈빛이 더욱 참담하게 일그러졌다. 어떤 항변도 몸짓도 할 수 없는 그였기에 다가올 고통과 절망이 더한 공포로 다가오는 것이다. 그것을 뻔한 정신으로 감당하느니 그는 차라리 지금 죽겠다고 혀를 깨물었지만 그것도 불가능했다. 아혈마저 제압되어 있었던 것이다. 이제 독교의 눈에 절망과 더불어 애원이 떠올랐다.

그러나 곤은 이미 독교를 보고 있지 않았다. 그는 그때까지도 꼿꼿이 앉아 고통을 감내하고 있는 종잠에게 다가갔다.

"소용없소."

곤이 상태를 살피려 하자 종잠이 머리를 흔들며 말했다.

"내가 먹은 것은 총채에서 특별히 만든 폐력분(廢力粉)이오. 거기다 부러진 갈비뼈가 장을 찌르고 있소."

폐력분은 산공독 중에서도 가장 지독한 것이었다. 해약도 없는 데다 긴 시간을 두고 서서히 몸의 기관들을 마비시켜 결국은 죽음에 이르게 하는 것이다. 그리고 갈비뼈가 장에 꽂혀 있다면 그것만으로도 빠른 시간 내에 명의를 만나지 못하면 죽은 목숨이었다.

"어차피 끝난 목숨이오. 연연해 무엇 하겠소."

그러나 어디까지나 담담하고 태연한 종잠이었다. 곤이 그를 빤히 쳐다보며 말했다.

"죽고 싶어요?"

종잠은 허탈한 실소부터 흘렸다.

"허허허, 죽고 싶은 사람이야 있겠소만, 평생을 바쳤던 곳에서 이렇게 내쳐지고, 그것도 모자라 저런 비루먹은 승냥이 같은 자의 먹이로 던져졌던 몸이오. 복수도 못하고 비참하게 목숨을 이어간들 무엇 하겠소. 다만 마지막 바램이 있었다면, 저런 놈의 손에 생을 마감해야 하는 것이 너무도 원통하고 분했는데, 다행히 하늘이 보살펴 당신을 보내주었구려. 이 은혜는 내 구천에 가서도 잊지 않을 테니, 한 번 더 은혜를 베풀어 부디 나를 고통없이 단번에 보내주구려."

"복수를 왜 못해요?"

의아한 얼굴로 곤이 또 짤막하게 물었다. 종잠의 눈에 언뜻 노기 같은 광망이 스쳐 갔다. 그러나 이내 머리를 흔들며 긴 한숨을 내쉬었다.

"휴우……! 귀하의 눈엔 하찮게 보일지 몰라도, 나는 무인이오. 무인이 무공을 잃고 무슨 힘으로 살 것이며, 무슨 힘으로 복수를 한단 말이오? 공덕을 쌓는 셈치고 어서 나를 죽여주기나 하시오."

곤이 갑자기 싱긋 웃으며 머리를 저었다.

"당신은 잘못 알고 있어요. 당신이 원하기만 하면 전과 다름없이 건강하게 살 수 있고, 무공을 잃는 일도 없을 거예요."

두 사람은 생각의 괴리가 있었던 것이다. 곤은 이제야 깨달은 것이고.

"그, 그게 무슨……!"

퉁방울처럼 커진 눈으로 종잠은 제대로 말을 잇지 못했다. 자신이 잘못 들은 게 아닌가 의심할 정도였다. 그는 침을 삼키며 물었다.

"다, 당신이 그렇게 해줄 수 있다는 말입니까?"

"물론이지요."

곤은 서슴없이 대답했다.

"벌써 십여 년 전에 돌아가실 것이라고 의원들도 머리를 흔든 할아버지셨어요. 그런 할아버지를 계속 살아 계시게 만든 게 나입니다. 그래 봐야 결국 돌아가셨지만……. 어쨌든 당신의 상처 정도는 일도 아니에요."

"……!"

"살 생각이 생겼어요?"

종잠은 격동에 찬 얼굴로 다만 머리를 끄덕였다. 이미 포기했던 목숨이었다. 그런데 갑자기 반전된 희망에 그는 말도 할 수 없을 정도였던 것이다.

곤은 우선 종잠의 상의를 다 벗겼다. 그리고 그의 등에 손을 얹고 자신도 가부좌를 틀고 앉았다.

종잠은 곧 기이한 한기를 머금은 진기가 노도처럼 자신의 내부로 들어오는 것을 느꼈다. 그것은 처음엔 시원하고 청량한 느낌으로 요혈을 돌더니, 곧 몸속에 수천 수만 마리의 개미가 들어와 난동을 부리는 것 같은 가려움을 동반한 고통으로 바뀌었고 점점 강도가 더해지는 것이었다. 종잠의 얼굴은 일그러질 대로 일그러졌고 핏발 선 눈은 곧 튀어나올 것 같았다. 이것에 비하면 곤이 오기 전 독교가 발로 차 갈비뼈를 부러뜨리고 장을 상하게 한 고통 정도는 고통도 아니었다.

그렇게 얼마나 흘렀을까.

돌연 커헉, 하고 종잠은 입을 떡 벌렸고 동시에 한 사발은 족히 될 듯한 시커먼 핏덩이를 토해냈다. 그러자 다음 순간, 신기하게도 그를 괴롭히던 고통도 말끔히 가시는 것이 아닌가. 곤의 진기가 여전히 그의 몸을 맴돌고 있음에도.

"됐어요."

곤이 손을 떼고 일어서며 말했다.

"이젠 갈비뼈를 맞춰봅시다."

곤은 종잠의 앞으로 돌아와 다시 마주 앉았고 그의 가슴에 손을 얹었다.

잠시 후, 우두둑 두둑, 하는 뼈마디가 부딪치는 소리가 울려 나왔고 종잠의 얼굴은 다시 고통으로 일그러졌다. 섭물진기(攝物眞氣)로 뼈를 집어 하나하나 맞추기 때문이었다. 그러나 그것도 잠시였다. 뼈를 다 맞춘 곤의 손에서 다시 청량한 기운이 흘러나와 그의 가슴을 시원하게 쓸어주자 고통은 씻은 듯이 사라졌다.

"가만히 있어요. 아직 움직이면 안 돼요."

곤이 일어서며 말했다. 종잠이 그를 따라 일어서려 했기 때문이다. 곤은 몇 개의 나무토막을 찾아 종잠의 등과 가슴에 대고 고정시켰다. 그리고 못 쓰게 된 종잠의 상의를 찢어 단단히 감쌌다.

"통증이 없더라도 사흘은 지나서 푸세요."

곤이 말했다.

잠시 말로 표현 못할 감정의 파도를 담고 그를 쳐다보던 종잠이 몸을 일으켰다. 그리고 묵묵히 큰절을 하는 것이었다. 아니, 하려고 무릎을 구부리고 허리를 숙였지만 더 이상 진행되지 못했다. 곤이 제지한 것이다.

"이럴 필요 없어요."

"……."

그러나 종잠은 말도 없이 막무가내로 절을 하려 들었다. 이를 악물고 땀을 뻘뻘 흘리면서도 끝끝내 제 의지를 굽히려 들지 않았다. 곤은 그의 이제 막 붙은 갈비뼈가 다시 어긋날까 염려해 손을 거둘 수밖에 없었다.

기어이 절을 마치고서야 일어선 종잠이 입을 열었다.

"배운 것 없이 무식하기만 한 종잠이지만 은혜를 모르는 놈은 아닙니다. 할 수만 있다면 끓는 물속, 타는 불 속에 들어가서라도 이 은혜를 갚고 싶습니다."

"마음에 둘 것 없어요. 인연이 닿았고 도울 힘이 있어 도운 것일 뿐입니다."

곤은 머리를 가로저으며 말했다.

"그리고 독을 몰아내긴 했지만 워낙 지독한 것이라 아마 당분간은 제대로 무공을 펼칠 수가 없을 것입니다. 매일 조금씩 늘려가며 운공을 계속하는 것이 좋습니다. 복수를 하겠다고 서둘러 무리하게 운용해서는 안 됩니다."

"복수는 해야지요."

가만히 곤의 말을 듣던 종잠이 눈에 불을 번뜩이며 중얼거렸다.

"한갓 탐욕 때문에 친구와 의를 저버린 자들. 놈들에겐 반드시 보응(報應)이 있어야 합니다. 하지만……."

말을 흐리며 종잠은 머리를 흔들었다.

어떻게 생각하면 복수는 간단했다. 실지 원흉은 두세 명뿐이었고 일 대 일이라면 진다는 생각도 없는 종잠이었다.

그러나 문제는 그렇게 간단할 수가 없었다. 그들의 주변에는 그들의 명에 따르고 그들을 보호하는 무수한 사람들이 있었다. 종잠이 칼을 들이대면 제일 먼저 싸워야 할 사람들이었다. 그러나 그 사람들은 어제까지도 한솥밥을 먹고 모두가 형제처럼 가깝게 우애를 나누던 사람들이었다. 그들은 영문도 모르면서, 아니, 영문을 안다 해도 우선 종잠을 제지하고 무릎을 꿇려놓고 이야기하려 들 터였다.

예전의 종잠이라면 그런 사실을 모두 알면서도 당장 염라부를 앞세우고 달려갈 생각부터 했을 터였다. 그러나 지금은 아니었다. 삶과 죽음의 경계를 일순간에 넘나든 그는 많은 생각을 했고 많은 것을 느끼고 있었다. 원흉을 두고, 형제들인 사람들과 드잡이질로 피를 보고 싶지는 않았다. 또 그렇게 해선 전혀 승산도 없었다. 더구나 언제 공력이 회복될지도 모르는 상태였다.

그때였다. 갑자기 들려온 멀리서 부르는 외침이 있었다.

"해신님……!"

우이의 목소리였다.

그의 배는 곤이 있는 곳과 채 백여 장도 떨어지지 않은 섬 사이를 지나 접근하는 중이었다. 우이가 뱃전에 서서 손을 흔들며 소리쳐 부르고 있었고 그의 곁엔 위지무외와 상충이 서 있었다. 우이가 다시 소리쳤다.

"괜찮으신 거죠……?"

"그럼요!"

곤도 손을 들어주었다.

그런데 그러던 그의 시선이 한순간 그들보다 훨씬 뒤편의 하늘에 머물렀다. 갈매기들의 울음소리와 날갯짓이 더욱 부산스러워진 가운데 맑기만 했던 하늘에 조금씩 먹구름이 몰려들고 있었다. 바람도 눈에 띄게 강해지는 중이었다. 태풍의 징후였다.

"저 사람들은……?"

"일행입니다."

종잠의 의문에 간단히 답한 곤은 독교의 앞으로 다가갔다. 정물처럼 굳어 있는 독교의 눈엔 이제 애원과 간절함만이 눈물과 더불어 고여 있었다.

잠시 그를 응시하던 곤은 낮게 한숨을 내쉬며 그의 혈을 풀어주었다.

크윽, 하는 신음과 함께 독교는 주저앉았다. 혈이 짚인 덕분에 그때까지 서 있을 수 있었고 통증을 크게 느끼지 못했던 것이 혈이 풀리자 한꺼번에 그를 엄습한 것이다. 그러나 독교는 곧 신음을 그쳤다. 머뭇거리다가는 또 어떤 일을 당할지 몰라 기회가 왔을 때 얼른 스스로 심맥을 끊은 것이다. 그 어떤 마지막 말 한마디도 뱉지 못하고. 인과응보였다. 그리고 곤의 행사가 얼마나 그에게 공포였는지 단적으로 보여주는 것이었다.

칠공에 피를 흘리며 널브러진 그를 곤이 물끄러미 바라볼 때 종잠이 다가왔다.

"이놈이 제 스스로 목숨을 끊었다면 아무도 믿으려 들지 않을 것입니다."

"……."

기실 곤은 정말 독교를 그 상태로 한 달 간 살려둘 작정이었다. 그래서 공들여 칼을 박은 것이었고. 하지만 종잠을 치료하다 문득 할아버지는 결코 그런 것을 원하지는 않을 것이란 생각이 들었고 마음을 바꾼 것이다.

오래지 않아 우가 형제의 배가 당도했고, 그땐 곤이 있는 적교선도 거의 물에 잠겨가고 있는 중이었다.

곤은 단전이 파괴된 삼방주와 독교의 호위였던 다섯 사람을 옆의 배로 옮겼다. 그리고 그 배를 끌고 서둘러 주산군도의 섬들 중 가까운 무인도를 찾아갔다. 원래는 적교방도들을 모두 오봉도로 데려가 함께 유폐시킬 작정이었지만 그럴 여가가 없었다. 벌써 바람은 새가 날기 힘들 정도였고 파도도 일 장을 넘어서고 있었다.

곤이 찾은 섬은 무인도였지만 두 개의 큰 산이 있을 정도로 꽤 큰 섬이었다. 고운 모래 해변도 갖고 있었다. 하지만 적교방의 배는 고사하고 우가 형제의 배조차 물길을 아는 곤이 아니었다면 들락거리지 못할 정도로 수심이 얕은 데다 사방을 산호초가 둘러싸고 있었다.

곤은 우가 형제의 배로 몇 번을 수고한 끝에 적교방도들을 모두 섬으로 날랐다.

원래 단전이 파괴되어 모든 공력을 잃은 직후에는 움직이는 것조차 힘든 일이었다. 얼마간 조섭을 하며 서서히 근육을 운동시켜 주어야만 일반인과 같은 생활을 할 수 있었다. 더구나 높은 파도에 시달려 기진맥진한지라 해적들은 섬에 옮겨놓자 아예 해변에 드러눕거나 퍼질러 앉아 움직일 생각을 못했다.

　마지막으로 곤은 적교선에 구멍을 뚫어 침몰시키고는 그 섬을 떠났다. 빗방울이 떨어지는 하늘을 보며 우가 형제가 불안한 얼굴로 섬에서 태풍을 피한 후 떠날 것을 건의했지만 곤은 머리를 흔들었다. 해적들과 같이 있어서 좋을 것이 없었다. 눌러놓았던 살심(殺心)이 솟구치든 그 반대이든 간에.

　하늘은 완전한 먹장구름으로 덮였고 빗줄기가 점점 굵어지고 있었다. 바람과 파도는 말할 것이 없었다. 그러나 곤이 있었기에 일행은 별 어려움 없이 그 속을 뚫고 반 시진이나 더 바다에 떠 있을 수 있었고, 주산군도 북쪽 끄트머리의 작은 섬에 당도할 수 있었다. 곤이 선택한, 그가 살던 해경도와 비슷한 섬이었다. 삼면이 절벽이었고 한 면만 모래 해안이었다. 그러나 그런 이유보다는 주변의 섬들에 의해 시야가 가려지지 않는다는 점과 육지와 가장 가까운 점, 그리고 곤만이 알고 있는 또 다른 이유 때문에 택한 것이었다.

　일행은 우선 모래 해안으로 배를 끌어 올려 큰 파도가 덮쳐도 미치지 못할 거리까지 옮겨놓았다.

　다음으로 일행이 찾은 것은 태풍을 피해 머물 만한 장소였다. 적어도 이삼 일은 머물러야 할 터였다. 동굴 같은 폭풍우를 피할 마땅한 곳을 찾지 못하면 배의 작은 선실에서 서로 부대끼며 생활하는 수밖에 없었다.

　그러나 그것도 곧 해결되었다. 곤은 마치 전에 와봤던 사람처럼 일행을 동굴로 인도했던 것이다. 그것도 한두 개가 아닌 여러 개의 크고 작은 동굴들이었다. 이 동굴들을 알고 있었기에 곤은 이 섬을 선택했던 것이다. 다만 문제라면 그 동굴들이 수직이다시피 한 북쪽 절벽 중

턱에 자리하고 있다는 것이었다. 물론 절벽 꼭대기에서 동굴들로 내려가는 길이 만들어져 있기는 했다. 하지만 그것은 간신히 발을 걸치거나 손을 잡을 자리를 적당한 간격으로 돌을 쪼아 파낸 것에 불과했다.

절벽의 가장자리까지 가지도 않고 목을 쭉 빼 아래를 내려다보던 우이가 떨리는 음성으로 물었다.

"여, 여기를 내려가자고요……?"

동굴은 꼭대기에서 십여 장 아래 있었고 그래도 그곳까지는 경사가 완만한 편이었다. 그래 봐야 수직에서 조금 낫다는 이야기였지만. 그러니 우가 형제가 질겁을 하는 것은 당연했다. 더구나 거센 비바람 속이었다. 무공을 지닌 위지무외와 상충조차 난감한 얼굴로 머리를 설레설레 내저었다.

"이건 너무 위험해……!"

"여긴 안 되겠어. 다른 곳을 찾아보세."

그러나 곤은 태연히 잠깐 기다리라고 말하더니 금세 칡덩굴을 한 아름 안고 왔다. 그리고 몇 가닥씩 꼬아 튼튼한 밧줄을 두 개 만들었고 절벽 위에 돌출된 부분에 묶어 아래로 드리웠다. 밧줄의 길이는 충분했고 동굴에 닿고도 남았다.

"먼저 내려가 살펴보겠습니다."

다른 사람을 배려해 곤은 밧줄을 당겨보고 딛는 자리를 확인하고 하며 천천히 내려갔다. 그리고 맨 처음 동굴에 이르러 사람들에게 한 손을 들어 보이고는 안으로 들어갔다. 조금도 염려할 것 없다는 뜻일 터였다. 그런데 그가 들어가자마자 갑자기 요란한 울부짖음과 함께 무수한 각종 새들이 쏟아져 나왔다. 그들 역시 태풍을 피하려 동굴을 찾았거나 그 속에 보금자리가 있는 것일 터였다. 곤은 그렇게 몇 개의 동굴을 더 들락거리더니 잠시 후 그중 하나에서 목을 빼고 소리쳤다.

"내려오세요!"

"……!"

우가 형제와 상충 등은 서로를 돌아보며 선뜻 나서지 못했다. 곤이 아래서 끝을 잡고 있는데도 비바람에 밧줄이 사정없이 흔들리고 있었다.

"제가 먼저 내려가지요."

성큼 나서서 밧줄을 잡은 사람은 종잠이었다.

다른 사람들이 흠칫 그를 쳐다보았다. 우가 형제와 상충 등은 아직 그와 통성명도 제대로 하지 못한 상태였다. 다급하게 전개되는 변화와 태풍 때문에 그럴 여가가 없었던 것이다.

그들이 멀뚱멀뚱 지켜보는 가운데 종잠은 밧줄을 탔다.

하루 전이라면 밧줄 없이도 가볍게 오르내릴 그였지만 지금은 아니었다. 함부로 상체를 움직일 수 없는 데다 공력이 겨우 일 푼가량 회복되었을까 말까 한 상태였기 때문에 허리에 찬 염라부조차 무겁고 거추장스럽게 여겨질 정도였다. 그는 발끝으로 디딤판을 확인하면서 조심스럽게 내려갔다. 그러나 속도가 늦을 뿐이지 그에게선 일말의 두려움도 머뭇거림도 찾아볼 수 없었다.

이윽고 그가 무사히 동굴에 안착하자 나머지 사람들도 줄줄이 내려왔다.

"와아……!"

마지막으로 내려온 우이가 동굴로 들어서며 탄성을 질렀다.

동굴은 예상보다 훨씬 훌륭했다. 입구가 그리 크지 않았지만 속은 여섯 명이 기거해도 공간이 남을 만큼 컸고 넓었다. 그리고 바닥이 그런대로 평탄한 것이 자연적으로 형성된 동굴로 보이지 않을 정도였다. 새똥 같은 날짐승들의 흔적도 입구에만 있을 뿐 조금 들어가자 그리 어지럽지 않았다.

곤이 말했다.

"할아버지께 들었지요. 이곳에 쓸 만한 여러 개의 동굴이 있다는 것을. 그래서 지나치며 주의 깊게 본 적도 있고."

해경거인은 그야말로 해신이었다. 동해 어디든 그의 발길이 닿지 않은 곳이 없었고 모르는 것이 없었다. 비록 그가 공력을 잃어 예전처럼 움직일 수는 없었지만 그가 아는 바다에 대한 지식을 고스란히 곤에게 전해주는 것은 그리 어려운 일이 아니었다. 그리고 곤 역시 그 지식을 토대로 혼자든 산과 함께이든 웬만한 데는 다 돌아다녀 보았기에 이젠 해경거인에 뒤지지 않을 정도였다.

우선 일행은 동굴을 대충 청소부터 했다. 새똥은 별로 없었지만 거미줄과 먼지투성이였기 때문이다. 일행이 청소를 하는 사이 곤은 다시 배로 돌아갔다. 그 자신이야 별 상관 없었지만 태풍이 지나갈 때까지 있으려면 물과 비상 식량이 필요했던 것이다. 또 땔감도 넉넉히 있어야 했다. 폭풍우 속의 동굴은 대낮이라도 컴컴하기 그지없었고, 그것이 아니더라도 습기 때문에도 불은 항상 있어야 했다. 그것들을 곤은 세찬 비바람 속에서도 손쉽고 빠르게 해냈다.

불부터 피운 일행은 먼저 젖은 몸과 옷부터 말렸다. 그리고 곤이 잡아온 물고기를 구워 건량과 함께 배부르게 먹었다.

그사이 종잠과 일행은 인사를 나누었다.

우가 형제야 애초에 종잠을 잘 모르니 그러려니 했지만 위지무외와 상충은 달랐다. 안 그래도 염라부를 보고 긴가민가하던 그들은 종잠의 이름을 듣는 순간 기절할 정도로 놀랐다. 그들은 표국에 있었고 종잠은 따지자면 수적이었다. 그렇게 서로가 반대 편에 서 있는 사이였지만 또한 악어와 악어새의 관계이기도 했다. 그래서 서로에 대해 모르려야 모를 수가 없는 사이였다. 그러나 그렇다고 반드시 그런 것은 아니었다. 위지무외와 상충은 종잠에 대해 모를 수가 없었지만 종잠은 그렇지 않았다. 둘 사이에 격차가 그만큼 크기 때문이다. 종잠은 장강 수채 하면 그의 이름을 먼저 떠올릴 정도로 강호에서도 쟁쟁한 사람이었다. 그에 비해 천마표국은 어떻게 보면 이름을 꺼낼 처지도 못 되었다.

그리고 그것만이 아니었다. 그들이 더욱 놀란 것은 이야기를 하다 보니 자연스럽게 내비쳐진 수채 내의 알력이었다. 이것은 전체 표국의 안위와도 관련이 있는 중요하고 민감한 문제였던 것이다. 멋모르고 까딱 잘못 수로표행(水路剽行)을 나섰다 휘말리면 표물이 문제가 아닐 수도 있었다.

종잠의 신분을 알고 난 위지무외와 상충은 지금까지와 달리 불편하고 조심스러울 수밖에 없었다. 원래 그들 간의 큰 격차도 있는 데다 지금 그가 비록 이런 처지이기는 하나 그의 명망으로 볼 때 언제 어떤 식으로 다시 나타날지 모르는 일이었다. 더구나 그는 곤에게 은공이라 부르며 깍듯이 대하고 있는데 자신들은 하대를 하고 있었다. 물론 별개의 문제이기는 했지만 무언가 찜찜한 것은 사실이었다. 그래서 처음 인사 외에는 그들 간에 별 대화가 없었다.

다만 곤이 물고기를 잡으러 갔을 때 잠깐 나눈 대화 외에는.

"저분의 연세가 어떻게 되오?"

종잠이 그렇게 물었을 때 위지무외와 상충은 어안이 벙벙해 서로를 쳐다보았을 뿐 한동안 말을 못했다.

'연세라니?'

그러다 이어지는 그의 물음을 듣고서야 그가 왜 그렇게 말했는지 알았다.

"혹시 반로환동(反老還童)한 고수가 아니시오? 아니면 전대고수가 변용을 했던지……?"

곤의 신위를 본 종잠은 그가 얼굴로 보이는 나이는 결코 아닐 것이라 지레짐작하고 있었던 것이다. 그러다 곤이 없는 기회를 보아 물은 것이었다. 위지무외와 상충은 자신들과 곤과의 관계부터 여기까지 온 사연을 간단하게 말해 주었다. 종잠은 그래도 믿을 수 없다는 얼굴로 고개를 갸웃거렸다. 그리고 그것으로 대화도 끝이었다.

그런데 그 대화로 위지무외와 상충도 얻은 것이 있었다. 그동안의 지켜본 결과로 곤이 결코 평범한 사람이 아니며 어쩌면 제 할아버지나 신주십인 정도 되는 능력을 지닌 것이 아닐까 생각하고 있었는데 종잠의 질문에서 거의 확신할 수 있었던 것이다. 그것은 가슴 벅찬 환희였다. 그래서 그것을 삭이느라 더욱 대화를 할 수가 없었다.

제4장

매상(梅霜)

"해, 해신님……!"

음식을 다 먹은 후, 시원하게 아래로 내갈기겠다며 볼일을 보러 동굴 입구로 나갔던 우이가 갑자기 소리쳤다.

"뱁니다! 배가 있습니다! 저, 저런……!"

금세 입구로 몰려든 사람들은 볼 수 있었다. 폭풍우 속에 멀리 한 척의 배가 산만한 파도를 타고 위험한 곡예를 하며 오르락내리락하는 것을. 그런대로 바다 멀리까지 나갈 수 있는 큰 배였지만 지금은 한 장의 가랑잎 정도에 불과해 보였다.

"태풍이 오는 것을 몰랐나 본데?"

"그야 그렇겠죠. 알고서야 어느 미친놈이 이런 날 배를 띄우겠어요."

"여길 오려는 모양이야. 파도에 밀리면서도 자꾸 머리를 이리로 트는 것을 보니.”

“살려면 와야지요.”

“그렇지만, 음……! 남쪽에서 곧장 올라오는 역풍이라 어렵겠는
걸……!”

우대와 우이가 걱정스레 주고받은 말이었다.

그리고 그들의 말처럼 일행이 구경한 지 채 반 각도 되지 않아 위태
위태하게 파도를 타던 배가 결국 미끄러져 엎어지더니 무지막지한 파
도에 두 동강이 나버리는 것이 아닌가.

“으으……!”

그 배와 함께 파도와 싸우듯 온몸에 용을 쓰고 있던 우가 형제가 고
개를 떨구며 통한 같은 신음 소리를 냈다. 그들도 뱃사람이었기에 남
의 일 같지가 않았던 것이다. 그런데 그때였다. 갑자기 곤이 그대로 절
벽을 뛰어내리는 것이 아닌가.

“으악!”

비명은 우가 형제가 질렀고 모두가 기겁을 해 절벽 바깥까지 목을
내밀었다.

절벽은 백여 장은 족히 되어 보이는 높이였고 밑은 바위 해변이었
다. 그대로 떨어진다면 즉사였다. 그러나 곤은 일반 사람이 아니었다.
그는 직선으로 떨어지는 것이 아니라 계속 완만한 포물선을 그리며 족
히 십여 장은 날아가며 떨어지는 것이었다. 그리고 어느 순간 광란하
는 파도에 삼켜져 버렸다.

“으음…….”

신음을 내뱉으며 상충이 머리를 절레절레 흔들었다.

“너무 위험한 짓이야! 물귀신이라도 이런 파도와 폭풍우 속에서는

까딱 잘못 휩쓸리면 형체조차 못 찾을 텐데.”

“닥치시오!”

상충의 말을 자르며 시뻘게진 눈으로 우대가 버럭 소리쳤다.

“어디서 감히 방정맞은 소리를 하는 것이오! 저분이 누군지 아시오? 해신님이시오! 망령되이 해신님을 모독하다니!”

“이, 이런……!”

아닌 밤에 홍두깨 격으로 우대의 호된 호통을 들은 상충은 얼굴을 벌겋게 물들이며 어쩔 줄 몰라 했다.

곤을 생각하는 우가 형제의 마음을 모르는 바 아니지만 따지고 보면 자신도 걱정이 되기에 한 소리가 아닌가. 하지만 상충은 그렇다고 이들을 상대로 싸우거나 말다툼을 할 수는 없었다. 그것은 무인으로서 부끄럽고 체면없는 일이었다. 더구나 그를 잡아먹을 듯이 노려보는 것도 잠시뿐 우가 형제는 이내 시선을 바다로 돌리고 있었다. 그런 그들의 눈엔 온통 근심과 걱정이 차 있었다. 그들은 진심으로 곤을 걱정하고 있는 것이었다.

결국 상충은 한숨을 내쉬었고 바다로 고개를 돌리고 말았다.

“보이지가 않는군요…….”

잠시 후 종잠이 걱정스런 기색으로 말했다. 바다로 뛰어든 곤의 모습이 다시 보이지 않았기 때문이었다.

걱정하기는 곤의 물질 실력을 잘 아는 다른 사람들도 마찬가지였다. 다만 걱정하는 방향이 달랐다. 그들은 오히려 곤이 물 밖으로 모습을 드러낼까 봐 걱정하고 있었다. 배 몇 척 높이의 파도가 그것도 일정한 방향이 아닌 무작위로 형성되어 바다를 채우고 있었다. 그것은 물속도 마찬가지란 이야기였고 따라서 곤이 모습을 드러낸다는 이야기는 그것에 휩쓸렸을 때뿐일 터였다. 얼마나 지났을까.

"저, 저기……!"

상충이 바다를 가리키며 소리쳤다. 빗줄기 때문에 아른거리기는 했지만 뭔가 파도를 타고 일렁이는 물체를 본 것이다.

"해신님입니까?"

우대가 대뜸 물었다.

그들 형제나 종잠은 공력이 없어 거기까지 안력이 미치지 못했다. 그러나 상충이나 위지무외도 물체가 있다는 것만 알 뿐이지 그 먼 거리에서 물체를 분간한다는 것은 무리였다. 사람인지 배의 부서진 잔해인지는 그들도 식별할 수가 없었다.

모두가 뚫어져라 응시하는 가운데 그것은 빠르게 섬으로 다가왔다. 이제 다른 사람들의 눈에도 그것이 보였다. 여전히 무엇인지 확연히 분간할 수는 없었지만 그냥 파도에 휩쓸려 제멋대로 밀려오는 부유물은 분명히 아니었다.

우가 형제가 대뜸 환호성을 질렀다.

"해신님입니다!"

확인해 볼 것도 없다는 투였다. 그리고 그 말은 맞았다. 곤은 산더미 같은 파도 속에서도 결코 상체가 잠기거나 휩쓸리는 법 없이 오히려 파도를 타듯이 빠른 속도로 미끄러져 섬으로 접근하고 있었다. 그런데 그는 혼자가 아니었다. 양쪽 팔에 하나씩 축 늘어진 사람을 끼고 있었다. 그래서 물 위로 떠오고 있는 것이었다.

곤이 갔을 땐 이미 광란하는 파도에 배의 파편마저 찾기 힘든 상태였다. 주변을 뒤진 결과 넓은 널빤지를 사이에 끼고 죽어라 서로를 부둥켜안고 있는 두 사람밖에 발견할 수 없었다. 물을 먹고 정신을 잃고

서도 널빤지와 서로를 놓지 않았기 때문에 그때까지 물 위에 떠 있을 수 있었고 곤이 발견할 수 있었던 것이다.

"섬에 올라오는 것이 문제야……."

위지무외가 중얼거렸다.

이미 곤이 물속에서 아무 지지대도 없이 뱃전에 오르는 모습을 본 적 있는 그였다. 하지만 그때와는 상황이 달라도 너무 달랐다. 지금 해안은 온통 암반투성이였고 몇 장 높이는 족히 될 파도가 무서운 속도로 몰려와 암반을 후려갈기고 있었다. 거기다 혼자도 아니었다. 두 사람이나 안고 있었다.

"방법이 있겠지요."

종잠의 말이었다.

모두가 그렇기를 바라며 긴장된 시선으로 주시하는 가운데 곤은 거의 해안에 다다르고 있었다. 그런데 곤은 오히려 가까이 올수록 속력을 내더니 암반 가까이 이르러서는 마치 물속에서 무언가가 떠받치듯 파도 위로 불쑥 솟아올랐고 파도를 차고는 날아올라 파도가 미치는 곳보다 훨씬 높은 절벽의 튀어나온 곳에 안착하는 것이었다.

"아아……!"

위지무외도 상충도 종잠도 입을 떡 벌리며 탄성을 터트렸다.

그들은 곤의 그런 움직임이 무엇을 뜻하는지 알고 있었기 때문이다. 그것은 말로만 듣던 등평도수니 일위도강이니 하는 전설적인 신법과 다름 아니었던 것이다. 아니, 그들의 눈엔 그것보다 더 뛰어나 보였다. 물속에 있다가 그것도 두 사람이나 안은 상태에서 어떻게 사람이 수면 위로 그토록 자연스럽게 솟아오르고 또 수면을 차고 날아갈 수 있단 말인가. 그것은 곤이 익힌 물의 무공과 연관이 있는 것이었지만 그들이 그런 사정을 알 리 없었다. 그들의 눈엔 곤이 도무지 인간 같지 않아 보일 뿐이었다. 하기야 우가 형제에겐 곤이 인간이었던 적도 없었지만.

"여인 같은데요……?"

상충의 말에 다른 사람들도 머리를 끄덕였다. 좀 왜소한 듯한 몸매와 복색도 그랬고 머리칼의 모양도 그랬다.

암반 위에서 곤은 잠시 머뭇거렸다. 두 사람을 데리고 절벽을 오르기가 마땅치 않았기 때문이다. 그러다 이내 내려다보고 있는 사람들을 향해 말했다.

"끈을 좀 던져 주세요!"

아주 크게 소리친 것도 아니건만 미친 듯이 울부짖는 폭풍우 속에서도 사람들은 그의 음성을 선명하게 들을 수 있었다. 곧 행낭을 뒤져 알맞은 끈을 찾은 그들은 그것의 한쪽 끝을 돌에 묶어 곤에게 던졌다. 잠시 후 곤이 올라왔고 업고 온 사람들을 불가에 뉘었다.

사람들의 추측대로 과연 여인들이었다. 하나는 화의를 입었고 하나는 백색 경장이었다.

"와아……!"

우이가 탄성을 발했다.

반듯하게 눕히자 드러난 스물 전후의 아름다운 용모에 자신도 모르게 나온 소리였다. 파도와 폭풍우에 시달려 안색이 파리하고 초췌하긴 했지만 그렇다고 타고난 미색을 감추지는 못했다. 한마디로 둘 다 흔히 보기 힘든 미인이었다.

"좀 닮은 것 같지 않습니까?"

"자매일 수도 있겠지……."

우가 형제의 말처럼 둘은 어딘가 닮은 구석이 있었다. 모두가 여인들의 얼굴에서 시선을 거두지 못하는 가운데 상충이 말했다.

"물을 먹었을 텐데, 빨리 토하게 해야 되지 않을까?"

"깨어나기만 하면 돼요."

곤이 말했다. 이미 그가 혈을 쳐 먹은 물을 토하게 하는 등의 조치들을 다 취해놓았던 것이다. 이어 곤이 우이에게 시선을 주며 말했다.

"죽을 좀 쑤지요."

"예, 그렇게 하겠습니다."

제격 대답한 우이는 죽을 쑤기 시작했다. 별 재료도 없었지만 그는 곧 구수한 냄새가 흘러나오는 죽을 완성했고 그 비슷한 시각에 여인들도 눈을 떴다. 백색 경장의 미녀가 조금 먼저였지만, 차이랄 것도 없이 거의 동시라고 하는 편이 옳았다. 긴 속눈썹이 눈꺼풀과 함께 말려 올라가며 잠시 눈을 깜빡이던 여인들이 벌떡 일어나며 소리쳤다.

"웬 놈들이냐!"

"여, 여기가 어디죠……?"

반말에 먼저 소리치며 왼쪽 어깨에 손을 가져간 여인은 백색 경장이었다. 그녀는 검을 뽑으려 했던 것이나 검은 파도가 삼켜가고 검집만 달랑 매달려 있었다. 흘깃 어깨를 돌아보며 당황한 얼굴의 그녀를 화의여인이 소매를 당겨 진정시켰다. 화의여인 역시 검은 없었다. 그녀가 말했다.

"여러분들께서 저희를 구해주셨나요?"

"이야기는 죽부터 먹은 다음에 해도 늦지 않아요."

곤이 말했고 우이가 죽 그릇을 그녀들 앞에 놓으며 맞장구쳤다.

"해신님 말씀이 옳아요. 원기를 많이 상했을 테니 어서들 들어요."

"……!"

여인들은 서로를 돌아보았다.

'해신이라니……?'

그러나 그녀들은 어쨌든 눈앞의 사람들이 악의가 없다는 것을 느꼈고, 곧 죽을 먹기 시작했다. 우이의 솜씨도 있는 데다 속이 텅텅 빈 상태였는지라 그녀들은 순식간에 죽 그릇을 모두 비웠다. 그사이 곤은 우가 형제에게 옆 동굴을 청소하게 했다. 얼마간이라고 하지만 아무래도 함께 기거하기에는 서로가 불편함이 있을 터였다.

여인들이 죽을 다 먹기를 기다려 위지무외가 물었다.

"그래, 낭자들은 누구며 어찌 된 영문인가?"

"……!"

화의여인이 잠시 망설이는 얼굴로 백의여인을 돌아보았다.

백의여인은 깨어난 후 시종 냉랭한 표정이었다. 그녀는 화의여인이 자신의 의향을 묻는 눈길을 보내는 데도 가타부타 어떤 의사 표시도 하지 않았다. 할 수 없단 표정으로 화의여인이 입을 열었다.

"저는 매령(梅姈)이고 제 동생은 매상(梅霜)이라고 합니다."

"황산쌍봉(黃山雙鳳)!"

화의여인이 채 말을 끝내기도 전에 상충이 놀라 소리쳤다. 위지무외나 종잠도 소리를 지르지 않았다 뿐이지 그만큼 놀란 얼굴이었다.

황산쌍봉. 냉봉(冷鳳) 매상과 화봉(花鳳) 매령. 연년생 자매인 그녀들은 당금 강호의 떠오르는 신성이라는 십오수(十五秀) 중 두 사람이었고 누구도 만만히 볼 수 없는 높은 무공과 아름다움으로 유명한 여인들이었다. 하지만 그것보다는 작금에 이르러 구대문파보다도 높은 성세를 구가하고 있다는 오대세가(五大世家) 중에서도 수위를 달리는 황산세가(黃山世家)의 장중보옥으로, 그리고 남해 보타산(菩陀山)의 신비 문파이며 여인검문(女人劍門)으로 이름 높은 청조각(淸照閣)의 제자들로 더 유명했다.

강호의 어느 누가 이 여인들을 만나고 놀라지 않을 수 있겠는가. 더구나 이런 상황 하에서야.

"저희들을 아시는군요."

매령이 살풋 웃으며 말했다. 일순간에 꽃이 활짝 피어나는 듯한 아름답기 그지없는 웃음이었다. 상충이 더듬더듬 의문을 드러냈다.

"그, 그런데 어찌 된 영문으로 이 태풍 속을⋯⋯?"

"저희는 일 년 전에 사부님의 부름으로 보타산으로 다시 들어갔었습니다. 부족한 수련을 쌓기 위해서였지요. 그런데 조금 있으면 아버님 생신이고, 마침 사부님의 출행(出行) 허락도 떨어진지라 급한 마음에 부랴부랴 오다 보니 그만⋯⋯."

"아⋯⋯!"

상충이 탄성을 발했다.

원래 청조각은 일정 무위에 오르지 못하면 제자를 하산시키는 법이 없었다. 그리고 하산시켰다 하더라도 몇 년에 한 번씩 다시 들어가 그 동안의 무예를 인증받고 새로 수련을 쌓게 했다. 그런 연유로 강호에 청조각 출신을 찾아보기가 힘든 것이었고, 그렇지만 또 그것이 모습을 드러냈다 하면 하나같이 강한 이유였다.

"그런데 이런 폭풍우 속에서 어떻게 저희를 구할 수 있었는지⋯⋯?"

이번엔 매령이 조심스럽게 의문을 드러냈다.

그녀로선 당연한 의문이었다. 일순간에 배가 박살이 날 정도의 파도였고, 매상과 같이 널빤지를 죽자살자 붙들고 발버둥쳤지만 무공 따윈 소용도 없이 이내 물을 먹고 기절해 버렸던 것이다. 어떤 구원도 기대할 수 없는 상황이었고, 그래서 이젠 꼼짝없이 죽었다고만 생각했던 그녀들이었다.

"해신님이 구했습죠."

우이가 나서서 자초지종을 이야기해 주었다.

우이의 이야기를 다 들은 매령은 도저히 믿을 수 없다는 얼굴로 곤을 쳐다보았다. 냉랭하기만 하던 매상 역시 이때는 눈에 이채를 띠고 있었다. 곤은 다만 특유의 구김살없는 환한 미소를 보낼 뿐이었다.

일행은 우선 그녀들을 옆 동굴로 가서 쉬게 했다. 날도 점점 어두워지고 있는 데다 아직 혼란이 가시지 않았을 테니 쉬고 조식을 취하라는 배려였다. 매령이 일행에게 거듭 감사를 표했다. 그리고 동굴을 옮기며 그녀들은 절벽 바깥 광경에 다시 한 번 진저리를 쳤다. 파도는 아까보다 더욱 높고 폭풍우도 더 거세져 까딱하다간 사람이 날아갈 정도였다.

"아……!"

옆 동굴로 들어서던 매령이 감탄사를 토해냈다. 동굴이 깨끗이 청소되어 있었고 중앙에 모닥불까지 피워져 활활 타오르고 있는 것을 본 탓이다.

모닥불 곁으로 가 앉으며 매령이 말했다.

"고마운 사람들이구나."

"……."

말없이 매상도 그녀의 곁에 앉았다.

"나중에 다시 볼 땐 너도 꼭 감사를 표해야 한다. 특히 우리를 구했다는 그 곤이라는 분에게는 반드시. 해신이니 뭐니 하지만 틀림없이 목숨을 걸었을 것이다. 사람이 어떻게 그럴 수 있을까는 아직도 잘 믿어지지 않는다만."

"……."

"왜 대답이 없어?"

"알았어."

표정 변화도 없이 간결하게 대답하는 매상이었다. 이미 그녀의 그런 태도에 익숙한 매령은 머리를 끄덕이며 미소를 지었다. 그러다 돌연 한숨을 내쉬었다.

"그나저나 큰일이구나, 검을 잃었으니……."

"……!"

말하는 매령도 그리고 여전히 냉랭한 얼굴로 입 다물고 있는 매상도 얼굴에 짙은 그늘이 자리했다. 그러나 그것도 잠시 매상은 이내 가부좌를 틀고 앉았고 조식에 들어갔다. 어쩔 수 없다는 체념의 얼굴로 다시 한숨을 내쉰 매령도 곧 좌정에 들었다. 오래잖아 그녀들의 몸에서 안개와도 같은 연무가 피어 오르기 시작했다. 그러자 젖어 있던 옷이 금세 말랐다. 절정의 공력을 가진 사람들만이 행할 수 있는 좌공이었다.

조식을 끝낸 그녀들은 곧장 다시 잠을 청했고 바깥이 조금씩 뿌옇게 밝아지는 미명에야 깨어났다.

"정말 무서운 태풍이야……."

먼저 일어나 동굴 바깥을 내다본 매령이 머리를 설레설레 흔들며 말했다.

폭풍우는 더욱 거세져 동굴 안에 있어도 우우웅, 하고 귀를 멀게 할 듯한 울림으로 전해져 왔다. 매상도 일어섰다. 그런데 일어나자마자 그녀는 경장의 소매 깃과 바지 끝을 단단히 묶기 시작했다. 의아한 빛을 떠올리며 매령이 물었다.

"왜? 뭘 하려고?"

"섬을 좀 둘러보고 올게."

"이 폭풍우 속에서?"

아연한 얼굴로 되묻는 매령을 향해 매상은 그저 머리를 끄덕여 보일 뿐이었다. 매령이 다시 말했다.

"날이라도 완전히 밝아지거든 가."

"우리에게 밝고 어두운 게 무슨 상관이야?"

옷매무새를 단단히 한 매상이 그제야 매령을 쳐다보며 말했다.

"그리고 이런 일은 보는 눈이 없을 때가 편해. 너는 저 사람들이 깨거든 도와줄 일이나 찾아봐. 아침 식사를 만들 때 거들든지."

"휴우……! 네 고집을 누가 말리겠니."

머리를 저으며 한숨을 토해내는 매령을 뒤로하고 매상은 동굴을 나섰다.

사람도 날려 버릴 듯한 거센 바람 속에서도 그녀는 부드럽게 움직여 밧줄을 타고 순식간에 절벽 위에 올라섰다. 절벽에 오른 그녀는 잠시 바다를 돌아보았다. 몰아치는 폭풍우 속에 사방이 산처럼 넘실거리는 파도였다. 그리고 해안에 부딪치는 파도의 포말은 족히 십여 장의 높이까지 올라오고 있었다. 어찌 보면 그야말로 장관이었고 어찌 보면 무서운 공포였다. 매상은 즐기는 쪽이었다. 냉랭하기만 했던 그녀의 입가에 엷은 미소가 어리고 있었다.

그런데 어느 순간이었다.

"……!"

갑자기 그녀는 그녀답지 않게 입을 떡 벌리며 경악을 담고 눈을 부릅뜨는 것이 아닌가.

그녀는 본 것이다, 바다의 부유물처럼 보이던 파도에 밀려온 물체가 파도가 해안을 덮치기 직전에 파도를 타고 솟구쳐 올라 절벽의 튀어나온 바위에 안착하는 놀라운 광경을. 그리고 그것이 사람이며 곤이란 사실을.

곤은 한 아름은 될 등짐을 지고 있었다. 해산물과 물고기가 가득 든 망태기였다. 일찍 일어난 그는 일행의 식사를 위해 그것들을 잡아오는 중이었다. 절벽을 타려고 동굴의 위치를 확인하며 고개를 들던 곤도 그녀를 보았다.

"……!"

비바람 때문에 보일 리가 없을 터인데도 곤은 미소를 지어 보였고 이내 절벽을 타고 오르기 시작했다. 매상은 더욱 눈을 크게 뜨고 자신도 모르게 탄성을 발했다.

"저, 저럴 수가……!"

절벽 면은 수직과 한 가지였다. 더구나 끊임없는 비로 미끄럽기 그지없었다. 그리고 미친 듯이 불어 제치는 바람은 평지에서도 몸이 흔들릴 지경이니 절벽 면에서는 또 어떻겠는가. 그런데 곤은 아무것에도 구애받지 않고 순식간에 오르고 있었다. 마치 네 발 달린 짐승이 평지를 달리듯 안정되고 빠른 동작이었다.

매상이 어떤 심정으로 자신을 쳐다보고 있는지 알 리 없는 곤은 이내 동굴에 다다랐다. 그리고 동굴 입구에 망태기를 내려놓은 그는 다시 몸을 움직여 절벽 위로 올라오는 것이었다. 잠깐 사이 매상의 곁에 서며 곤이 말했다.

"정말 굉장한 태풍이죠?"

"……."

매상은 말없이 곤을 쳐다볼 뿐이었다. 어느새 그녀는 본래의 차갑고 말 붙이기 힘든 표정을 회복하고 있었다. 그러나 그녀의 내심은 달랐다. 그녀는 눈으로 보고서도 이 평범하게 생긴 청년이 그런 신기를 가졌다는 게 믿어지지가 않았다. 그래서 곤을 살피는 것이었고 또 다른 생각을 하고 있었다.

곤이 다시 말을 꺼냈다.

"이런 광경은 바다에서만 살아온 나도 처음 봐요. 장관이에요. 뭔가 가슴에 쌓인 것들이 싹 씻겨져 나가는 기분도 들고."

"……."

"그런데 이렇게 비바람을 맞아도 괜찮아요? 그만 동굴로 들어가요. 구경은 동굴에서도 얼마든지 할 수 있으니."

"……."

매상이 대꾸는 않고 계속해서 자신을 빤히 쳐다보기만 하자 곤도 결국 입을 다물었다. 둘은 잠시 그렇게 서로를 보고만 있었다. 세차게 두드리는 빗줄기 속에서도 둘은 눈 한번 깜빡이지 않았다. 그런 면에서 보면 둘 다 보통 사람은 아니었다. 남자를 부끄럼 하나 없이 빤히 쳐다보는 여자나, 그런 여자의 시선을 아무 거리낌 없이 받으며 그저 환한 미소만 띠고 있는 남자나.

매상이 입을 연 것은 그러고도 한참 후였다.

"정말 해신인가요?"

"……!"

어리둥절해하던 곤은 이내 다시 미소를 띠며 바다를 가리켰다.

“해신은 저기에 있겠지요.”

“그래도 당신이라면 바다 속 바닥까지라도 무난히 들어갈 수 있겠지요?”

“……?”

무슨 뜻으로 하는 말인가를 생각하며 곤이 눈만 끔뻑거리고 있자 매상은 조금 다그치는 음색으로 재차 물었다.

“그럴 수 있나요?”

“할 수야 있습니다만……?”

“부탁이 있어요.”

곤의 대답이 떨어지자마자 매상은 기다렸다는 듯이 말했다.

“검을 찾아주세요.”

“……!”

아연한 얼굴로 매상을 바라보는 곤이었다. 그러나 매상은 얼굴 표정 하나 바꾸지 않고 당당할 정도로 태연하게 말을 이었다.

“십오 년 전, 처음으로 진검(眞劍)을 잡게 되었을 때 아버지께서 어렵게 구해주신 보검이에요. 그리고 사부님 앞에서 출도 의식(出道儀式)을 행한 검이기도 하고요. 우리에게 그것이 어떤 의미인지 아세요?”

청조각엔 청조각 문인들만이 아는 불문율이 하나 있었다. 수련을 끝내고 출도하는 제자는 반드시 자신의 검과 함께 사부 앞에서 출도 의식을 행해야 했다. 그것은 검과 사람이 한 몸이라는 의미였고 검이 없으면 사람도 없고 사람이 없으면 검도 없다는 청조각 조사가 남긴 율법을 계승하고 지키겠다는 의미였다.

따라서 검을 잃었다는 것은 더 이상 청조각의 제자가 아니란 의미였고 보타산으로 돌아가 평생 면벽하며 살아야 한다는 뜻이었다. 그것이

싫으면 완전히 강호를 등지고 야인(野人)으로 사는 수밖에 없었다. 강호에 모습은 물론이고 이름조차 드러내선 안 되었다. 그러니 황산세가로 돌아가 무공을 쓰지 않고 산다고 해결될 문제도 아닌 것이다. 그녀들의 이름은 이미 청조각에 올라 있고, 또 그녀들이 청조각의 문인임을 천하가 아는 사실이기 때문이다. 잘못하다간 황산세가와 청조각의 전쟁을 불러올 수도 있는 일이었다.

"검을 찾아주기 전에는 당신은 우리를 구한 것이 아니에요. 오히려 우리에게 고통을 안겨준 것뿐이에요. 우리를 완전히 살리려면 검을 찾아주세요."

"……!"

곤은 애매하고 복잡한 얼굴로 매상을 바라보았다.

너무나 어려운 부탁이어서가 아니었다. 그런 부탁을 하면서도 시종 냉랭한 표정 그대로인데다, 그리고 조금도 간곡하다거나 하는 음성의 변화조차 없이 말하는 매상이 신기해서였다. 어찌 보면 너무도 낯가죽이 두껍고 뻔뻔스런 모습이었지만 곤은 그렇게 생각하지 않았다. 그는 다만 신기하고 재미있다는 생각만 떠올리고 있었다.

그리고 사실 곤이 꼭 하고자 마음을 먹으면 방법이 없는 것은 아니었다. 겉과 마찬가지로 바다 속도 엄청난 파도와 해일이 일고 있고, 그래서 그것들이 검을 몇십 리 이상 멀리 떠내려 보냈거나 해저 깊이 묻어버렸다 해도 기어이 찾고자 한다면 불가능한 것은 아니었던 것이다. 적어도 이곳이 바다인 이상은. 다만 시일이 문제일 뿐이었다.

매상이 다시 말했다.

"그렇게 해주시는 거죠?"

이젠 완전히 요구하는 어조였다. 물에 빠진 사람 건져 놓으니 보따리를 내놓으란 식과 한 가지인 것이다. 그런데 곤 역시 장단이라도 맞추듯 머리를 끄덕이는 것이 아닌가. 재미있는 놀이라도 응낙하는 양 웃으며.

"하지만 지금은 불가능해요."

"……!"

"태풍이 그친 후에 들어가 볼게요. 파도가 바다 속 퇴적물까지 다 뒤집어놓아 지금은 조금만 깊이 들어가도 아무것도 보이지 않아요."

곤의 말에 매상은 이채를 띤 채 눈만 깜빡였다. 어쩔 수 없는 상황이라 매달리고는 있었지만 상대가 이토록 선선히 승낙해 줄 줄은 꿈에도 몰랐던 것이다. 그러나 이내 그녀는 다짐하듯 못을 박았다.

"약속한 것입니다!"

곤이 여전히 미소를 물고 대답했다.

"꼭 찾는다는 장담은 못해요. 긴 시간을 허비할 수도 없는 상황이고."

"……어쨌든 기다리겠습니다."

잠시 뜸을 들이다 말하는 매상의 얼굴에 감정의 편린이라 할 만한 것이 스쳐 지났다. 그러나 그것뿐 그녀는 곤에게 감사하다는 말 한마디도 않고 이내 몸을 돌렸다. 다만 몸을 돌리기 전에 머리를 까딱해 보인 것이 전부였다. 그리고 그녀는 처음 목적대로 섬을 돌아보기 위해 걸음을 옮겼다.

제대로 된 인사 한번 받지 못했건만 곤은 멀어져 가는 그녀의 뒷모습을 바라보며 활짝 웃고 있었다. 그는 매우 기분이 좋았다. 항상 남을 돕는 편이었지만 오늘 같은 기분은 처음이었다. 이유는 자신도 몰랐다. 그리고 굳이 알려고 하지도 않았다.

얼마 후, 곤이 잡아온 것들로 우이는 풍성한 아침을 차렸고 일행은 전부 양껏 먹었다.

"언제쯤이면 태풍이 그치겠는가?"

포만한 배를 쓸어 내리며 상충이 물었다. 곤을 보고 물은 말이었지만 대답은 우대가 했다.

"잘하면 내일 오전에는 배를 띄울 수 있을 거입죠. 난생처음 보는 크고 무서운 놈이기는 하지만, 또 그만큼 빠르기도 한 놈인지라 오늘 오후면 통과할 듯합니다. 문제는 태풍이 지난 후에도 한동안 파도가 높다는 것인데……."

"보통의 경우 태풍이 지나고 한나절이면 위험하긴 해도 다닐 만은 합죠. 하기야 이번엔 해신님이 계시니 더 빨리 출발할 수도 있을 거입죠. 웬만한 파도쯤은 해신님껜 문제가 아니니. 그렇다면 그 다음날이면 장강에 들어설 수 있다는 이야기입죠."

말을 받아 부언하던 우이가 곤을 쳐다보았다.

"해신님, 그렇죠?"

"두 분 말씀이 맞아요."

곤이 머리를 끄덕였다.

"그렇지만 바다 속도 그때쯤에야 가라앉을 테니 출발이 많이 늦어질 수도 있어요."

"그, 그게 무슨……?"

눈을 끔뻑이며 반문하는 우이의 얼굴에 영문을 모르겠단 의아함이 떠올랐다. 그것은 그들의 말에 귀를 기울이고 있던 사람들도 그랬다. 다만 매상만 제외하고.

곤이 웃음을 물고 자초지종을 설명했다.

곤 좌중에 경악과 어이없음, 그리고 당혹이 자리했고, 또 일행의 그런 시선이 매상에게 쏠렸다. 매령조차 기가 막히다는 얼굴로 매상을 바라볼 정도였다. 그러나 매상은 그런 중인들의 시선을 고스란히 받으면서도 표정 변화가 전혀 없었다. 그녀는 특유의 냉랭한 얼굴로 묵묵히 앉아 있을 따름이었다.

"가능하기는 한 일입니까?"

한참 만에 말문을 튼 사람은 종잠이었다. 곤은 태연히 머리를 끄덕였다.

"시간이 문제지요."

그러나 사람들의 시선은 여전히 황산쌍봉의 얼굴에서 떠날 줄을 몰랐다. 가능하고 않고의 문제가 아니었던 것이다. 겨우 목숨을 구해놓으니 다시 사람을 번거롭게 만들고 더한 위험 속으로 내모는 그녀들의 그 염치없음과 낯 두꺼움에 대한 비난이었다. 사람들은 그녀들의 검이 어떤 의미인지 몰랐고 설사 안다 해도 마찬가지일 터였다.

"죄송합니다. 저, 저희는 이만……."

머리를 숙이며 잔뜩 무안한 얼굴로 매령이 얼른 매상을 끌고 자신들의 동굴로 갔다.

"무슨 짓이니? 왜 이렇게 성급해?"

동굴로 들어서자마자 매령은 대뜸 언성을 높였다.

"나도 그런 생각을 해보지 않은 게 아니야! 그러나 아직 시간도 있고, 좀 더 친숙해진 다음에 사정을 이해시키고 정중히 부탁했어도 되는 일이잖아!"

"달라질 건 없어."

어디까지나 냉정한 매상이었다. 매령은 눈꼬리를 파르르 떨었다.

“너, 정말······!”

“우리가 생각할 건 보상을 어떻게 할 거냐 하는 것이야.”

매상은 조금도 위축됨없이 매령을 돌아보며 말했다.

“정말 검을 찾아내면 그는 우리 생명을 두 번이나 구하는 거야. 그 생각이나 해둬.”

“······!”

침묵이 왔다. 그리고 그녀들은 오전 내내 동굴에서 꼼짝도 않았다. 하지만 점심때가 되어 곤이 부르러 오자 할 수 없이 건너갈 수밖에 없었다.

그런데 점심을 먹고 나자 우가 형제나 종잠은 동굴 바깥은 고사하고 동굴 입구에도 나갈 엄두를 못 낼 정도로 태풍은 그 기세가 극에 달했다. 종잠은 시간 날 때마다 계속 운공을 하고 있었지만 아직 어느 정도라도 제 몫을 할 공력을 찾기에는 요원한 상태였다.

그리고 위지무외와 상충 역시 파도가 절벽 수십 장 높이까지 치는 무시무시한 폭풍의 위력에 굳이 밖으로 나가려 들지 않았다. 다만 곤은 아니었다. 계속 바깥을 주시하던 곤이 결국 몸을 일으켰다.

“아무래도 배에 가봐야겠습니다.”

안전한 곳이라고 높이 끌어 올려놓았다지만 이렇게 기세등등한 파도라면 무사할 것이란 보장이 없었다. 게다가 굵은 나무라도 단숨에 뽑아낼 무서운 바람이 불고 있었다. 만약 배가 잘못된다면 일행은 발이 묶일 수밖에 없었다.

“저도 돕겠어요.”

매령이 따라 일어서며 말했다. 그러나 그녀는 곧 다시 앉았다. 자의가 아니었다. 매상이 그녀를 끌어앉히고 제가 일어섰던 것이다.

"이런 일은 공력이 높은 내가 나아."

"그럴 필요 없어요. 두 분 다 그냥 여기 있어요."

곤이 손을 흔들며 말렸지만 들을 매상이 아니었다. 오히려 그녀가 먼저 동굴 밖으로 나가는 것이었다. 곤은 어쩔 수 없이 뒤를 따랐다.

매상으로선 제대로 신법도 구사하지 못할 정도의 폭풍우를 뚫고 둘은 해안으로 바쁘게 나아갔다. 그러나 해변이 보이는 둔덕에서 둘은 멈칫 몸을 세울 수밖에 없었다.

"아아……!"

매상이 경악과 감탄과 공포가 함께 어우러진 탄식을 자신도 모르게 쏟아냈다.

놀라운 광경이 벌어지고 있었다. 높이 수십 장은 족히 될 어마어마하게 큰 해일이 연이어 해변을 덮치고 있었던 것이다.

원래 이곳의 백사장은 고운 모래가 꽤 경사를 가지고 근 백여 장 가까이나 펼쳐져 있는 곳이었다. 그래서 일행은 최대한의 안전 수치를 고려해 배를 수면에서 오십여 장이나 떨어진 백사장 위에 끌어 올려놓았었다. 그러나 해일은 그것을 비웃기라도 하듯 한번 몰려오면 그 넓은 백사장 거의 끝까지 덮치고 있었다. 당연히 배는 파도에 밀려 백사장 끝까지 밀려와 있었고, 그것도 반쯤 부러진 큰 나무 두 그루에 옆으로 걸려서 다행히 멈춰져 있는 것이었다. 만약 방향이 조금이라도 틀어져 여기저기 널려 있는 바위에라도 부딪쳤다면 이미 산산조각 부서졌을 터였다.

그렇다고 배가 온전히 무사한 것은 아니었다. 돛이 부러져 나간 것은 물론이고 상처투성이로 옆으로 엎어져 있었다. 그나마 배의 형체는 고스란히 유지하고 있는 것이 고맙고 신기할 정도였다. 더구나 해일은 그래도 계속해서 배를 덮치고 있었다.

"여기 가만히 있어요."

짧게 말한 곤은 서둘러 신형을 날렸다. 배를 그대로 방치할 수는 없는 일이었다. 태풍은 아직 통과한 것이 아니고 저러다 더 큰 해일이라도 밀려온다면 완전히 부서지는 것은 시간문제였다.

그런데 매상은 곤의 말을 듣지 않았다. 그녀는 곤이 몸을 날린 후 곧바로 뒤를 따랐다. 그러나 곤은 그것을 몰랐다.

곤은 먼저 배를 바람과 해일의 방향에서 세로로 세워야 한다고 생각했다. 그러자면 두 나무 중 어느 한 나무에 걸린 면을 밀거나 당겨 나무 사이로 빼내는 수밖에 없었다. 곤은 배를 밀기 시작했다. 곤의 힘으로 이 정도는 어려운 일이 아니었지만 그것은 평상시 이야기였다. 언제 덮쳐 올지 모르는 해일을 경계해야 하고, 또 무지막지하게 불어닥치는 바람 속에서는 그도 전력을 다하지 않을 수 없었다.

전력을 다한 곤의 힘에 배가 조금씩 밀리기 시작할 무렵, 다시 거대한 해일이 해변을 두드렸고 그 끝자락의 파도가 여세를 몰아 곤과 배를 덮쳐 왔다. 만에 하나 배의 중심부에 파도의 힘이 모아진다면 여지없이 두 동강날 일인지라 곤은 전 공력을 끌어올리며 재빨리 파도를 등지고 배의 중심을 보호했다.

좌아악, 하고 거센 파도가 덮쳤다. 배는 곤의 공력이 운집된 덕에 끄떡도 않았다. 그런데 그 순간이었다.

"아악!"

갑자기 찢어지는 듯한 비명 소리가 들려오는 것이 아닌가.

매상이었다. 곤을 뒤따른 그녀는 곤의 의도를 알고 반대 편에서 배를 당기고 있었다. 그런데 배를 움직이는 것에 너무 집중한 나머지 파도가 덮치는 것을 보지 못한 것이다. 전혀 대비를 못한 상태에서 파도에 강타당한 그녀는 속절없이 퉁겨져 올랐고 그대로 바위를 향해 돌진했다. 그녀는 확대되어 오는 바위를 보며 눈을 감았다.

'이렇게 끝인가……!'

그런데 그때였다. 무언가 억센 힘이 자신의 허리를 휘어 감더니 방향을 틀고는 바닥을 구르는 것이었다. 구르는 동작이 멈춰진 후에도 그녀는 잠시 눈을 뜨지 못하다가 겨우 정신을 추스르며 눈을 떴다.

"……!"

그녀의 눈 바로 아래 곤의 얼굴이 있었다. 곤이 늦지 않게 그녀를 구한 것이다. 다급하다 보니 다른 방법이 없어 그녀를 안으며 바위를 피해 뒹굴었고 그래서 지금 그녀는 곤에게 안겨 곤을 내려다보고 있는 것이었다.

"……"

한순간 둘은 서로를 쳐다보고 있었다.

그런데 기이하게도 그 순간 모든 것이 정지되었다. 둘은 아무 생각도 않았고 아무 말도 않았다. 서로를 가만히 정직하게 들여다보고 있을 따름이었다. 다만 그런 가운데 번져 가는 어떤 묘한 느낌만이 똑같이 두 사람을 싸고돌았다. 그것은 한 번도 겪어보지 못한 말로 표현할 수 없는 신비하고 이상스런 느낌이었다. 그 기이한 느낌에 몸을 내맡긴 채 둘은 시선을 돌리지도 그럴 생각도 없이 서로의 눈만 빤히 들여다보고 있었다.

얼마나 서로를 그렇게 쳐다보고 있었을까. 돌연 매상이 고개를 들며 왁, 하고 피를 토해내는 것이 아닌가. 파도에 내상을 입은 것이다. 곤은 얼른 일어나 그녀를 안고 큰 바위 뒤편으로 가 기대앉혔다. 그리고 그녀의 한 손을 잡으며 말했다.

"진기를 끌어올리지도 대항하지도 말아요. 마음 편히 가만히 있어요."

매상은 시키는 대로 했다. 그러자 곤의 손에서 말할 수 없이 청량한 기운이 흘러나와 답답했던 가슴을 시원하게 쓸어주는 것이 아닌가.

잠시 후 곤은 손을 놓고 몸을 일으켰다.

"내상이 심해요. 덧나지는 않게 했지만 얼마간 스스로 공력을 운용해 치료하지 않으면 안 돼요. 그러나 지금은 운공을 할 수도, 혼자 동굴로 돌아갈 수도 없는 상황이니 내가 배를 끌어내고 돌아올 때까지 꼼짝 말고 여기 가만히 있어요. 이번엔 내 말을 들어야 해요. 알았죠?"

"……."

대답없이 빤히 곤을 바라보던 매상이 가만히 머리를 끄덕였다.

예의 환한 웃음을 지어 보인 곤은 서둘러 배로 돌아갔다. 곤의 뒷모습을 따라 시선을 옮기던 매상은 바위에 가려 곤의 모습이 보이지 않게 되었을 때야 고개를 바로하며 눈을 감았다. 바람이 워낙 거세 모래는 물론이고 웬만한 나무와 작은 돌까지 날아다니는 형국이었다.

"괜찮아요?"

잠시 후 곤이 돌아와 걱정스런 음성을 건넸을 때야 매상은 눈을 떴다. 그녀는 머리를 끄덕였고 몸을 일으켰다. 곤이 말했다.

"안고 갈까요? 업고 갈까요?"

지금 상태의 매상으로선 곤의 도움 없이 혼자 동굴로 돌아가기는 무리였다.

그러나 아무리 그래도 결혼도 않은 처녀에게 그것은 무례하고 오해받기 좋을 만한 제안이었다. 더구나 부축해서 갈 수도 있는 일이 아닌

가. 하지만 곤은 그것은 전혀 생각 않고 있었다. 시간도 오래 걸릴 터이고 태풍이 아니라도 상당한 행동의 제약을 받을 터였다. 그래서 자신도 매상도 편한 방법을 제시한 것이다. 물론 남녀 간의 일에 대해 자세히 알지 못하는 곤이기에 조금의 머뭇거림이나 다른 생각 없이 직선적으로 말할 수 있었던 것이고.

그런데 곤은 그렇다 쳐도 그의 제안에 아무 거리낌이나 머뭇거림없이 대답하는 매상은 또 어떤 생각이란 말인가. 그녀는 태연히 말하는 것이었다.

"편한 대로 하세요."

"안겠어요."

잠시 생각하던 곤이 말하며 두 팔로 그녀의 다리와 등을 둘러 가슴에 안았다. 그리고 성큼성큼 걸음을 옮기기 시작했다.

곤에게 안기는 순간 매상은 눈을 감았고 내내 뜨지 않았다. 바람 때문만은 아닐 터였다. 아무리 그녀라도 그 상태에서 빤히 눈을 뜨고 있을 수는 없었으리라. 그러나 그녀의 얼굴 표정은 시종 똑같았다. 차갑게까지 보일 정도로 태연하기만 했다. 다만 바람 탓인지 그녀의 속눈썹은 내내 떨리고 있었다.

"이, 이게 어찌 된 일이죠……?"

곤이 곧장 매상이 기거하는 동굴로 들어서자, 조식하듯 앉아 있던 매령이 벌떡 일어서며 경악에 찬 얼굴로 더듬거렸다. 그리고는 다음의 어떤 언행도 취하지 못한 채 어쩔 줄을 모르는 표정으로 둘을 쳐다보기만 할 뿐이었다.

매상이 눈을 뜨며 말했다.

"내려주세요."

침착한 음성이었다. 너무 놀라고 당황하는 매령의 반응에 곤도 엉거주춤 서 있었던 것이다. 그제야 곤은 얼른 매상을 내려놓았다. 그리고 말했다.

"운공요상부터 하세요."

곤은 멍하니 자신을 바라보는 매령에게 예의 미소를 지어 보이고는 동굴을 나갔다. 곤이 나가고도 한참 뒤에야 매령의 말문이 터졌다.

"도, 도대체 어떻게 된 일이야? 무슨 일이야?"

"못 들었어? 나 지금 요상을 해야 해."

쏟아져 나오는 매령의 질문을 일축하며 매상이 말했다. 그리고는 바로 가부좌를 틀고 앉아 운공에 들어가는 것이었다.

"이, 이런……!"

매령은 어쩌지도 못하고 발만 동동 굴렀다. 그리고 그녀는 매상이 조식을 끝낼 때까지 잠시도 가만있지 못하고 동굴을 왔다 갔다 하며 서성였다.

하나뿐인 동생이었다. 저를 낳다 어머니가 돌아가시고 그래서 그 업이라도 진 듯 언제나 차갑고 무뚝뚝하기만 한 동생이었지만 매령은 그녀를 사랑했다. 연년생으로 같이 커온 것도 있었지만 지금까지 둘은 무엇을 하든 항상 같이 해왔고 그래서 서로를 가장 잘 알고 이해하는 사이였다. 그런데 돌연 그녀로선 도저히 이해할 수 없는 상황이 벌어진 것이다. 이것은 평소의 매상이 아니었다.

매상이 깨어나자 매령은 득달같이 그녀 앞에 앉으며 다그쳤다.

"말해 봐, 대체 무슨 일인지!"

매상은 담담하게 자초지종을 들려주었다. 이야기를 다 들은 매령은 아연한 얼굴로 입을 떡 벌렸다.

“그, 그래서 그 남자 품에 안겨 돌아왔단 말이냐, 지금? 부끄러운 줄도, 얼마나 체면이 깎이는 짓인지도 모르고?”

“내상을 입었다고 했잖아.”

“그냥 부축을 하게 하든지, 아니면 나를 부르든지, 얼마든지 다른 방법이 있었어!”

“굳이 그럴 필요가 있었을까?”

자신을 쳐다보지도 않고 말하는 무덤덤한 매상의 반응에 매령은 파랗게 질려 다그쳤다.

“무, 무슨 소리야! 당연히 그래야 하지! 너는 처녀야! 그것도 대황산 세가의! 어디서나 네 혼자가 아님을 명심하라던 아버님의 말씀을 잊었어?”

그러나 매상은 특유의 냉랭한 표정으로 대꾸조차 않았다. 그녀의 모습에 더욱 바들거리던 매령이 문득 흠칫 눈을 크게 떴다.

“너, 너…… 무슨 생각을 하는 거냐? 서, 설마……!”

“쓸데없는 생각 마. 흥분할 일도 아니고.”

그제야 매령과 눈을 마주치며 매상이 말했다.

“그가 날 안고 왔다는 게 이제 와서 무슨 문제야? 이미 우리를 구할 때 안고 업고 다 했는걸.”

“……!”

“그리고 아버님도 말씀하셨지. 받은 것은 반드시 되돌려주라고. 그가 검을 찾으면 나는 세 번, 너는 두 번의 목숨을 구함받는 거야. 너는 그것을 무엇으로 갚을 작정이지?”

“그, 그것은…….”

매령이 멈칫했다. 그러나 그것은 잠시였다.

"아버님이 어떤 식으로든 보상하실 거야! 우리가 걱정할 문제가 아니야!"

"어째서?"

매상이 낮았지만 딱딱한 음성으로 반문했다.

"우리 목숨인데 어째서? 그리고 아버님이 어떻게?"

"그, 그야……!"

더듬거리던 매령이 이내 다시 낯빛을 굳혔다.

"그럼, 너는 어떻게 하겠다는 거냐?"

"검을 찾지 못하면, 나는 보타산으로 돌아가 평생 면벽하며 살 거야."

"……!"

매령의 얼굴이 참담하게 일그러졌다. 그녀는 그렇게까지는 생각을 않고 있었던 것이다. 닥쳐올 일을 미리 걱정하지 않는 성격 탓도 있지만 그보다는 세가와 아버지의 힘을 믿고 있다는 편이 더 맞을 것이었다.

"그리고 검을 찾으면……."

잠시 말을 끊은 매상은 매령을 직시했다.

"검을 찾아달라고 부탁할 때 나는 이미 결심했었어. 검을 찾아주면 저 사람을 따라가겠다고."

"따, 따라가선……?"

눈을 휘둥그레 뜨고 말까지 더듬는 매령이었다.

"따르다 보면 할 일이 있겠지. 식모가 되든 침모(針母)가 되든……."

매상은 말을 다 잇지 못했다. 짝, 하고 수편(手片)이 뺨에 작렬했던 것이다. 매상의 뺨을 치고도 매령은 화가 풀리지 않은 모습으로 씨근

덕거렸다.

"미, 미쳤구나! 미쳤어……!"

매상은 뺨을 맞아 고개가 돌아간 자세 그대로 석상이라도 된 듯 한참을 가만히 있었다. 그리고 천천히 고개를 돌려 매령을 쳐다보았다. 의외로 그녀의 눈은 한 점 감정의 파장도 없이 고요하게 가라앉아 있었다. 그녀가 말했다.

"언니는 언니의 길을 가. 나는 이미 마음을 정했어. 검을 찾든 그렇지 않든 나는 세가로 돌아가지 않을 거야."

"……!"

매령은 더할 수 없이 커진 눈으로 매상을 바라보았다. 아버지가 있는 공식석상을 제외하고는 한 번도 언니란 소리를 뱉지 않던 동생이었다. 더구나 그런 말을 하면서도 조금도 흔들림이 없었다. 그것은 충격이었다.

"상, 상아……!"

"언니는 알 거야. 내가 꼭 그런 은원 때문에 이러는 것이 아니라는 걸. 그리고 그 무슨 이야기처럼 한눈에 저 사람에게 빠져서 집도 절도 팽개치려는 것도 아님을."

"……."

"이번 일을 겪으며 나는 알았어. 내가 얼마나 세가에서 벗어나고 싶어하는지, 얼마나 내 길을 가고 싶어하는지."

"그, 그런……."

매령은 계속 더듬거리기만 할 뿐이었다. 그러나 매상은 너무나 담담하고 조용하게 말을 잇고 있었다.

"더 이상 나도 모르게 짊어진 죄업의 굴레와 나를 볼 때마다 엄마의 영상을 떠올리고 괴로워하는 아버지의, 그 통한의 죄의식에 묶여 스스로 고통받고 싶지 않아. 나는 이번에 그걸 깨달았어.”

“……!”

매령은 아연한 얼굴로 입을 벌린 채 이젠 말을 못했다. 반면에 매상의 음성은 더욱 침착해졌다.

“배가 침몰하고 파도가 덮쳐 정신을 잃기 직전에 내가 어땠는지 알아? 나도 모르게 정말 홀가분한 기분이 들었고 아무 생각 없이 웃을 수 있었어. 단 한 번도 기분 좋게 웃어본 적 없고, 그래서 언제나 아버지의 눈살을 찌푸리게 했던 내가 말야.”

“……!”

“그리고 눈을 떴을 때 내가 살아 있다는 걸 알고는 또 어땠는지 알아? 눈앞에 있는 작자들을 모두 죽여 버리고 싶었어. 마치 소중한 무언가를 빼앗긴 것 같은 기분이 들었거든……. 그것은 내가 진정으로 벗어던지고 싶은 것이 무엇인지를 말해 주는 거야. 나는 이제야 안 거야.”

“…….”

“그리고 어느 순간, 이상하게도 저 사람만 보고 있으면 마음이 편안해지기 시작했어. 파도를 헤치는 모습에서였는지, 검을 찾아달란 황당한 요구에 서슴없이 그러마고 한 아량에서였는지, 언제나 환하게 웃는 그 미소 때문인지는 나도 모르겠지만. 어쨌든 저 사람을 따라다니면 인생을 가식으로 살아가지는 않아도 될 것 같은 생각이 들어.”

“…….”

“어차피 언제까지나 세가에 안주하며 아버지 품에서 살 수는 없잖아? 나는 조금 일찍 벗어나는 것뿐이야. 물론 검을 찾았을 때 얘기겠지만."

"결코……."

멍하니 듣고만 있던 매령이 이윽고 입을 열었다.

"결코, 아버지는 그냥 있지 않을 거야. 생신 잔치고 뭐고 다 때려치우고 당장 너를 찾아 강호로 나올 것이고, 또 무슨 수를 쓰든 너를 세가로 끌고 갈 거야."

"그럴 수도 있겠지."

매상은 태연히 머리를 끄덕였다.

"그렇지만 예전의 나로 되돌리지는 못할 거야. 아버지 아니라 그 누구라도."

조금도 흔들림없는 단호한 음성이었다.

매령은 길게 한숨을 내쉬었다. 그리고 더 말을 않았다. 걱정되고 혼란스럽기 그지없었기 때문이었고 한편으로는 매상을 이해할 수 있을 것도 같았기 때문이었다. 그녀는 매상의 얼굴이 왜 항상 냉랭하며 그 고통과 아픔이 무엇인지 가장 잘 알고 있는 사람이었다. 사실 그녀만큼 매상을 속속들이 알고 있는 사람도 없었다. 그러나 말리지 못할 뿐이지 그녀의 행동에 동의를 하는 것은 아니었다. 그녀는 아버지가 어떤 사람인지를 또한 잘 알고 있기에.

그렇게 하루가 지나고 다시 날이 밝았다.

극성스럽던 폭풍우도 사시(巳時)경이 되자 언제 그랬냐 싶게 그치고 빛나는 해와 함께 맑은 하늘이 드러났다. 태풍이 지나간 것이다. 그러나 바람은 여전히 거세게 불었고 파도도 높았다. 하지만 지난 낮과 밤에 비하면 산들바람이었고 잔물결에 불과했다.

일행은 모두 동굴에서 나왔다.

곤은 매상의 배가 전복되었던 바다로 나갔고 나머지 사람들은 우가 형제의 배로 갔다. 우선 배를 고쳐야 했다. 다행히 배는 크게 부서진 곳은 없었다. 그렇지만 온통 손을 볼 데였다. 우가 형제의 일손을 종잠과 상충, 위지무외가 거드는 가운데 다만 매상 자매만 절벽 위에 있었다. 매상은 꼿꼿이 서서 멀리 곤이 검을 찾고 있을 자리를 바라보며 서 있었고 매령은 그 옆에 가만히 앉아 있었다. 그녀들은 어제 그 일 이후 서로 한마디도 나누지 않고 있는 상태였다.

해가 중천에 자리했다. 미동도 않던 매령이 몸을 일으켰다. 그리고 얼마간 머뭇거리더니 물었다.

"마음이 조금도 안 바뀌었니?"

"전혀."

매상은 시선도 돌리지 않고 간단히 대답했다.

매령의 얼굴에 착잡한 빛이 떠올랐다. 그러나 어제와는 달리 그녀는 매상을 다그치지 않았다. 다만 한숨을 내쉬며 낮게 중얼거리듯 말하는 것이었다.

"네가 결심한 이상 내가 무슨 말을 해도 들을 리 없다는 건 알지만, 어쨌든 나로선 한마디 하지 않을 수 없구나. 아무리 네 자신이 옳아도 세상을 네가 하고 싶은 대로 하고 살 수는 없어. 더구나 이 일이 몰고 올 파장을 감안한다면 말야……. 다시 한 번 생각해 보길 바래."

"……."

잠시 침묵이 흘렀다. 불쑥 매령이 다시 한숨을 토해냈다.

"휴우……! 어쩌면 저 사람이 정말 검을 찾아올지도 모르겠단 생각이 드는구나."

"……!"

흠칫 매상의 시선이 매령에게로 향했다.

그러나 매령은 이미 매상을 보고 있지 않았다. 조금 착잡한 표정으로 무심하게 바다를 보고 있었다. 매상도 이내 시선을 다시 바다로 돌렸다. 그런데 어느 순간이었다. 바다를 바라보던 그녀들의 눈이 화등잔마냥 커지고, 매령은 자신도 모르게 입을 떡 벌리며 신음처럼 말했다.

"맙소사! 저, 저게 뭐지……?"

곤이 있음 직한 바다에 갑자기 산처럼 커다랗고 시커먼 물체가 수면 위로 솟아오르고 있었던 것이다. 눈을 끔뻑이며 매상도 멍하니 그것을 바라보는 가운데 매령이 재차 경악성을 토해냈다.

"세, 세상에……! 고, 고래야……!"

"곤의 친구라네."

불쑥 끼어든 음성이 있었다. 위지무외였다. 그는 점심을 같이 하자고 두 자매를 부르러 온 것이었다. 두 자매 역시 그가 오는 기척을 알았지만 너무 경악한 탓에 돌아볼 여가를 갖지 못했던 것이고.

위지무외가 말을 이었다.

"태풍을 피하느라 멀리 갔었던 모양이군, 바다로 나가자마자 곤이 불렀을 텐데 이제야 나타난 걸 보니."

"……!"

그러나 더한 경악을 떠올리는 황산쌍봉이었다. 더욱 놀라운 일이 벌어지고 있었던 것이다.

산이 모습을 드러냄과 동시에 여기저기서 크고 작은 수십 수백·마리의 고래가 불쑥불쑥 수면을 차고 올랐다 사라지며 그 인근의 바다를 온통 채우고 있었다. 더구나 곤이 산의 등에 올라 괴성을 지르자 고래

들이 화답하듯 같은 소리로 시끌벅적한 데는 경악하다 못해 기가 찰
지경이었다.

"아마도 저들을 이용해 자네들의 검을 찾을 모양이네."

위지무외가 고소를 머금고 말했다.

"기가 막히는군. 저런 방법을 쓸 줄이야……. 하기야 곤 혼자서 바
다를 다 뒤진다는 것은 불가능할 테지. 쉽게 승낙한 것도 아마 저들을
생각했기 때문이겠고. 저들이라면 쉽게 찾을 수도 있을 터이니."

"고, 고래와 말을 한다는 거예요……?"

"어디 말뿐이겠는가."

위지무외의 대답에 매령은 하도 어이가 없어 머리를 절레절레 내저
을 뿐이었다.

그런데 오래잖아 시끌벅적한 고래들의 기성도 사라지고 바다 위엔
산과 곤만이 남았다. 그리고 그들은 곧장 섬을 향해 다가오는 것이었
다. 워낙 큰 덩치인지라 산은 해안 가까이 오지 못하고 조금 떨어져 멈
추었고 곤은 그대로 물속으로 들어가더니 이내 절벽 밑에 모습을 드러
냈다. 그리고 절벽 위를 보며 말했다.

"누구 한 사람 같이 가시죠. 본인들의 검인지를 확인해 줄 사람이
필요해요."

"……!"

황산쌍붕은 어리벙벙한 표정으로 서로를 쳐다보았고 말은 위지무외
가 했다.

"수리 중이라 아직 배를 띄울 수도 없는데, 어떻게 간단 말인가?"

"염려 말아요. 산아 위에 있으면 돼요."

천연덕스런 곤의 대답이었다.

"그 무슨 말도 안 되는……!"

매령이 황당하고 기가 막힌 얼굴로 말끝을 잇지 못할 때였다.

"내가 갈게."

매상이 나섰다. 놀라 자신을 바라보는 매령을 뒤로하고 매상이 곤을 향해 소리쳤다.

"잠시 기다려요! 돌아서 내려갈 테니!"

바람이 없다 해도 그녀가 백 장 절벽을 내려가기는 쉬운 일이 아니었다. 하물며 아직도 거센 바람이 불고 있음에야. 그녀는 일단 모래 해안으로 가 해변을 따라 곤이 있는 곳으로 돌아올 생각인 것이다. 그러나 곤은 그것이 아니었다.

"그럴 필요 없어요."

곤이 양팔을 벌리며 말했다.

"그냥 뛰어내려요. 괜찮아요."

"미, 미친……!"

반응은 매령에게서 먼저 튀어나왔다. 그녀는 자신보고 한 말이 아님에도 너무 어이가 없어 말도 잇지 못했다.

그런데 더욱 놀라운 일이 벌어졌다. 매상이 누가 말리고 잡고 할 틈도 없이 그대로 절벽 아래로 몸을 날린 것이다. 매령이 기절할 듯이 놀란 것은 말할 것도 없고, 위지무외조차 기겁해 입만 벌린 채 어, 어, 하고 있을 뿐이었다.

그러나 매상은 가없이 떨어지면서도 오히려 편안한 얼굴로 눈마저 감고 있었다. 처음 뛰어내릴 땐 그래도 공포와 전율을 느꼈지만 막상 추락의 속도에 몸을 내맡기고 나자 형언키 힘든 황홀한 기분 속에 편안하고 행복하기까지 했던 것이다. 그리고 어느 순간, 끝없이 떨어질 것 같던 몸을 뭔가 부드러운 경력이 받쳐 올리더니 서서히 속도가 줄어드는 것이었다. 그제야 매상은 눈을 떴고, 동시에 곤은 그녀를 가볍게 받으며 바닥에 착지시켰다.

"아……!"

절벽 위의 사람들이 탄성을 발했다. 그러나 둘은 그들을 보지 않았다. 곤은 곧장 물속으로 들어가 물 위로 드러난 자신의 어깨를 가리키며 말했다.

"올라와요."

"……!"

잠시 곤을 바라보던 매상은 이내 몸을 날려 그의 한쪽 어깨에 내려앉았다. 곤은 그 자세 그대로 바다를 미끄러져 가기 시작했다. 매상은 중심을 잡으며 최대한 자신의 몸을 가볍게 하려 애썼지만 곧 그것이 필요없음을 알았다. 그저 가만히 있어도 절대 떨어지거나 물에 잠기는 일이 없도록 곤이 조절하고 있음을 알았기 때문이다. 둘은 금세 산이 있는 곳에 다다랐고 산의 등에 올랐다.

"가자, 산아."

등을 톡톡 두드리며 곤이 말하자 산은 서서히 움직이기 시작했다.

산의 등은 워낙 넓어 웬만한 배의 갑판만했고, 산이 지느러미만 움직여 유영했기에 매상은 작은 흔들림조차 느낄 수 없을 정도였다. 그녀는 편안한 기분으로 앉았고 그제야 시선을 돌려 절벽 위를 쳐다보았다. 까마득히 그때까지도 서 있는 두 사람이 보였다.

산은 배가 침몰된 지역에 다다라 멈추었다. 곤이 말했다.

"나도 검을 찾으러 들어갈 테니 산과 같이 여기 있어요. 아마 뭔가 비슷한 걸 찾으면 고래들이 물고 올라올 겁니다. 검이 맞으면 받고, 아니면 머리를 흔드세요.”

　그리고 곤도 물속으로 들어갔다.

　매상은 가만히 앉아 있었다. 그녀는 언제나처럼 조금 냉랭한 표정 그대로였다. 신기하고 이상하고 그러면서도 불안하고 긴장된 마음일 것이 인지상정이지만 그녀는 조금도 내색을 않는 것이다.

　오래잖아 물을 튀기며 고래 한 마리가 산의 오른쪽 곁에 머리를 내밀었다. 작고 귀여운 돌고래였다. 그런데 돌고래는 배의 선원들이 쓰는 어자도(漁刺刀)를 물고 있었다. 침몰한 배에서 떨어진 것일 터였다.

　매상은 곤이 시킨 대로 크게 머리를 흔들었다. 그러자 돌고래는 끽, 하고 기성을 토하더니 다시 물속으로 자취를 감췄다. 그때부터 시작이었다. 연이어 산의 주변에 각양각색의 고래가 뭔가를 물고 솟구치는 것이었다. 매상은 머리를 흔들기에도 바빴다. 별의별 것이 다 있었다. 검이나 도, 그리고 그 비슷한 것부터 해서 심지어 주방용품까지. 아마도 침몰한 배에 있던 검 비슷하게 생긴 것은 모조리 다 물고 올라오는 것 같았다.

　한 시진이 흘렀다.

　그런데 곤은 그때까지 한 번도 물 위로 모습을 나타내지 않았다. 매상은 자신도 모르게 연신 주변을 두리번거렸다. 그녀의 그런 마음이 통했음인지 산과 조금 떨어진 곳의 수면이 불쑥 솟아오르더니 곤이 물을 차고 날아올라 그녀 곁에 내려앉았다.

　“아……!”

　매상이 탄성을 발했다. 곤의 손에 들려진 검을 본 탓이다. 바닷물 속에 잠겨 있었음에도 검날엔 물기 한 점 묻어 있지 않은 은은한 붉은 기가 감도는 보검이었다.

"언니 거예요……!"

매상의 음성이 갈라져 나왔다. 이때만은 그녀도 냉정 침착할 수 없었던 것이다. 곤이 미소 지으며 검을 그녀에게 넘겨주었다.

"이제 당신 게 남았군요."

"……!"

잠시 곤을 바라보던 매상은 조심스런 손길로 검을 받았다. 그리고 만감이 교차되는 표정으로 그것을 둘러보는 사이 곤은 다시 물속으로 들어갔다. 물방울 하나 튀기지 않고 바다의 일부인 양 사라지는 그였다. 매상은 검을 자신의 검집에 꽂았고 곤이 사라진 자리를 하염없이 바라보았다.

시간이 계속해서 흘러갔지만 곤은 다시 모습을 보이지 않았다. 해가 서쪽 바다에서 한 뼘도 남겨두지 않았을 때도 마찬가지였다. 이제 고래들도 물건을 물고 나타나는 횟수가 뜸해져 일각에 한 번 꼴도 돌아가지 않았다. 그것은 이미 이 주변 바닥은 다 훑고 멀리까지 나갔다는 이야기였다. 매상은 일어서서 초조한 걸음걸이로 산의 등을 오락가락했다.

그때 다른 일행들이 수리를 끝낸 배를 타고 산의 곁으로 다가왔다.

매상은 잠시 건너가 검을 매령에게 건네주었다. 매령은 뛸 듯이 기뻐했다. 그러다 흠칫 매상의 빈 검집을 쳐다보며 물었다.

"네 것은?"

"아직."

짧게 대답한 매상은 이내 산의 등으로 되돌아왔다. 뜸하긴 하지만 고래들은 꾸준히 산의 주변에 머리를 내밀었기 때문에 자리를 비울 수가 없었던 것이다. 결국 우가 형제의 배도 산과 조금 떨어진 곳에 닻을 내렸다. 당연히 사람들도 수면에 모습을 드러내는 고래의 입을 주시하며 시간을 보낼 수밖에 없었다.

서쪽 바다가 붉게 물들기 시작했다. 곧 해가 질 터였다. 매상은 물론이고 배에 탄 일행들도 목을 길게 빼고 사방을 두리번거렸다. 그러나 곤의 종적은 어디에도 없었다.

어느덧 해가 바다 속으로 잠겨들고 아무것도 물지 않은 고래들이 산의 주위 사방에 하나둘씩 떠오르며 기성을 지르기 시작했다. 그때서야 곤도 산의 바로 곁에 기척없이 머리를 드러냈다. 배에 탄 일행의 탄식과 환호가 먼저 터져 나왔다. 그들에게 웃으며 손을 들어 보인 곤은 산의 등으로 올라왔고 털썩 주저앉았다. 상당히 지치고 피로한 모습이었다. 그리고 그의 손엔 아무것도 들려 있지 않았다. 매상은 그의 앞에 가만히 앉았다.

"멀리까지 샅샅이 뒤졌는데도 찾을 수가 없군요."

잠시 숨을 돌린 후에 곤이 말했다. 여전히 미소를 떠올리고 있지만 어딘가 힘이 없어 보였다.

"내일 다시 찾아봐야겠어요."

"……!"

"그런데 문제는 태풍으로 인해 바다 속 깊이 묻혔을 수가 있다는 것이에요. 현재로썬 그럴 가능성이 가장 많아 보인다는 것이고…… 그렇다고 바닥을 다 뒤집어엎어 볼 수도 없는 데다 시간도 문제고……."

곤이 말끝을 흐리며 매상을 바라보았다.

매상은 드물게도 복잡한 감정의 파장을 떠올린 채 곤을 빤히 건너다보고 있었다. 그것이 곤에게는 검을 찾지 못한 근심과 불안으로 비쳐졌다. 곤은 의식적으로 환하게 미소 지으며 말했다.

"하지만 너무 걱정 말아요. 밤새 방법을 강구해서라도 내가 어떻게든 해볼게요."

"……!"

매상의 속눈썹이 파르르 떨렸다. 뭔가 말을 하고 싶은데 입을 뗄 수 없을 정도로 가슴을 가득 채우며 솟구치는 알 수 없는 뭉클한 감정 때문이었다. 그것은 진심을 보여주는 사람에 대한 감동이었다. 그러나 그녀는 그것이 무엇이며 무엇을 뜻하는지 제대로 알지 못했다. 언제나 차가운 부동심을 유지하며 그렇게 되려 애쓰던 그녀였기에 전에 겪어본 적 없는 이상한 현상 앞에 다만 당황할 뿐이었다.

그녀는 한동안 시간이 지난 후에야 간신히 입을 열었다.

"……그만 가요."

"……!"

곤의 눈이 휘둥그레졌다. 매상이 말을 이었다.

"그만 중원으로 가요. 검 따위…… 못 찾으면 어때요. 아니, 당신은 할 만큼 했어요. 언니 검을 찾았잖아요. 그걸로 이미 당신이 했던 약속을 훌륭히 지킨 거예요. 더 이상 당신이 고생할 이유가 없어요. 그럴 필요도 없고……."

매상답지 않게 뭔가 응어리지고 격한 감정의 소용돌이를 억누르는 낮고 떨리는 음성이었다. 곤이 고개를 갸웃하며 말했다.

"중요한 검이라고 하지 않았어요?"

"아니에요. 있어도 그만, 없어도 그만인 검이에요……."

도리질하며 매상이 대답했지만 곤은 의문을 거두지 않았다.

"분명 목숨 같은 검이라고 들었는데……?"

"……그렇지 않아요. 검을 찾고 싶은 마음에 그렇게 말했을 뿐이에요……."

말을 다 잇지 못하고 매상은 고개를 돌려 버렸다. 뿌옇게 어리는 습기의 막을 곤에게 보여주고 싶지 않았던 것이다. 곤은 잠시 그녀를 쳐다보다 말했다.

"그렇다면 이렇게 하도록 해요. 우선 우리는 당신 말대로 중원으로 떠나고, 검은 산아에게 계속 찾으라고 말해 두는 것이에요. 산은 내가 한 부탁을 소홀히 하거나 잊어먹을 친구가 아니니, 검이 바다에 있는 한 언젠가는 찾아낼 거예요. 시일이 걸리겠지만 그때를 기다리도록 해요, 우리."

"……!"

매상은 여전히 고개를 돌린 채 머리를 끄덕였다.

곤을 마주 볼 수가 없어서였다. 곤의 얼굴을 마주하면 자신도 모르게 엉엉 울음을 터트릴 것만 같았다. 아무리 겉으로 냉랭해도 그녀는 여인이었다. 생전 처음으로 그녀는 이토록 가슴이 꽉 막힐 정도의 감동을 받은 것이었다. 그러나 곤을 보지 않고도 결국 눈물 한 방울이 그녀의 눈가를 타고 또르르 굴러 내렸다. 매상은 행여 그 모습을 곤이 알까 더욱 고개를 돌렸다.

어머니의 죽음을 딛고 태어났다는 죄업의 굴레를 항상 업보처럼 뒤집어쓰고 살아온 그녀였다. 그래서 아주 어릴 때부터 생의 아름답고 기쁨에 찬 밝은 면을 스스로 버리고 살아왔다. 세상에 대한 기대는 물론이고 자기 생을 가꾼다는 생각도 해본 적 없이 아버지와 주변 사람들이 시키는 대로 따라온, 그저 무감각하게만 보내온 인생이었다. 그리하여 아무것에도 기대이지 않고 쓸쓸하고 삭막한 가슴으로 더욱 차가운 얼굴을 해온 그녀였다. 그러나 원래는 여린 속살을 지닌 그녀였기에, 이제 곤의 대가를 바라지도 조건도 없는 묵묵한 진심 어린 호의 앞에 그토록 굳건히 쌓아온 자신과 세상에 대한 냉소와 경멸과 절망의 벽을 그녀 자신도 모르게 허물고 있는 것일 터였다. 아니, 어쩌면 그녀 말대로 죽음과 직면한 후부터 그녀의 마음이 바뀌었기 때문인지도 몰랐다. 어쨌든 그녀는 그녀 스스로 둘러쓰고 있던 각질화된 껍질을 깨고 있는 것만은 분명했다.

"그럼, 이제 갈까요."

곤이 말하며 일어섰다.

매상도 묵묵히 따라 일어섰다. 그런 그녀의 얼굴은 어느덧 그녀 본래의 냉막한 껍질을 다시 한 겹 두르고 있었다.

제5장

천화검보도(天花劍譜圖)

천화검보도(天花劍譜圖)

일행은 아침이 채 밝아오기도 전에 해문에 도착했다.

산이 장강구 가까이의 배들의 왕래가 드문 해역까지 끌어주었기 때문에 일찍 도착한 것이었다. 그곳에서 곤은 산과 작별을 고했다. 서로를 안 이후 한 번도 떨어져 본 적 없는 그들은 서로가 보이지 않을 때까지 제자리에 서서 꼼짝도 하지 않았다. 곤은 뱃전에서, 산은 바다에 뜬 채 낮은 기성을 연신 흘리며.

일행은 우선 우가 형제의 장원으로 갔다. 그들의 청도 있었고 좀 쉬면서 육로 여행에 필요한 물품들을 마련하고 구입하기 위해서였다.

원래 우가 형제는 장강을 거슬러 계속 금릉까지 태워주고 싶어했다. 또 그 편이 훨씬 빠르고 편안한 방법이기도 할 터였다. 하지만 선상 생활에 진저리를 친 다른 일행들이 육로를 고집했던 것이다. 더구나 종잠이 있었다.

그는 당분간 무공이 회복될 기간만이라도 함께 있게 해달라고 부탁을 했고 곤과 위지무외도 승낙을 한 상태였다. 그렇기에 그와 같이 장강을 오른다는 것은 번거로움과 위험을 자초하는 일이었다. 장강에 들어서는 순간부터 수채 사람들과 얼굴을 부딪치지 않을 방법이 없는 것이고 그들이 그를 못 알아볼 리 없을 터였다. 그것은 쌈박질이 일어난다는 이야기와 똑같았다. 그런 뻔한 상황을 예견하면서도 굳이 수로를 택할 이유가 없었다. 물론 곤이야 그런 걸 알 리도 없고 신경을 쓰지도 않았다. 그는 다만 다른 사람들이 하자니 그대로 따를 뿐이었다.

우가 형제의 장원은 해문에서 조금 떨어진 멀리 바다가 내려다보이는 야트막한 야산의 중턱에 자리하고 있었다. 일행은 그 장원의 정원에서 우가 형제와 그 가족들이 정성스레 차린 음식으로 아침을 들었다. 곤을 제외한 일행에겐 모처럼 대하는 풍성한 식탁이었고 음식다운 음식이었다.

식사 후 다른 일행은 휴식을 취했고, 그사이 상충은 말을 비롯해 필요한 것들을 구입하러 가겠다고 나섰다. 매상도 우선 쓸 검이나 하나 구하겠다며 따라나섰다. 그러자 매령도 뒤를 이었다.

그들이 떠난 후 멀리 해안의 정경을 바라보며 곤과 위지무외와 함께 종잠도 나란히 의자에 앉아 있었다. 그런데 종잠이 문득 눈살을 찌푸리며 중얼거리는 것이었다.

"영문을 모르겠군요."

"……?"

위지무외가 의아한 얼굴로 자신을 돌아보자 그는 말을 이었다.

"황산쌍봉 말입니다. 저들은 분명 자신들의 집으로 가는 중이라고 했고, 우리와는 방향도 완전히 다릅니다. 더구나 평소 우리 같은 사람들은 거들떠보지도 않는 명문세가의 인물들이고요. 아무리 조난 때문에 도움을 받았다지만, 여기까지 따라오고 또 아직도 떠날 생각을 않는게 이상하지 않습니까? 배에서 내리자마자 금전이나 몇 푼 쥐어주고는 입에 발린 감사나 연발하며 벌써 제 갈 길을 갔어야 정상일 텐데……?"

어찌 들으면 심한 비아냥거림이었다.

"어렵게 생각할 것 있겠습니까?"

위지무외가 조금 곤혹스런 표정으로 그러나 웃으며 말을 받았다.

"저들은 아직 어린 낭자들이고, 그래서 우리에게 고맙고 미안한 마음 때문에 선뜻 떠나지 못하고 있는 것일 테지요. 아마 곧 떠날 것입니다."

"허허, 위지 국주께선 마음에도 없는 말을 잘도 하시는군요."

고소를 지으며 반박하는 종잠이었다.

"저들은 그 유명한 황산 일족(黃山一族), 바로 황산세가의 문인들입니다. 그것도 직계고요. 국주께서도 황산의 매가가 어떤 위인인지 잘 아실 텐데요? 명문이니 하는 족속이 아니면 그가 어디 사람을 발톱의 때만큼이라도 여기는 인물입니까? 나는 그들의 눈에 우리가 버러지 이상으로나 비칠지 의심스럽습니다."

"그, 그렇게까지……."

위지무외가 어색한 웃음을 물고 말꼬리를 흐렸다. 종잠은 머리를 흔들며 강한 어조로 말했다.

"저 소저들이 아직 떠나지 않는 것은 뭔가 다른 이유가 있을 것입니다. 절대 고맙다거나 미안해서는 아닐 것입니다."

"……!"

위지무외는 더 이상 대꾸하지 않았다. 다만 난감하고 씁쓸한 모습으로 종잠을 바라볼 뿐이었다.

그는 종잠이 왜 이런 소리를 하는지 잘 알고 있었다. 오래지 않은 과거, 장강수채의 작은 소채 하나가 황산세가의 문인이 탄 줄도 모르고 지나가는 배를 건드렸다가 어떤 일이 일어났는지를. 겨우 하급 문인 하나를, 그것도 돈을 털려다 실수로 부상을 입혔을 뿐이건만 수채는 휘하의 소채 하나를 하룻밤 새 홀랑 날려 보내야 했다. 그러고도 찍소리 한마디 못했다. 욱일승천하는 기세의 수채라고는 하지만 그것은 수적질과 물에서일 뿐이었고 또 고만고만한 문파들 사이의 이야기일 뿐, 황산세가에 비하면 조족지혈에 불과했으니까. 그렇지만 수채가 그 원한의 기억마저 잊은 것은 아닐 터였다. 더구나 노호 종잠이 그런 일을 잊을 사람은 더욱 아니었다.

"어떻든 곧 알게 되겠지요."

종잠이 조금 가라앉은 음성으로 말했다.

생각해 보면 그녀들이 죄를 지은 것도 그녀들에게 화를 낼 일도 아니었다. 그러나 그는 끝내 가시를 거두지 않았다.

"하기야 어디 우리와 동행하려 들 리야 있겠습니까. 우리와 같이 다니면 무슨 큰 체면이라도 깎이는 줄 아는 무리들인데. 조만간 무슨 말이 있겠지요. 그리고 우리도 사실 찜찜하기 그지없는 노릇이고."

사실이었다. 위지무외 역시 그녀들이 하루빨리 떠나기를 바라고 있었고 은근히 걱정하고 있었다. 그는 그 반대도 마찬가지지만 그보다는 정의니 협의니 하는 명문정파와 어울리고 싶은 생각은 더욱 없었다. 그런 구설수에 오르내리는 것 자체가 싫은 위지무외였다. 그는 그들과 좋지도 나쁘지도 않은, 아니, 될 수 있으면 아무 상관 없이 서로 관계치 않고 살아가고 싶은 사람이었다. 그들의 제자도 아니고 그들의 표물을 받는 것도 아닌 이상 그것이 상책이었다. 또 그것이 지금의 표국을 안전하게 유지하는 길이기도 했다. 힘이야 그들이 월등 강할지 모르지만 표물을 들고 강호를 다니자면 보보(步步)마다 부딪치는 족속은 흑도(黑道)나 자잘한 군소방파였으니 말이다.

그런데 그때였다.

"그건 아닌데요."

불쑥 곤이 말하는 것이었다.

"매 큰 소저는 모르지만 둘째 소저는 우리와 같이 갈 것입니다."

"그, 그게 무슨 소린가?"

위지무외가 눈을 크게 뜨며 황당해하는 모습으로 물었다. 종잠 역시 놀라 곤을 쳐다보기는 마찬가지였다. 곤이 말했다.

"나와 같이 가고 싶다고 해서 그러라고 했거든요. 어젯밤 배에서요."

산과 헤어져 우울한 기분으로 뱃전에 서 있던 곤에게 매상이 다가와 그런 제안을 했던 것이다. 곤은 안 그래도 헤어지고 싶지 않던 참이라 쾌히 승낙을 했던 것이고.

위지무외와 종잠은 입을 떡 벌리고는 말도 못하고 서로를 쳐다보았다. 그들로선 도무지 상상도 이해도 되지 않는 것이다. 더구나 매상이라니! 그 인정머리없어 보이고 차갑기만 한 얼음덩어리가 왜……?

"왜, 왜……?"

겨우 말문을 튼 위지무외가 물었다.

"그녀가 무엇 때문에? 도대체 뭘 하려고……?"

"그건 나도 몰라요."

웃으며 머리를 흔들던 곤이 아, 하고 탄성을 발하며 고개를 갸웃했다.

"검 때문인가? 산아가 찾아내면 나와 같이 있다가 빨리 받으려고……?"

그러나 이내 곤은 그것은 아닐 것이란 생각을 했다. 그럴 것 같으면 그 자리에서 요구했을 테고 그랬으면 자신은 수단과 방법을 가리지 않고 찾아줄 용의가 있었다. 오히려 거부한 사람은 그녀였다. 곤은 웃으며 말했다.

"나를 따라다니며 좀 놀고 싶은 모양이죠 뭐."

"……!"

곤의 천진스런 말에 하도 기가 막혀 멍하니 서로를 쳐다볼 뿐인 위지무외와 종잠이었다.

그들은 갑자기 머리가 아파오기 시작했다. 특히 위지무외는 더했다. 안 그래도 발등에 떨어진 불이 초가삼간 다 태울 지경인 그였다. 그래서 해경도까지 갔었고 겨우 곤에게서 희망을 발견한 그였다. 그런데 황산세가라니! 의도를 모르니 꼭 나쁜 쪽으로만 생각할 일은 아니지만 그것은 상황일 뿐 좋든 나쁘든 표국에는 득이 될 것이 없었다.

"절대 안 되네."

위지무외가 정색을 하고 말했다.

"무슨 일이든 간에 여기서 헤어져야 하네! 그녀와 동행할 수는 없네!"

"왜요?"

곤이 눈을 말똥거리며 위지무외를 쳐다보았다.

위지무외는 그런 그를 보며 한숨밖에 나오지 않았다. 강호의 복잡한 사정에 대해 아무것도 모르는 곤에게 설명할 방법이 마땅치 않았던 것이다. 대답은 종잠이 했다.

"가는 길이 다르고 친구가 아니니까요, 공자."

종잠은 그날 이후로 곤을 항상 공자라고 깍듯이 부르고 있었다. 그러나 종잠의 말을 들은 곤은 오히려 환하게 웃었다.

"그럼 걱정할 것 없어요. 우린 이미 친구이니까요. 그녀는 산아 다음으로 나와 친한 친구예요. 그러니 국주님과 종 전주와도 곧 친해질 수 있을 거예요."

위지무외 등과 만나기 전에는 해경거인 외에는 친인이 없던 곤이었다. 더구나 친구라고는 고래가 전부였다. 물론 이번에 강호로 나오면서 광룡과 결의형제를 맺었고, 또 그가 좋고 정말 형님처럼 생각하고 있지만, 그렇다고 그가 동배의 진정한 격의없는 친구는 될 수 없었다. 그러다 매상을 만났고, 곤은 그녀와 마음이 통하고 끌리는 것을 서로 친구가 되었기 때문이라고 생각하고 있었다. 하기야 따지자면 어떻든 그녀는 곤이 생전 처음 가져 보는 인간 친구임에는 틀림이 없었다. 그리고 표현하지 않을 뿐이지 그는 그것을 정말 기뻐하고 즐거워하고 있는 것이고.

기가 막힌 사람은 종잠과 위지무외였다. 위지무외가 떠듬떠듬 말했다.

"치, 친구라고? 그, 그녀가……?"

"그럼요."

"하……!"

천진하게 웃으며 서슴없이 대답하는 곤에게서 위지무외는 무어라 달리 할 말이 떠오르지 않았다. 다시 종잠이 나섰다.

"그녀가 누군지 아십니까?"

"지금 알고 있는 것 말고 더 알 필요가 있나요? 마음으로 통하는 친구면 됐지."

곤의 말에 종잠은 한숨부터 불어내며 말했다.

"휴우, 다른 것은 다 놔두고 한 가지만 말하지요. 그녀의 아버지는 신주십인 중에서도 가장 괴팍하고 고집불통이라는 황산고학(黃山孤鶴) 매중학(梅中學)입니다. 그는 자신의 딸이 공자와 어울려 다니는 것을 결코 그냥 좌시할 사람이 아닙니다. 아마 공자는 물론이고 공자 주변의 모든 것을 용서하지 않으려 들 것입니다."

곤이 멀뚱멀뚱 종잠을 쳐다보며 물었다.

"그가 그렇게 무서워요?"

종잠이 힘차게 머리를 끄덕였다.

"현 강호에서 가장 무서운 사람이라고 해도 과언이 아닐 것입니다."

"뇌도광룡보다 더?"

"과, 광룡을 아십니까?"

반문하는 종잠의 얼굴엔 오히려 곤보다 더한 경악과 의문이 떠올라 있었다. 위지무외 역시 그랬다. 그는 곤과 광룡과의 일을 알지 못하고 있었다. 곤이 말하지 않았고, 그것은 광룡이 그러길 원했기 때문이었다. 그러니 그들로선 고학도 알지 못하는 곤이 그보다 훨씬 강호에 나오는 예가 드문 광룡을 아는 것이 놀라운 것이다.

그러나 곤은 머리를 끄덕였을 뿐 그에 대해서는 더 이상 말하려 들지 않았다. 다만 그는 종잠을 빤히 쳐다보며 자신의 질문에 대한 대답만 기다리고 있었다. 할 수 없이 종잠은 입을 열었다.

"무공으로만 말하자면 둘이 고하를 가리기는 힘들 것입니다. 신주십인 중에서도 수위를 다투는 인물들이니까요. 하지만 고학에겐 기라성 같은 고수들이 운집한 세가가 있습니다. 뇌정궁이 몇 개 있어도 안 될 세력이지요. 더구나 그에겐 무수한 지인들이 있습니다. 아마 모르긴 몰라도 광룡과 고학이 붙는다면 강호의 삼 분지 일은 고학의 편에 서거나 돕겠다고 나설 것입니다."

"광룡이 안 된다는 이야기인가요?"

"십중팔구는."

"……."

곤은 말없이 잠시 생각에 잠겼다.

이 국면과 매상에 대해 뭔가 진지하게 생각하겠거니 하는 위지무외와 종잠의 바램과는 달리 곤은 엉뚱한 상상을 하고 있었다. 매상이 친구니 고학은 친구의 아버지였고 반면에 광룡은 의형이었다. 그런데 그런 둘이 싸운다면 자신은 과연 어느 편을 들어야 되는가, 하는 유아적인 발상에서 오는 상상 말이다.

하지만 그런 것을 알 리 없는 종잠이 설득하듯 말했다.

"공자는 이제 처음 강호에 나온 분입니다. 앞으로 좋은 친구들을 많이 사귈 수 있을 것입니다. 그리고 친구라고 항상 같이 있으란 법도 없고요. 매상 소저는 여기서 집으로 돌려보내는 것이 현명합니다."

종잠의 음성에 생각에서 깨어난 곤이 웃으며 말했다.

"그녀가 돌아가겠다면 당연히 그렇게 해야지요. 하지만 그녀가 가지 않겠다면 나는 보내지 않습니다. 그녀 아버지 아니라 그보다 더 무서운 사람이 온다 해도 말입니다. 적어도 신곤은 남에게 좌우되지는 않습니다. 형님을 봐서라도."

"신곤……?"

“형님이라니……?”

두 사람의 어리둥절한 반문에 곤은 활짝 웃었다.

“제게도 형님이 한 분 있습니다. 신곤은 그분이 지어준 이름이고 요.”

“……!”

종잠이야 사정을 다 모르니 그러려니 하지만 위지무외는 달랐다. 그는 더욱 머리가 아파옴을 느꼈다. 짧다면 짧은 시간이지만 지금까지 같이 있어오면서 곤에 대해 거의 모르는 것이 없다고 생각했던 그였다. 그런데 갈수록 그에 대해 모르는 것이 더 많아지고 상대하기 어려워지고 있었다. 처음 평범하게만 보이고 항상 웃는 얼굴에서 그저 그 또래의 순박한 젊은이로 쉽고 편하게만 생각했었다. 그런데 시간이 지나면 지날수록 그것이 아니었다. 이젠 그 웃음이 자신을 감추는 보호색이 아닌가 의심스럽기까지 한 위지무외였다. 가만히 생각해 보니 곤에 대한 모든 것이 모호했다.

그리고 무엇 하나 자신의 주장대로 된 것이 없었다. 항상 곤이 결정했고 자신은 어정쩡하게 따르는 쪽이었다. 그것도 인지하지 못하는 사이에.

위지무외는 문득 조바심을 느꼈다. 이대로 가다가는 죽도 밥도 안 될지 모른다는 위기 의식이었다. 그래서 결국 위지무외는 칼을 빼 들었다. 그가 빼 들 수 있는 칼은 하나뿐이었다.

“자네는 지금 어딜 가는 겐가?”

정색을 하고 위지무외가 물었다.

“표국으로 가서 나를 도와주겠다는 것이 아닌가?”

“그야 그렇습니다만……?”

곤이 어리둥절한 눈으로 말끝을 흐리자 위지무외는 못을 박듯 단호
한 음성으로 말했다.

"그렇다면 일단 표국 일에 전념해야 할 것이 아닌가. 자꾸 이렇게
분란의 소지를 만들어서 어쩌겠다는 것인가? 온전히 내 일에만 집중해
도 어찌 될지 모르는 판국에 말일세. 매이 소저(梅二小姐)는 일단 집으
로 돌려보내세. 그리고 표국 일이 끝난 차후에 다시 논의하기로 하세."

"……!"

곤은 난감한 표정으로 위지무외를 바라보았다.

매상을 데려가는 것이 어째서 방해가 되는지 도무지 이해할 수 없는
그였다. 그러나 저렇게까지 말하는 위지무외의 면전에서 고집을 세우
기도 힘들었다. 어쨌든 그는 모든 것에 우선하는 은공이었다.

그런데 그때였다.

"저는 가지 않습니다."

갑자기 들려온 차가운 음성이 있었다. 매상이었다. 그녀는 검을 구
한 즉시 되돌아온 것이었다. 물론 매령도 함께였다. 그녀들은 일행과
칠팔 장의 거리에 있었다.

매상은 곤의 곁으로 와 섰고 말을 이었다.

"저는 곤 공자를 따라갈 것입니다. 공자께서 나를 쫓아내지 않는 한,
나는 다른 아무 데도 가지 않습니다."

"내 스스로 당신을 가라고 하는 일은 결코 없을 것입니다."

환한 미소를 지으며 옳다구나 하고 한술 더 뜨는 곤이었다.

장내의 인물들은 모두 멍하니 입을 벌리고 둘을 보고 있었다. 듣기
에 따라서 둘의 말은 묘한 뜻을 내포하고 있었고, 그리고 그것이 아니
라 해도 냉봉의 입에서 나온 말만으로도 충분히 충격이었다. 그것은

심각하고 난해한 어떤 공표와 마찬가지였던 것이다. 누구보다 먼저 매령의 안색이 새파랗게 질렸다. 그리고 떨리는 손을 억지로 들어 올렸고 곤을 가리키며 말했다.

"꼭, 이래야 하겠니?"

제대로 말을 잇지 못하는 매령의 음성은 파들파들 떨리고 있었다.

"저 사람에 대한 은혜도 좋고 네 그동안의 심정도 다 좋다만, 그렇다고 꼭 이렇게까지 아버지의 체면도 돌보지 않고, 이런 부끄러운 짓을 벌여야겠니? 어젯밤에 내가 그토록 말했건만!"

하지만 매상은 얼굴빛 하나 변하지 않았다.

"나도 이미 말했었어."

"우선 아버님께 가자! 어떻든 가서 네 입으로 말씀드리고 허락을 받아라! 더구나 곧 생신이잖니! 같이 가자! 같이 가면 나도 선처를 빌어보마."

화를 내다 못해 간절한 빛까지 띠는 매령이었다. 그러나 매상은 추호도 흔들림이 없었다.

"생신은 아직 두 달이나 남았어."

너무 침착해 서리가 내릴 지경인 음성이었다. 매령은 낮게 도리질하며 더욱 간절한 표정으로 말했다.

"이러지 마! 이건 아니야……!"

"……."

이제 매상은 물끄러미 매령을 쳐다볼 뿐 대꾸도 않았다.

그런 그녀를 마주 보던 매령이 한순간 흠칫했다. 마치 생면부지의 낯선 사람을 보는 것 같은 느낌이 들었던 까닭이다. 참다못한 매령은 입술을 질끈 깨물며 말했다.

“좋아! 그렇다면 지난번 네가 한 말은 뭐였니? 검을 못 찾으면 보타
산으로 돌아가겠다고 한 그 말은 뭐였지? 네 검은 찾지를 못했잖아!”

“찾는 중이야.”

“……!”

매령은 충혈된 눈으로 매상을 노려볼 뿐 더 말을 못했다.

그녀 생각에 검을 찾는 중이란 말은 순전히 억지에 불과했던 것이
다. 동생의 성격이 어떤지 잘 아는 그녀였다. 그런데 이렇게까지 말할
정도면 지금은 무슨 말로도 설득이 불가능하다는 이야기였다. 눈싸움
이라도 하듯 노려보던 그녀는 어느 순간 눈빛을 풀었고 긴 한숨을 내
쉬었다.

“정말 다시 생각해 볼 수 없겠니?”

“대답은 이미 했어.”

조금도 여지를 남겨두지 않는 매상이었다. 매령은 다시 긴 한숨을
내쉬었다. 그리고 어딘가 쓸쓸하고 애잔한 눈으로 매상을 바라보았다.

“안타깝구나. 우리는 언제까지고 함께할 자매일 줄 알았는데…….”

“……!”

“아버님께는 내가 잘 말씀드려 보마. 하지만…….”

“고마워, 언니.”

그래도 미진한 듯 말끝을 흐리는 매령의 말을 싹둑 자르는 매상이었
다.

“…….”

잠시간 침묵 속에 둘은 서로를 가만히 쳐다보고 있었다. 그리고 어
느 순간 매령은 몸을 휙 돌리더니 말없이 그대로 몸을 날리는 것이었
다.

"……!"

멀어져 가는 그녀의 뒷모습을 쳐다보며 아무도 말을 꺼내지 않았다. 위지무외는 위지무외대로 종잠은 종잠대로 제각기 상념에 잠겨 복잡하고 혼란스런 얼굴로 멍하니 서 있었다. 매상 역시 그랬다.

다만 곤만이 마냥 미소를 띠고 있었다.

중천의 뙤약볕이 내리쬐는 천목산(天目山)의 동쪽 끝자락 관도.

말을 타고 오르기에는 꽤 가파른 고갯길을 다섯 사람이 말을 타고 가고 있었다. 어제 오후 늦게 우가 형제의 장원을 출발한 곤 일행이었다.

출발에 앞서 사람들은 말을 생전 처음 타보는 곤을 염려했지만 기우에 불과했다. 말과 대화라도 나누듯 말의 눈을 응시한 채 한동안 말을 쓰다듬고 있을 때까지만 해도 사람들은 불안한 얼굴로 지켜볼 수밖에 없었다. 그러나 말에 오른 곤이 어색하긴 해도 상충이 일러준 요령을 금방 습득하고 한 시진도 지나지 않아 웬만한 기수 못지 않게 말과 호흡을 맞춰 보일 때는 탄성마저 질러야 했다.

그리고 위지무외는 뒤통수가 근질근질하고 찜찜하기 그지없었지만 매상을 묵인하지 않을 수 없었다. 또 이왕 묵인한 바에야 편하게 대하려 애썼다. 어차피 강제로 내쫓지 못할 바에야 뒷일은 뒤에 생각하는 것이 옳았다. 상충도 그랬다. 다만 종잠만은 한 번씩 매상을 스쳐 볼 때마다 눈길이 그리 곱지 않았다.

고갯길은 꼬불꼬불 이어져 한 시진 이상 땀을 빼고서야 일행은 고갯마루에 올라설 수 있었다. 그곳엔 여행객들이 쉬어가곤 하는 몇 그루의 큰 나무 아래 평탄한 그늘이 있었다. 선객이 몇 사람 있었지만 나무 그늘 하나는 온전히 일행이 차지할 수 있었다.

그런데 일행이 그늘 주변에 꽂힌 몇 개의 말뚝에 말을 묶어놓고 나무 아래에 각자 편한 자세로 앉을 때였다.

"잠깐, 잠깐!"

삿갓으로 얼굴을 가린 채 옆 그늘에 큰대(大) 자로 누워 있던 한 사람이 벌떡 일어나며 소리치는 것이 아닌가.

누워 있을 때는 잘 모르겠더니 일어서자 우람한 몸통의 칠 척 거한이었다. 게다가 옆에 나란히 놓여 있던 제 딴엔 여행용 지팡이라고 들고 일어선 것이 오륙십 근은 족히 나갈 철장(鐵杖)이었다. 그는 일행 쪽으로 큰 걸음을 내디디며 말했다.

"행로(行路)마다 지킴이가 있고 초목에도 다 주인이 있다! 너희들이 차지한 자리는 원래 본불(本佛) 거야! 무단으로 차지했으니 세금을 내야 해!"

참으로 어이없는 말이었다. 하지만 그것은 일종의 녹림(綠林) 은어(隱語)였다, 녹림이 행인을 털 때 상용하는.

상충이 웃으며 나섰다.

"철장악불(鐵杖惡佛)! 왕옥산(王屋山)의 터줏대감인 당신이 산채는 버리고 이 먼 곳까지 웬일이오? 못 본 사이 기반이라도 옮긴 것이오?"

"엥?"

단번에 자신을 알아보는 상충의 말에 악불은 삿갓을 치켜 올리며 눈을 크게 떴다. 그리고 그의 눈이 상충과 위지무외를 스쳐 가더니 입맛을 쩝쩝 다셨다. 그러나 이내 철장을 땅에 내리찍으며 짐짓 눈을 부라렸다.

"제미랄! 하필 자리를 펴자마자 안면있는 사람이라니! 그래도 그냥은 안 돼! 가진 것 중에 반은 내려놔!"

그러나 상충은 여전히 웃음을 거두지 않았다.

"허허, 무슨 일이 있어도 단단히 있는 모양이외다. 표행이 아닌 걸 알아보았을 터인데, 그것도 아는 안면에 다짜고짜 행전(行錢)부터 내놓으라니."

"말이 많다! 어서 대형이 명한 대로나 해라!"

말을 받은 사람은 철장악불이 아닌 다른 사람이었다.

알고 보니 각기 다른 그늘에서 다른 모습으로 흩어져 쉬고 있던 자들이 모두 철장악불의 일행이었다. 그들은 이미 철장악불의 주변에 늘어섰고 그중 하관이 빠르게 생긴 자가 소리친 것이다.

상충의 눈꼬리가 꿈틀했다.

항상 표물을 운반해야 하는 몸이고 될 수 있는 한 소동은 피하는 것이 상책이기에 고분고분 말부터 건넨 것이지 이런 자들이 겁나 몸을 사릴 일은 없는 그였다. 말이 좋아 철장악불이고 산채지 겨우 왕옥산 자락에 사오십 명이 모여 푼돈이나 뜯어먹고 살던 자들이었다. 더구나 일초지적도 되지 않을 하찮은 졸개 따위가 반말지거리로 대받는 데는 그도 마냥 좋은 얼굴을 할 수만은 없었다. 그러나 그가 언성을 높일 기회는 없었다.

아까부터 잔뜩 못마땅한 얼굴로 보고 있던 매상이 누가 말리고 할 틈도 없이 번개처럼 움직였고 퍽, 하는 소리가 울려 퍼졌다. 반말을 내뱉던 자는 비명도 못 지르고 이 장 밖으로 퉁겨 나가 완전히 뻗어버렸다. 본래 그가 있던 자리엔 그자의 입에다 주먹을 작렬시킨 자세 그대로 매상이 서슬 푸른 얼굴로 서 있었다.

"허……!"

상충과 위지무외는 씁쓰레한 탄식을 불어낼 뿐이었다.

그러나 산적들은 달랐다. 갑자기 벌어진 일에 넋이 빠져 있던 그들은 이내 독기를 뿜으며 매상에게 달려들었다. 그러나 그들 역시 전의를 돋우는 고함조차 제대로 질러보지 못하고 역시 먼저 뻗은 제 동료처럼 사방으로 퉁겨져 나뒹굴었다. 교묘하게도 모두가 입에 주먹을 맞고서였다. 다만 그래도 두목이라고 철장악불만은 간신히 그녀의 주먹을 피해 물러설 수 있었다. 그러나 삿갓이 벗겨져 대머리의 흉측한 얼굴을 드러내는 것은 어쩔 수가 없었다. 그는 경악과 분노로 뒤범벅된 시선으로 소리쳤다.

"너, 너는 누구냐? 어째서 너 같은 여자가 표사로 있단 말이냐?"

그는 착각을 해도 한참 하고 있었다. 그리고 매상은 그의 말을 듣고 있지도 않았다. 그녀는 어느새 다시 철장악불의 면전에 이르렀고 주먹을 뻗었다. 이번엔 권풍(拳風)까지 일으킬 정도로 공력을 끌어올려서였다.

"으헛!"

기겁한 철장악불은 피할 겨를도 없이 다급하게 철장으로 매상의 권을 막았다. 펑, 하는 폭음이 터져 나왔고 철장악불은 철장을 놓치고 엉덩방아를 찧었다. 매상은 그런 그를 덮치며 다시 권을 날렸다. 역시 입을 향해서였다.

그런데 그녀의 권이 곧 철장악불의 입을 강타할 급박한 순간이었다.

갑자기 핑, 하는 날카로운 파공음이 울리며 철련자(鐵蓮子) 한 알이 매상에게 쏘아져 오는 것이 아닌가. 예사로운 기세가 아니었다. 권을 계속 뻗다간 여지없이 격중될 터인지라 매상은 재빨리 몸을 옆으로 틀었고 간발의 차이로 철련자가 그녀를 스쳐 지나갔다.

"누구냐!"

몸을 추스른 매상이 삼 장쯤 떨어진 나무를 향해 냉랭하게 소리쳤다. 철련자가 그곳에서 날아온 것이다. 그러자 기다렸다는 듯이 나무 뒤에서 한 사람이 나서며 대소를 터트렸다.

"핫핫핫, 과연 명불허전입니다!"

나타난 자는 이십 대 후반으로 보이는 아주 사람 좋은 미소를 물고 있는 준수한 공자였다. 그는 화려한 금의(錦衣)를 걸치고 공자건(公子巾)을 쓰고 있었고 손에 섭선을 들고 있었다. 매상의 앞으로 다가온 그는 섭선을 접었다 폈다 하며 말을 이었다.

"황산의 절학인 명풍소권(鳴風銷拳)을 여기서 구경할 줄이야! 소생이 오늘 안계를 크게 넓힌 것 같소이다, 냉봉 매상 소저!"

"……!"

"그런데 늘 같이 다닌다는 또 다른 봉황인 큰 소저는 어디에 있습니까? 이왕 견식한 김에 두 분의 옥용을 다 뵈었으면 하는 게 소생의 바램이오만."

말하며 짐짓 주변을 두리번거리는 금의공자였다.

매상은 아미를 찌푸린 채 상대를 보고만 있었다. 상대는 자신을 잘 아는 듯한데 자신은 상대에 대해 아무것도 모르고 있었다. 더구나 듣기에 따라서는 비꼬는 것 같은 말투였다. 또 그 비슷한 미소가 계속 그의 얼굴에서 떠나지 않고 있었다. 매상은 그런 것들이 모두 마음에 들지 않았다. 게다가 자신을 향해 철련자를 쏜 자였다. 그녀는 주먹을 다시 말아 쥐었다. 우선은 두들겨 놓고 볼 일이었다. 그러면 자연 다 해결될 일이었다.

그러나 그전에 이미 매상의 기색을 감지한 공자가 두 손을 내저었고 철장악불을 가리키며 말했다.

"이런, 이런! 소저와 싸우겠다는 것이 아니외다! 나는 다만 저자에게 작은 볼일이 있을 뿐이외다!"

하지만 이제 와서 그런 말을 한다고 이미 끌어올린 공력을 거둘 매상이 아니었다. 그래도 그녀는 그의 말이 끝나기를 기다리는 인내심을 발휘했다. 그리고는 질풍처럼 쇄도해 들었다. 철장악불 등과 상대할 때와는 판이하게 다른 권력(拳力)이었고 빠르기였다. 경풍을 동반한 수많은 권영이 한순간에 금의공자를 덮어씌웠다.

"어이쿠……!"

금의공자는 입으로는 비명에 가까운 소리를 흘리며 허둥대듯 손을 내저었지만 실상은 아니었다. 가볍게 움직이며 그는 섭선으로 하나하나 명풍소권의 절초들을 막아내고 있었다. 그리고도 여전히 만면에 미소를 머금는 여유있는 모습이었다.

잠시간 폭풍 같은 공격을 쏟아 붓던 매상이 홀연히 몸을 빼 뒤로 물러섰다. 공격을 멈춘 것이 아니었다. 검을 빼 들기 위해서였다. 만만치 않은 상대에 대한 호승심과 은연중 상한 자존심이 그녀를 참을 수 없게 만든 것이다. 검을 빼 든 그녀는 차갑게 눈을 빛내며 상대를 노려보았다.

그녀가 든 검은 원래 지니고 있던 보검에 비할 바가 아닌 시중의 일반 청강장검에 불과했다. 하지만 그녀의 손에 들린 이상 그것은 평범할 수가 없었다. 검을 들고 자세를 취하자마자 줄기줄기 회오리치는 검기가 사방을 압박하기 시작했다. 금의공자도 이젠 경시할 수 없는지 두 눈 가득 긴장을 떠올렸다. 그런데 그때였다.

"매 소저, 잠시만 참으시오."

상충이 둘 사이에 끼어들어 말했다.

"우선 이야기부터 들어봅시다. 설마 대명도 쟁쟁한 모윤(冒潤), 모 공자께서 이유도 없이 산적들 편을 들 리야 있겠습니까? 그렇지 않습니까?"

마지막 말은 금의공자를 향해서였다.

매상의 눈에 이채가 떠올랐다. 모윤이란 이름 때문이다.

모윤은 매상과 같이 십오수에 이름이 오를 정도로 명성있는 자였다. 한 자루 섭선으로 펼치는 공력의 무서움과 항상 웃는 얼굴의 준수한 외모로 소면선풍랑(笑面扇風郎)이라 불리며 십오수 중에서도 알아주는 축에 속했다. 다만 백도이면서도 출신의 모호하단 점, 또 과거 좋지 않은 소문에 연루된 적이 있다는 점—물론 뒤에 무고하다고 밝혀지긴 했지만—어쨌든 그런 점만 제외하면 나무랄 데 없는 평판을 듣고 있었다.

그런데 모윤도 조금 놀란 빛으로 상충을 보고 있었다.

기실 그는 제 말 그대로 철장악불에게 볼일이 있었다. 그것이 은밀한 일이었기에 일행과 비슷한 시기에 이곳에 도착했지만 모습을 드러내지는 않았었다. 일행이 지나간 후에 조용히 볼일을 보려 했던 것이다. 그런데 일이 꼬여 사단이 벌어진 것이다. 그래도 어지간하면 나서지 않을 작정이었다. 하지만 여인이 펼치는 무공과 모습으로 보아 매상임을 추측할 수 있었고 그대로 두다간 철장악불이 성치 않을 상황인지라 부득이 모습을 드러낸 것이었다. 그리고 그 저변에는 일행 중 최악의 경우 매상만 막으면 된다는 얄팍한 계산이 깔려 있었다. 철장악불과의 대화에서 일행이 별로 알려지지 않은 표국의 인물들인 것을 들었기에 다른 사람들은 신경 쓸 필요가 없다고 생각한 것이다.

그런데 본 적도 없는 상충이 단번에 자신을 알아본 것이다. 숨길 생각은 없었지만 그렇다고 자신의 절초를 펼쳐 보이지도 않았는데 곧바로 알아본다는 것은 의외였다. 이것은 생각을 좀 해봐야 될 문제였다. 굳이 쉬운 길을 두고 일을 어렵게 만들 필요는 없었다. 그는 짐짓 너털웃음부터 터트렸다.

"하하하, 말씀 잘하셨습니다. 먼저 설명할 기회를 주는 게 당연하지요."

결국 매상도 모윤에게 겨누었던 검끝을 하늘로 향하며 가슴으로 거두어들였다. 하지만 언제라도 출수할 수 있는 자세였다. 그녀의 그런 모습에 어깨를 으쓱해 보인 모윤이 철장악불을 가리켰다. 철장악불은 코앞까지 왔다간 매상의 권에 놀라 기절했는지 엎어져 꼼짝도 않고 있었다.

"아까 말한 대로 저는 저자와 개인적으로 해결할 일이 좀 있을 뿐입니다. 그래서 이쯤 해서 저놈을 제게 양보해 주십사 부탁을 드리려는 것입니다. 이제 그만큼 하셨으면 소저의 화도 좀 풀리셨을 테고, 저자들도 대가를 받은 셈이니 소생의 체면을 살려주기 바랍니다. 후일 기회가 닿는다면 꼭 보답하겠습니다."

아까와는 달리 포권을 취하는 정중하고 예의 바른 모습이었다.

말도 맞는 말이었고 양보하지 않을 이유도 없었다. 이렇게 되자 매상도 군이 시비를 붙을 이유가 없어졌다. 그녀는 검을 가볍게 한번 떨쳐 보인 후 검집에 넣고 뒤로 물러섰다. 더 이상 관여하지 않겠다는 의사 표시였다.

결국 상충이 답례를 해야 했다.

"저자가 간이 부은 모양이군요, 감히 모 공자의 위엄을 거스르다니."

"지극히 개인적인 일이라 사정을 말하기는 어렵습니다. 양해바랍니다."

"별말씀을."

사실 상충은 의아했던 것이다. 철장악불은 모윤에 비하면 태양 앞의 반딧불이었다. 철장악불이 미치지 않은 이상 모윤을 알고 건드렸을 리는 없었다. 모르고 건드렸다 해도 예까지 도망 오고 쫓아올 정도면 무척 큰일이란 이야기였다. 그래서 은근히 그것을 비추었는데 모윤이 더 캐묻지 마라고 못을 박은 것이다.

모윤은 다시 한 번 포권하며 말했다.

"그럼, 선처해 주시는 것으로 알고 이 몸은 이제 저놈을 데리고 물러가겠습니다."

그리고는 상충이 답례할 시간도 주지 않고 몸을 돌리는 것이었다. 그것은 어찌 보면 무시였다. 매상 때문에 예를 취하는 것이지 너에게는 아니다는. 하지만 상충은 별 신경 쓰지 않았다. 젊은 명문고수들의 행태가 어떤지를 잘 알고 있었고 너무 많이 봐왔기에 이 정도는 무례로 느껴지지도 않는 것이다. 다른 일행들도 마찬가지였다.

그러나 아닌 사람이 있었다. 모윤의 언행이 아까부터 거슬렸지만 참고 있던 사람이었다.

"이봐요."

막 철장악불에게 다가서려는 모윤을 곤이 불러 세웠다.

"당신 말이 맞다는 걸 뭐로 증명하죠?"

철장악불 곁에 이르렀던 모윤이 천천히 돌아섰다.

자신을 세운 사람이 별 볼일 없어 보이는 청년임을 안 그는 힐끔 매상을 일별하고는 눈살을 찌푸리는 대신 더욱 환한 미소를 머금었다.

"증명이라니? 내가 왜 그래야 하지?"

"해야 해요."

곤도 특유의 미소를 지으며 말했다.

"안 그러면 저 사람을 데려가는 것은 꿈도 꾸지 못할 테니까요."

"하하하!"

모윤은 하늘을 우러르며 대소부터 터트렸다. 그리고 다시 매상을 일별하며 말했다.

"매 소저를 너무 믿는 것 아닌가? 아무리 매 소저라도 날 쉽게 어쩌지는 못해! 그리고 너희들은 이자가 필요도 없잖아! 그런데 왜 이런 버러지 하나를 두고 나와 싸우려는 거지?"

그는 말하며 내내 곤은 쳐다보지도 않았다. 아예 곤은 안중에도 두고 있지 않은 것이었다. 곤은 여전히 미소를 띤 채 말했다.

"싸우긴 왜 싸워요? 당신이 옳다는 걸 증명만 하면 될 일인데."

"좋아! 꼭 원한다면 그렇게 하지."

그제야 곤에게로 시선을 돌리며 모윤이 말했다. 그런 그의 눈이 가늘게 좁혀지고 있었다. 치밀어 오르는 살기를 참기 힘든 이유였다. 그러나 그의 얼굴은 여전히 웃고 있었다.

"그런데 뭘, 어떻게 증명하지?"

"간단해요. 과연 당신 말대로 개인적인 일인지, 그리고 그것이 정당한지 저 사람들에게 물어보면 될 일이죠."

곤이 쓰러져 신음하는 산적들과 철장악불을 눈으로 가리켰다. 그러나 모윤은 그들을 쳐다보지도 않았다. 다만 곤을 직시한 채 냉소를 떠올리며 말했다.

"호오! 그런 수가 있었군 그래."

짐짓 감탄했다는 얼굴로 탄성까지 뱉는 모윤이었다.

"그런데 이걸 어쩌나? 매 소저께서 저놈들의 입을 몽땅 부숴서 실신을 시켜놨으니 말야. 무슨 수로 저놈들 입에서 이야기를 듣지?"

"당신 옆에 성한 사람이 있죠."

곤의 말에 모윤은 이번엔 철장악불을 슬쩍 곁눈질했다.

"그렇군. 하지만 이자도 기절해 있는걸."

"그야 그럴 수밖에, 당신이 몰래 철련자로 그의 혈을 짚었으니까. 하지만 혈만 풀리면 그는 얼마든지 말을 할 수 있을걸요?"

"……!"

모윤의 안색이 조금 변했다.

'이놈 봐라……!'

아무도 모르게 감쪽같이 행한 일이었다. 매상조차 눈치를 채지 못할 정도였고 그래서 완전히 성공했다고 믿었었다. 그런데 곤이 태연히 그 사실을 들추고 있는 것이다. 고심한 일이 수포로 돌아가고 있었다. 모윤은 당장 곤을 쳐 죽이고 싶었다. 그러나 아직은 아니었다. 그는 태연한 얼굴로 말했다.

"그야 내가 데려갈 놈이니 제압해 둔 것이지. 다시 도망이라도 친다면 또 수고를 해야 하니까 말야."

"그럼 이제 혈을 풀어 물어보면 되겠군요."

"물론이지."

의외로 모윤은 순순히 대답하며 철장악불을 잡아갔다. 혈을 풀어주려는 자연스러운 행동 같았다. 그러나 그는 철장악불의 몸에 손을 댈 수가 없었다. 어느새 곤이 그와 철장악불 사이에 나타나 그를 가로막았던 것이다.

“헛……!”

갑자기 자신의 얼굴 바로 앞에 불쑥 솟아난 허깨비 같은 그림자에 모윤은 기겁을 하며 물러섰다. 너무 놀라 모골이 송연해지고 등에 식은땀이 흐를 정도였다. 동시에 그는 자신이 얼마나 사람을 잘못 판단하고 있었는지 깨달았다.

그에게서 곤과의 거리는 이 장이나 되었고 반면에 철장악불과는 불과 서너 자도 되지 않았다. 그런데 자신이 먼저 손을 뻗었음에도—물론 크게 공력을 끌어올려 손을 쓴 것이 아니라 그리 빠르지는 않았다 해도—인간의 몸으로 어떻게 손보다 빨리 이 장 거리를 단축해 자신의 앞에 설 수 있단 말인가. 신법에 일가견이 있는 모윤이었지만 이런 경공은 본 적도 들은 적도 없었다.

“대, 대체…… 다, 당신은……!”

세 걸음이나 물러선 모윤은 곤을 바라보며 제대로 말도 잇지 못하고 더듬거렸다. 그리고 섭선을 접었다 폈다 하며 도무지 진정을 못하고 있었다. 한데 그 순간 곤이 다시 움직였고, 모윤이 인지할 사이도 없이 그의 섭선을 빼앗는 것이었다. 그리고 말했다.

“정말 나쁜 사람이군요. 파렴치하게 계속 독으로 사람을 해치려 하다니!”

“……!”

모윤의 얼굴에 그때까지도 잔재가 남아 있던 한줄기 은밀한 여유마저 싹 걷혔고 안색마저 노랗게 변했다.

원래 그는 섭선에 은밀히 독 가루를 장치해 두고 있었던 것이다. 조금만 들이켜도 인사불성으로 변하는 해의침독(解意沈毒)이었다. 이것으로 그는 자신보다 월등히 강한 고수도 쓰러뜨리곤 했다. 워낙 미세한 분말인지라 육안으로 구분할 수도 없고 냄새도 거의 없는 것이라 아직까지 한 번도 발각된 적이 없었다. 물론 대전 중에 쓸 때는 반드시 강한 후속 조치로 독을 쓴 흔적을 지운 것은 두말할 나위도 없었고.

방금도 그는 곤의 무위에 놀라 기겁해 물러서면서도 버릇대로 은연 중 섭선의 독을 날려 보냈던 것이다. 또 그전에 철장악불을 먼저 잡으려 했던 것도 혈을 푸는 척하며 이것을 이용해 입을 막아두려 했던 것이고. 그런데 실패라곤 몰랐던 해의침독이 상대에게 발각되고 섭선마저 빼앗긴 것이다. 이것은 경악 이전에 그가 쌓아온 모든 것의 파멸을 뜻했다.

"이놈!"

모윤은 미친 듯이 곤에게 달려들었다. 마구잡이로 손발을 휘두르는 이성을 잃은 것 같은 공격이었다. 방어도 없었다. 하지만 허투루 볼 수 없는 점이 있었다. 막무가내 같은 공격이었지만 그의 손은 은은한 회백색 광채가 어려 있었고 한번 휘두를 때마다 날카로운 경기가 일어나고 있었다.

"쇄비수(碎碑手)!"

종잠이 놀란 음성으로 소리쳤다.

쇄비수는 강호일절(江湖一絶)로 일컬어지는 수공(手功)의 일종이었다. 하지만 사실 쇄비수는 강호인이라면 누구나 수련 방법을 알고 있는 흔한 장법이기도 했다. 다만 그것을 대적 수단으로 사용할 수 있을 만큼 연성한 사람은 좀처럼 찾아보기 힘들었다. 양강장력의 대명사로 누구나 알아주는 무서운 장력이었지만 대성하지 않으면 무용지물에 불과하고, 더구나 대성하기가 하늘의 별 따기만큼 어려운 탓이었다. 그런데 모윤이 그것을 십이성 연성하고 있었던 것이다. 그것만으로도 그가 십오수에 들기에는 부족함이 없는 일이었다.

쇄비수가 무질서한 것 같으면서도 촘촘한 그물막을 형성하며 곤을 덮어씌웠다. 곤은 마치 방법이 없는 사람마냥 멍하니 그것을 보고 있을 따름이었다.

"헛! 저, 저……!"

상충이 자신도 모르게 경악성을 토했다.

그런데 그 순간이었다. 갑자기 곤의 신형이 흐려진다 싶더니 짝 하고 질 좋은 비단을 찢듯 경쾌한 타격음이 울려 퍼졌다. 그리고 한 사람이 바닥에 내동댕이쳐지며 나뒹굴었다. 부지불식간에 곤에게 뺨을 격타당한 모윤이었다.

"으으……."

신음을 흘리며 바닥에 처박혔던 머리를 들고 간신히 일어나 앉는 모윤의 얼굴은 조금 전까지의 준수함과는 너무나 거리가 멀었다. 그 짧은 시간에 이미 왼쪽 뺨이 풍선처럼 부풀어 올라 있었고, 코에서 그리고 터진 입술 사이에서 피가 흐르고 있었다. 눈동자도 초점이 모아지지 않았다. 그리고 퉤, 하고 뱉어낸 입속에 머금었던 피 속엔 여러 개의 부러진 이빨이 들어 있었다.

겨우 일어나 앉던 모윤이 다시 옆으로 픽 쓰러졌다. 워낙 강하게 뺨을 맞은지라 머리가 내둘려 평형 감각이 없어진 것이다. 버둥버둥 한참을 허우적거린 모윤은 두 손으로 땅을 짚고서야 간신히 엎드린 자세로 일어나 앉을 수 있었다. 그리고 그는 머리를 들어 곤을 쳐다보았다. 여전히 평형 감각이 회복되지 않아 흐린 시선이었지만 그의 눈 속엔 감출 수 없는 공포와 의문이 자리하고 있었다.

"어, 어떻게……?"

그는 도무지 이해할 수 없었다. 쇄비수는 완벽했다. 공격은 고사하고 피할 틈도 없도록 치밀한 그물을 형성했었다. 당연히 상대는 맞부딪칠 수밖에 없고 그러면 공력이 아무리 높아도 쇄비수 특유의 경력에 충격을 받을 터였다. 그런데 곤은 한순간 연기처럼 흐릿해졌고, 동시에 뭐가 어떻게 된지도 모른 채 자신은 머리가 하얗게 빌 정도의 타격을 받고 나뒹군 것이다. 그것은 상식으로는 이해가 되지 않는 일이었다. 인간이 연체동물이나 연기가 아닌 이상 불가능한 일이기도 했다.

그러나 곤은 이미 그를 보고 있지 않았다.

그는 철장악불의 혈도를 풀고 일으켜 앉혔다. 움직이지 못했다 뿐이지 모두 듣고 있던 철장악불이었다. 그는 눈알을 굴리며 좌중을 훑어보았다. 그러다 그의 시선이 모윤에게 머물렀다. 다음 순간 그는 충혈된 눈으로 벌떡 일어났고 내달렸다. 모윤에게로였다.

"꼴 좋구나! 이 죽일 놈! 네놈도 어디 죽어봐라! 이 때려죽일 놈!"

"컥! 악! 억⋯⋯!"

아직 채 몸을 가누지 못하고 있던 모윤이었다. 그런데 우람한 철장악불의 발이 무지막지하게 그의 전신을 타격하며 짓밟았고, 그럴 때마다 그는 비명을 지르며 우그러졌다. 모윤은 금세 피투성이가 되었다. 일행이 잠시 멀뚱거리며 보는 사이 벌어진 일이었다.

"그만 하시오."

철장악불을 멈추게 한 사람은 종잠이었다. 겨우 삼 성 정도 찾은 공력이었지만 철장악불을 다루기에는 부족함이 없었다. 그는 철장악불의 허리를 잡아끌고 물러나 모윤에게서 멀찌감치 떼어놓았다.

"놔!"

아무리 버둥거려도 그의 손을 벗어날 수 없자 철장악불이 악을 쓰며 소리쳤다.

"놔! 놓으란 말야! 저런 놈은 밟아 죽여야 돼! 저놈이 내 아우와 수하들 사십 명을 모두 죽였어! 아무것도 모르는 형제들이었어! 그런데 잔인하게도 손발을 하나씩 자르며 죽였어! 숨어서 그걸 보며 피눈물을 흘린 나야! 제발 놔! 저놈만 죽이게 해주면 다 말할게! 아니, 그놈의 망할 물건도 줄게! 제발 놔줘……!"

종잠이 의아한 얼굴로 반문했다.

"물건……?"

"그래! 천화검보도(天花劍譜圖)인지 뭔지 하는 그 저주받을 물건! 그놈의 물건만 아니었어도 이런 꼴은 안 되었을 텐데……! 형제들도 살아 있었을 테고. 으허허헝……!"

버둥거리다 안 되자 돌연 털썩 퍼질러 앉아 대성통곡을 터트리는 철장악불이었다.

산 같은 덩치의 사내가 땅을 치며 통곡하는 모습은 참으로 가관이었다. 하지만 일행은 그것을 감상할 계제가 아니었다. 모두가 그가 울음을 터트리기 직전에 뱉은 말에 멍하니 정신을 잃고 있는 상태였다.

백여 년 전. 천하제일인으로 추앙받던 검성(劍聖) 천화노인(天花老人)이란 사람이 있었다. 그는 일체의 연고도 두지 않고 오직 검에만 매진했던 사람이었다. 그런데 그가 세상을 뜬 후, 언제부턴가 그가 남긴 유일한 유고(遺稿)가 있고 그것이 천화검보도라는 소문이 돌기 시작했다. 그것은 무림을 흥분의 도가니로 몰아넣기에 충분했다. 무림인이라면 누구나 눈에 불을 켜고 찾아다녔다. 그러나 오리무중이었다. 소문만 무성할 뿐 그것을 본 사람도 익혔다는 사람도 없었다. 그래서 혹자는 말하기 좋아하는 인간들이 지어낸 말이라고까지 할 정도였다. 그런데 난데없이 이 허름한 산적의 입에서 그 이름이 흘러나온 것이다. 더구나 물건까지 가지고 있다는 듯이 말하고 있지 않은가.

일행은 철장악불의 주변으로 모여들었다. 우선 그를 달래 진정을 시켰고 그에게 자초지종을 말하도록 했다.

"제기랄! 복인 줄 알았는데 끔찍한 재앙덩어리일 줄이야."

욕부터 내뱉은 철장악불은 대충의 이야기를 두서없이 늘어놓기 시작했다.

"한 달 전이었지……."

그때 왕옥산을 지나는 젊은 아낙이 하나 있었다. 보따리 하나 달랑 들고 뭐에 쫓기기라도 하듯 다급한 행색이었다. 게다가 말도 잘하지 못해 '어버버!' 라고 소리치는 게 고작인 여인이었다. 그러나 철장악불이 그런 것을 가릴 리 없었고 게다가 미색도 뛰어났던지라 재까닥 붙잡아 산채로 데려갔다. 죽어라 놓지 않는 보따리부터 빼앗고 겁탈부터 했다. 그런데 여인이 도중에 거품을 물고 눈을 까뒤집으며 죽어버리는 것이 아닌가. 결코 자살이 아니었다. 그래서 혹시 몹쓸 병이 아닌가 하여 재수없게 여긴 그는 얼른 여인을 내다 버렸다. 그리고 보따리도 마찬가지로 버리려 했다.

그러나 여인이 애지중지했던 사실을 떠올리고 먼저 끌러보기나 하자는 생각으로 보따리를 풀어보게 되었다. 보따리엔 잡다한 옷가지와 여인들의 물품, 그리고 조금 어울리지 않게 사방 한 뼘 크기의 얇은 동판뿐이었다.

그럼 그렇지 하고 실망하던 철장악불은 문득 떠오르는 생각이 있어 동판에 주목하게 되었다. 동판은 참으로 정교하게 음각된 꽃 그림 다섯 개와 하단부에 조그맣게 적힌 네 글자가 전부인, 그냥 봐선 흔한 장식품 정도로밖에 보이지 않는 것이었다. 어린 나이에 사고무친(四顧無親)으로 부랑자가 된 철장악불이었지만 다행히 그전에 천자문을 몇 번본 적 있었고 그래서 쉬운 글자는 그런대로 읽을 줄 알았다. 물론 잔뜩집중하지 않으면 안 되었지만. 어쨌든 그는 동판을 들고 글자를 읽으려 애썼고 천화검(天花劍)이란 세 자는 읽을 수 있었다. 그것으로 충분했다. 그도 들은풍월이 있기에 그것이 무엇을 뜻하는지 너무나 잘 알고 있었던 것이다. 나머지 한 자는 보나마나 보(譜) 자일 터였다. 그것은 경악이었고 말로 표현할 수 없는 감격이었다.

그날 밤부터 철장악불은 동판을 항상 품에 지니고 다녔고 수하들이든 누구이든 간에 주변에 아무도 없을 때만 그것을 꺼내 살펴보았다. 그러나 그로선 아무리 살펴보아도 그것은 꽃 그림이 그려진 동판에 불과했다.

그러던 열흘 전 밤이었다. 자다가 배설 욕구로 화장실에 가 앉아 있던 그는 끔찍한 광경을 목격해야 했다. 수하들이 하나씩 하나씩 혈이 짚인 채 붙들려 나와 사지가 잘리며 죽어가고 있었다. 모윤이었다. 아니, 당시엔 철장악불도 그가 누군지 몰랐다. 하지만 내내 웃으며 수하들을 자르는 달빛에 반사된 그의 얼굴과 그가 한 사람에게 꼭 한 번씩던진 질문만은 죽어도 잊을 수 없었다.

"꽃 그림이 그려진 동판을 본 적 있나?"

철장악불은 그 끔찍한 손속에 감히 밖으로 나갈 엄두도 내지 못하고도리어 그대로 똥통 속으로 기어 들어가 만 하루를 있다가 나왔다. 그가 나왔을 때 산채에 살아 있는 것은 아무것도 없었다. 그러나 그는 그런 것에 신경 쓸 겨를도 머물러 있을 여가도 없었다. 그 악마가 다시

오지 않는다는 보장은 어디에도 없었던 것이다. 산채 곳곳에 은밀히 숨겨둔 보물들도 챙길 생각을 못하고 그는 꽁지가 빠져라 도망쳤다.

죽어라 남으로 남으로 도망친 끝에 그는 어제 여기에 도착할 수 있었다. 이제 당분간은 안심이라고 생각한 그는 우선 살아갈 궁리를 했다. 하지만 배운 게 산적질뿐인지라 원래 이 고갯길에서 약한 행인을 골라 털던 자들과 합류했고, 그들을 굴복시키고 두목이 되었던 것이다.

"제기랄, 그런데 첫 행사에서 당신들을 만난 거지. 젠장……!"

투덜거리던 철장악불의 시선이 다시 모윤에게로 가 멎었다. 새롭게 그의 눈에 새파란 살기가 고여들었다. 그러다 머리를 갸웃했다.

"한데 저놈은 또 어떻게 알고 벌써 여기에 나타난 것일까?"

"다시 처음부터 되짚었을 테지. 그래서 당신의 흔적을 발견한 것일 테고."

종잠의 말에 철장악불이 멍한 시선으로 그를 올려다보았다. 그러다 벌떡 일어섰다.

"어쨌든 저놈은 죽어야 돼!"

그런데 그때였다. 일행 모두 철장악불의 이야기를 듣느라 그의 주변에 모여 있었고 그래서 참담하게 구겨진 모윤은 홀로 삼 장밖에 버려져 있었다. 그런데 철장악불이 일어서는 순간 불현듯 바람에 불려오듯 한 사람이 나타나 모윤의 뒷덜미를 잡아채는 것이 아닌가.

"헉……!"

한 걸음 내딛던 철장악불이 기겁하며 멈춰 섰다. 사람이 나타난 것에 놀라서이기도 했지만 그보다는 그자의 몰골 때문이었다.

그자는 낮인데도 귀신으로 오인받기 딱 알맞은 몰골을 하고 있었다.

키는 칠 척에 이르지만 몸은 대꼬챙이처럼 말랐고 퀭한 눈은 흰자위가
더 많았으며 헐렁한 흰 장포에 한 자도 넘어 보이는 긴 손톱을 반쯤 감
추고 있었다. 더구나 그 손톱은 은은한 묵빛을 띠고 있는 것이 쇠보다
단단해 보였다.

곤을 제외한 일행의 낯빛이 굳어졌다. 상대의 정체를 알기 때문이었
다. 설사 본 적이 없어도 강호에 몸 담고 있는 사람이라면 누구나 알
수 있는 자였다. 현 강호에 이런 모습으로 돌아다니는 자는 이자뿐이
었으니까.

"백골염사(白骨閻使)……!"

종잠이 침음성처럼 뱉어냈다.

백골마조(白骨魔爪)란 괴이한 무공을 연성하고 수십 년 동안 강호를
제멋대로 횡행해 온 거마로, 항상 혼자 다니는 반면 그 행동을 종잡을
수 없고 한번 손을 썼다 하면 반드시 목숨을 거래한다는 인물이 백골
염사였다.

백골염사가 괴소를 흘리며 말했다.

"크흐흐흐, 이놈을 손대려면 이젠 내 허락을 받아야 해."

저절로 미간이 찌푸려질 정도로 신경에 거슬리는 음성이었다. 까마
귀가 악을 쓴다면 아마 비슷한 소리가 날 터였다.

"물론, 동판을 넘겨준다면 사정이 다를 테지만 말야."

"부끄럽지도 않소?"

종잠이 노기를 떠올리며 소리쳤다.

"무림의 선배란 자가, 그것도 명성이 낮지도 않으면서 이 무슨 몰염
치한 짓이오! 당장 물러서시오!"

"크흐흐흐, 그런 건 개에게나 줘버리고……."

괴소를 흘리며 종잠을 바라보는 백골염사의 퀭한 눈에 끊임없이 광망이 번득였다.

"그런데 너는 누구지? 설마, 이름도 못 밝히고 입으로만 큰소리치는 졸장부는 아니겠지?"

"닥쳐!"

버럭 소리치는 종잠의 눈도 이글이글 타오르고 있었다. 몸 상태만 정상이라면 당장 염라부부터 휘둘렀을 터였다.

"나, 종잠! 비록 무명소졸이지만, 당신 정도가 겁나 이름을 못 밝힐 정도는 아니야!"

"종잠! 노호 종잠……?"

반문하는 백골염사의 눈에 이채가 스쳐 갔다. 그도 뜻밖인 것이다. 종잠은 그로서도 함부로 해도 좋을 상대가 아니었다.

"장강의 물귀신들까지 이 일에 개입했나?"

"……!"

종잠은 더 대꾸 않고 백골염사를 노려보았다. 그는 백골염사의 반문에서 아직 강호에 자신의 일이 알려지지 않았음을 알았다. 그렇다면 굳이 스스로 그것을 드러낼 필요는 없었다. 그사이 백골염사의 시선은 그에게서 떠나 매상에게로 그리고 곤에게로 가더니 끝내 철장악불에게 머물렀다.

"어떻게 할 테냐? 동판을 넘겨주고 이자를 교환할 테냐? 아니면 내 맘대로 이자를 처리해도 좋으냐?"

"……!"

철장악불은 눈을 멀뚱거리며 백골염사를 쳐다보았다.

그러다 어느 순간 슬며시 일행을 돌아보았다. 급작스럽게 변한 정세에 어떻게 해야 할지 몰라 일행의 의사를 구하는 것이었다. 그때 곤이 나섰다. 그는 그때까지 매상에게서 천화검보에 대해, 그리고 백골염사에 대해 전음을 듣고 있었다.

곤은 철장악불 앞으로 다가가더니 말했다.

"하고 싶은 대로 하세요."

"엥……?"

철장악불이 눈을 둥그렇게 떴다.

"동, 동판을 줘도 괜찮단 말이오?"

"그럼요. 당신 거잖아요."

다른 사람들이 얼마나 놀라고 얼마나 기가 막힌 얼굴로 쳐다보는지 상관 않고 태연히 대꾸하는 곤이었다. 심지어 백골염사 역시 의외라는 얼굴로 곤을 바라볼 정도였다.

상충이 소리쳤다.

"무슨 소리를 하는 겐가? 천화검보라지 않나!"

곤은 웃으며 말했다.

"검보라 확신할 수도 없는, 뭔지 알 수 없는 꽃 그림 몇 개뿐이라면서요? 또 설사 진짜 검보면 어떻습니까, 어차피 신외지물인 것을."

"그, 그렇기는 하지만……."

철장악불은 곤혹스런 모습으로 말끝을 흐렸다. 그리고 머리를 갸웃거리더니 이내 겉옷을 열고 품속에 몇 겹으로 감아놓은 천을 풀었고 그 속에서 문제의 동판을 꺼냈다. 사람들의 시선이 집중되었다. 그런데 잠시 만감이 교차하는 눈빛으로 동판을 응시하던 철장악불이 그것을 불쑥 곤에게 내미는 것이 아닌가.

"보시오."

철장악불은 그동안 몇 가지 이상한 점에도 불구하고 동판이 천화검보라는 데 일말의 의심도 하지 않았었다. 그런데 곤의 말을 듣고 있자니 은연중 동판이 검보가 아닐지도 모른다는 생각이 더럭 들었던 것이다. 그리고 그는 곤이라면 동판에 사심을 갖지 않고 제대로 평가해 줄 수 있지 않을까 하는 어디서 오는지도 모르는 신뢰를 갖고 있었다. 자신을 구하고 모윤을 잡아주었기 때문인지, 높은 무공에도 불구하고 항상 가식없는 미소를 띠고 있어서인지는 스스로도 잘 몰랐지만.

어떻든 곤은 서슴없이 그것을 받아 들었고 사람들이 잘 볼 수 있게 배려하며 한쪽 끝을 잡고 이리저리 돌려보았다.

그것은 푸른 녹이 잔뜩 껴 있는 사방 한 자도 채 안 될 얇은 청동판이었다. 단지 한 면에만 다섯 개의 살아 있듯 너무도 정교한 꽃이 질서 없이 음각되어 있었다. 그리고 제일 하단에 작게 천화검보라 새겨진 글씨, 그것이 전부였다. 정말 알려진 그대로였다.

"나도 좀 보자!"

백골염사가 벌게진 눈으로 소리쳤다. 그는 모윤을 잡고 있어야 했기 때문에 일행과 떨어져 있어서 제대로 볼 수가 없었던 것이다. 그러나 일행은 아무도 그에게 신경 쓰지 않았다.

곤은 동판을 한번 둘러보고는 더 볼 것도 없단 듯 금세 철장악불에게 돌려주었다.

"아무것도 아니잖아요, 꽃 그림 하나는 정말 뛰어나긴 하지만."

철장악불은 기가 막힌다는 얼굴로 곤을 쳐다보았다.

"그, 그럼, 정말 이것이 검보가 아니란 말입니까?"

"검보는 무슨……."

피식 하고 헛웃음마저 흘리는 곤이었다.

사람들의 얼굴에 경악과 허탈이 자리했다. 일행 역시 곤의 말이라면 믿고 있었던 것이다. 물론 일말의 의심이 없는 것은 아니지만 그래도 백골염사처럼 온통 의심의 눈빛을 드러내지는 않았다.

"이리 줘! 내가 확인해 봐야겠어!"

노골적인 얼굴로 백골염사가 소리쳤다.

"그리고 정말 말대로 쓸모없는 물건이라면 너희가 가지고 있을 이유도 없잖아! 이리 던져! 어서!"

"……!"

철장악불이 다시 곤을 쳐다보았다. 그래도 미심쩍어 의향을 묻는 것이다. 곤은 생각할 것도 없다는 듯 머리를 끄덕였다.

"마음대로 하라니까요."

철장악불은 침을 꼴깍 삼키며 잠시 동판을 응시하더니 이내 결심한 듯 고개를 들었고 백골염사를 바라보았다.

"그자에게서 떨어지시오. 그럼 이것을 던지겠소."

"수작 부리지 마라!"

백골염사가 음흉한 웃음을 물고 곤과 종잠, 매상을 둘러보며 소리쳤다.

"잔말 말고 던져! 그것을 받는 대로 물러설 테니!"

"허……!"

종잠이 실소를 흘렸다. 강호에서 그래도 행세깨나 한다는 자의 행동이 삼류건달보다 못한 것에 어이가 없는 것이다. 그러나 백골염사는 종잠을 쳐다보지도 않았다. 그는 잔뜩 탐욕 어린 눈으로 동판만 응시하고 있을 뿐이었다.

"좋소. 약속 지키시오."

그런데 염두를 굴리던 철장악불이 마음을 굳히고 동판을 던지려는 순간이었다.

"잠깐! 잠깐만 참으시구려!"

다시 한 사람이 장내에 나타나며 소리쳤다. 탐스런 흑발 흑염에 도관(道冠)을 머리에 이고 청색 도복의 등에 고색창연한 검을 멘 초로의 도인이었다. 그가 나타나는 순간 백골염사는 떫은 감을 씹는 표정으로 변했다.

"말코도사, 당신까지……!"

일행의 반응도 가지각색이었다.

곤이야 강호 경험이 일천해 상대를 모르니 그저 멀거니 바라볼 뿐이었지만 다른 사람들은 달랐다. 종잠이 놀란 얼굴로 눈을 끔뻑였고 매상이 가볍게 예를 취하는 가운데 위지무외와 상충은 앞으로 나아가 정중히 포권까지 하는 것이었다.

"후학 천마표국의 위지 모(某)가 구대선생(九大先生)을 뵙습니다."

구대선생. 그는 그런 대접을 받을 만한 인물이었다. 그는 무당에서 가장 빈번히 강호를 드나드는 무당파(武當派)의 장로로 자타가 공인하는 절정의 검객이었다. 그리고 무공은 말할 것도 없고 그 명망에 있어서도 결코 그 지위에 부끄럽지 않은 광명정대한 인물이었다. 그래서 드물게도 흑백양도 어느 편에서도 그리 폄하되지 않는 사람이었고.

"도우(道友)들을 뵙습니다."

구대선생은 위지무외와 상충, 매상에게 일일이 답례를 취했다. 그리고 말했다.

"도우들께 먼저 사죄부터 드리겠습니다. 기실 빈도는 벌써 일각 전에 이곳에 도착했습니다. 그럼에도 우선 사태를 지켜보자는 마음에 몸을 숨기고 있다가 부끄럽게도 이제야 나서게 되었습니다."

"사죄라니, 당치 않습니다."

위지무외가 감복한 얼굴로 두 손을 모았다. 그러나 백골염사는 아니었다. 그는 콧방귀부터 뀌며 비아냥거렸다.

"흥! 말코! 네 시커먼 속을 내가 모를 줄 알아? 기다리고 있다간 안 되겠으니 나온 거잖아! 내가 보도를 갖는 게 배가 아파서 말야!"

"조금만 기다리시오, 다 말씀드릴 테니."

구대선생은 화내는 법 없이 조용히 미소를 지어 보였다. 그리고 철장악불을 보고 말했다.

"우선 그 동판을 빈도에게 잠시 보여주시겠습니까?"

"뭐 하자는 수작이야!"

누가 뭘 어쩌기도 전에 당장 백골염사가 버럭 노성을 질렀다. 그리고 모윤을 들어 올려 흔들었다.

"이놈을 잊지 마! 동판을 넘기면 이놈은 없어!"

그러나 그의 그런 협박은 소용이 없었다. 그를 한번 힐끔 본 철장악불은 망설임없이 동판을 구대선생에게 건넸던 것이다. 백골염사의 얼굴이 분노로 일그러졌지만 그를 신경 쓰는 사람은 아무도 없었다.

구대선생은 동판을 이리저리 둘러보더니 이내 철장악불에게 되돌려주었다. 그리고 말했다.

"틀림없군요."

"……?"

밑도 끝도 없는 말에 중인들의 얼굴에 의문이 떠오를 때 구대선생은 도호를 외며 입을 열었다.

"그 동판에 대해 자세히 아는 사람은, 아마 이제 빈도뿐일 것입니다."

"……!"

"과거 천화 검성과 빈도의 사조님이자 당시 무당제일검이셨던 태허자(太虛子), 그 두 분이 서로 유일한 벗이었음은 알 만한 분들은 다 아실 것입니다. 강호에서 손을 뗀 노년에 두 분이 선기(仙氣)를 찾아 중원을 유람하며 유유자적(悠悠自適) 소요은일(逍遙隱逸) 같이 보낸 것도 아실 테고."

"그게 무슨 상관이야?"

백골염사가 퉁명스레 쏘아붙였다. 그러나 그도 궁금한 빛을 감추지 못했고, 그래서 모윤을 끌고 슬금슬금 일행의 가까이로 접근하고 있었다.

힐끔 그를 본 구대선생이 계속 말을 이었다.

"그러던 중 어느 심산에서 검성께서는 탈각(脫却)에 드셨고 사조께서는 홀로 무당으로 돌아오셨지요. 그리고 얼마 후, 사조께서도 임종에 이르렀습니다. 그런데 그 직전 그분은 자신의 유일한 제자이자 빈도의 선사이신 죽오 진인(竹寤眞人)을 홀로 부르고는 말씀하셨습니다. 검성께서 탈각에 들기 전 사조께서 그분의 무예가 그대로 전인도 없이 사라지는 것을 안타까워하자 들려준 이야기가 있고 남긴 선물이 있다고. 이제 그것을 전할 테니 앞으로의 행로로 삼으라고 말입니다."

"……!"

"검성께선 이렇게 말씀하셨다고 합니다. 무(武)에 있어 검이든 무엇이든 간에 가르치고 배울 수 있는 것은 술(術)뿐이다. 진정으로 예(藝)나 도(道)의 지경에 이르고 유형과 무형의 경계를 없애는 경지에 닿는, 즉 궁극의 화(化)에 이르러 조화지경에 드는 길은 스스로 깨닫는 수밖에 없다고. 그리고 검성께서는 자신이 깨달은 화의 경지를 검화로 새

겨 이승의 마지막 증표(證票)라며 사조님께 남기셨다고 합니다. 그것이
바로 동판이지요.”

　“그, 그럼……!”

　철장악불이 탄성을 터트리며 제 손의 동판을 응시할 때 구대선생이
머리를 끄덕이며 말했다.

　“맞습니다. 그 동판입니다. 동판 밑의 천화검보란 글씨만 봐도 사조
님의 필치가 분명하고요. 그것은 사실 먼저 간 친우를 그리워하며 후
일 사조님께서 새겨 넣었다고 하니까요.”

　“크ㅎㅎㅎ, 그럴듯하군! 아주 그럴듯해!”

　백골염사가 조소를 흘리며 비아냥거렸다. 그러나 구대선생은 거들
떠보지 않고 말을 계속했다.

　“그리고 비록 동판이 검사(劍士)로서 이룰 수 있는 궁극의 어떤 행로
를 보여주는 상징적인 의미뿐이긴 하지만, 그 존재가 알려지면 반드시
풍파가 일어날 터인즉 은밀히 보관하고 전하라는 마지막 유훈(遺訓)을
남기시고 사조님께서도 선도에 드셨습니다. 그래서 선사께서는 그 동
판을 항상 지니고 다니시며 누구에게도 말하거나 내보인 적이 없었다
고 합니다. 그런데 이십여 년 전 큰 싸움에서 불행히도 그것을 잃어버
린 것입니다. 아마 강호에 알게 모르게 검성의 유품이 나타났다는 소
문이 돌기 시작한 것도 그 무렵부터일 것입니다.”

　“……!”

　“선사께서는 그 뒤 그것을 회수하려 백방으로 노력하셨지만 끝내 찾
지 못하셨고, 그것으로 울화가 생겨 자리에 눕게 되었습니다. 그리하
여 결국 임종에 이르러서야 모든 사실을 빈도에게 일러주신 것이지요.
무슨 수를 써서라도 꼭 찾으라는 말씀과 함께. 빈도가 그동안 강호를

뻔질나게 들락거린 것도 다 그런 이유 때문입니다."

"말 된다! 아주 이야기꾼으로 나서도 되겠는걸!"

백골염사가 또 말끝을 잡고 비아냥댔다. 구대선생은 잠시 그와 중인을 쓸어보고는 말했다.

"이것 한 가지는 분명히 말씀드릴 수 있습니다. 동판을 백골염사 시주가 가져가 봐야 아무 소용이 없다는 것. 물론 빈도나 다른 분들도 그것은 마찬가지입니다. 그것을 보고 무엇을 익힌다거나 할 수는 없습니다. 그것은 단지 검성께서 만년에 깨달은 경지를 보여주는 것일 뿐이기 때문입니다. 다만 빈도에게는 그 물건을 보관해야 할 사명을 받은 것이 다를 뿐이지요. 그런데."

"크흐흐흐, 대단해!"

다시 백골염사가 비아냥거리며 구대선생의 말을 가로막았다.

"사기도 그 정도면 수준급이야! 정말 대단해!"

"입 닥치고 가만히 좀 있으시오!"

종잠이 버럭 소리쳤다.

너무 기가 막히면 말도 나오지 않는 법. 백골염사는 뭐라 대꾸도 못하고 멍하니 종잠을 바라보았다. 그리고 종잠은 그가 분노를 터트리거나 대꾸할 시간도 주지 않고 구대선생에게 말했다.

"계속하십시오."

"제가 아는 이야기는 다 한 셈입니다만."

종잠에게 가볍게 목례를 해 보인 구대선생의 시선이 곤에게로 건너왔다.

"단지 한 가지 궁금증이 남았습니다. 시주께서 풀어주셔야 할 일입니다."

“내가요……?”

곤의 의아한 반문에 구대선생은 다시 두 손을 모았다.

“동판에 있는 것이 비록 꽃 그림뿐이기는 하나 그것은 손으로 조각하거나 한 것이 아닙니다. 조사님 전언에 의하면 그것은 삼 장이나 떨어진 곳에서 검성께서 검을 한 번 떨치자 검끝에서 다섯 송이 꽃송이가 떠올라 동판에 날아가 꽂히며 형성된 것이라 합니다. 그것은 일부 문파에서 검기로 허공에 그려내는 검화(劍花)와는 차원이 다릅니다. 검을 든 자가 종내 꿈꾸는 검강과도 다른 경지이며, 전설이 전하는 화(化)를 이룬 사람만이 펼칠 수 있다는 검화(劍化)이자 검화(劍華)이기 때문이지요.”

“……!”

“그래서 동판의 꽃 그림을 보고 있으면 그 신비함에 고수면 고수일수록 눈을 떼지 못하고 일반인이라도 그 아름다움에 현혹될 수밖에 없는 것이랍니다. 처음 사부님께서도 그것을 받으시고 몇 년 간은 침식을 잊을 정도로 말입니다. 다시 말해 누가 보더라도 동판이 결코 아무 쓸모가 없는 것으로는 느껴지지 않는다는 이야기지요.”

“맞아요!”

철장악불이 맞장구쳤다.

“한번 들여다보기 시작하면 좀처럼 눈을 뗄 수가 없어요. 보면 볼수록 점점 그 속에 오묘한 무언가가 있어 끌어당기는 듯하고 그래서 자신도 모르게 빨려듭니다. 그러니 더욱더 눈을 떼지 못하는 것이고.”

“그렇습니다. 그래서 사조께서도 오래 들여다보다간 주화입마에 이를 수 있으니 조심하란 경고까지 남기셨습니다. 그런데 시주는 보자마자 대뜸 검보가 아니라고 단정 지었습니다. 어떻게 그럴 수 있었습니까?"

"그냥 알았어요."

곤은 천연덕스럽게 말했다. 구대선생이 미간을 찌푸리며 머리를 흔들었다.

"부디 좀 자세히 설명해 주십시오."

"……."

그러나 곤은 조금 모호한 표정으로 구대선생을 바라볼 뿐 말을 않았다. 구대선생이 재촉하듯 다시 물었다.

"꽃무늬에 다른 특이한 점이라도 있는 것입니까? 아니면, 이미 전에 동판을 본 적이 있거나 그런 누군가에게 들어서 안다는 이야기입니까?"

"……."

곤은 입매를 일그러뜨리며 애매한 웃음만 지을 뿐 여전히 입을 열지 않았다. 구대선생의 미간에 골이 더 깊어졌다. 그런데 그때였다.

"호호호!"

갑자기 낭랑한 교소가 장내에 울려 퍼지는 것이 아닌가.

놀란 사람들이 두리번거렸다. 기이하게도 웃음소리는 일정한 방향이 아니라 사방에서 울려 퍼지는 것이었고 그래서 진원지를 찾을 수 없었던 것이다.

하지만 곤은 아니었다. 그는 처음부터 한곳을 바라보고 있었다. 그늘을 만드는 맨 끝 나무 위였다. 뒤늦게 그를 따라 시선을 돌린 사람들도 볼 수 있었다, 손가락 굵기의 가지 끝에서 가지와 같이 바람에 하늘하늘 일렁이며 서 있는 녹의 경장의 미녀를.

"아……!"

철장악불이 입을 헤벌리고 탄성을 발했다.

그녀는 너무나 귀엽고 아름다웠다. 크지 않은 키에 스물도 채 안 되어 보이는 그림처럼 아름답고 앳된 얼굴을 가지고 있었다. 선명한 몸의 굴곡만 아니라면 십대 중반의 소녀라고 해도 좋을 터였다. 그녀가 고혹적인 미소를 머금고 말했다.

"나도 궁금해요."

"아아……!"

사람들의 입에서 절로 탄성이 발해졌다.

놀랍게도 그녀는 말을 하며 마치 나비가 날듯 느릿하고 유유하게 일행의 앞으로 날아 내렸던 것이다. 그 모습은 정말 천상의 선녀가 하강하듯 아름답고 기품있고 우아하기 그지없었다. 그러나 중인들이 놀란 것은 그것 때문이 아니었다. 고절하기 그지없는 내공과 신법이 아니고선 그녀처럼 여유있게, 더군다나 그것도 말을 하면서 그런 느린 속도로 내려올 수는 없는 것이었다. 다른 사람은 말할 것도 없고 이미 검과 신행(身行)에 있어 일가를 이루었다는 구대선생으로서도 불가능한 일이었다.

그리고 한 사람. 잡고 있던 모윤도 놓칠 정도로 공포 어린 눈으로 사시나무 떨듯 떨고 있는 백골염사는 또 이유가 달랐다. 그만은 그녀의 정체를 알고 있었던 것이다. 그는 그녀가 곤의 불과 일 장 앞에 착지할 때 덜덜 떨리는 음성을 뱉어냈다.

"……나, 나는 더 이상 이 일에 끼어들지 않겠소. 이, 이만 가, 가보겠소……. 미, 미요(美妖) 예랑(霓娘)……!"

그 말의 반향은 컸다. 곤을 제외한 모두의 눈이 더할 수 없이 커진 것은 물론이고 구대선생은 연신 알아듣지 못할 도호를 외웠고 매상과 종잠조차 흠칫 한 걸음 물러설 정도였다. 위지무외와 상충은 아예 여러 걸음 물러나 백골염사만큼은 아니지만 가늘게 몸을 떨고 있었다. 모두가 미요 예랑이란 한마디에 일어난 일이다.

미요 예랑. 그녀는 바로 혼돈의 강호에서 뭇 강호인들의 찬탄과 염원과 질시를 한꺼번에 받으며 신룡(神龍)처럼 신비와 절대의 큰 그림자를 드리우고 있는 신주십인의 일원이었던 것이다. 더구나 그녀는 강호에 나온 지 가장 짧은 시간에, 그리고 가장 젊은 때에 단번에 신주십인에 오른 사람이었고 가장 무서운 사람 중 하나였다.

십여 년 전, 신주십인 중 악명을 떨치던 추혈마객(追血魔客)에게 어디서 튀어나왔는지도 모르는 앳되기 그지없는 한 소녀가 도전장을 던졌을 때 사람들은 누구나 머리를 흔들며 애석해했고 안타까워했다. 호기나 우연으로 어찌하기에는 신주십인이란 이름이 너무나 위대하고 절대적이었기에 이란투석(以卵投石)이라 생각했던 것이다.

그러나 생사평(生死坪)을 번천지복(翻天地覆)한 거의 한나절의 혈투가 끝났을 때 놀랍게도 살아남은 사람은 소녀였다. 마왕이라고까지 불리며 수십 년 동안 갖은 악행을 저지르면서도 당당히 강호를 횡행했던 추혈마객이 그녀의 손에 패사(敗死)한 것이었다. 사람들은 믿어지지 않는 현실 앞에 자신들의 눈을 의심했지만, 곧 신성(新星)의 출현에 열광했고 그녀를 새로운 신주십인에 올리기를 주저하지 않았다. 그리고 그 격전을 관전했던 무림명숙들은 하나같이 입을 모아 말했다. 그녀는 신주십인에 오를 능력이 충분할 뿐만 아니라, 어쩌면 고학, 광룡 등과 더불어 신주십인의 수위를 다툴지도 모른다고. 그녀의 기기묘묘한 무공은 그 정도로 훌륭했고 독보적이었던 것이다.

그런데 실상 그녀에 대해 강호인들이 알고 있는 것은 아무것도 없었다. 그 혈전 이후 십여 년이 흘렀음에도 그녀는 거처도, 신세도, 무공 내력도, 심지어 나이조차도 알려진 것이 없었다. 어째서 그녀가 언제나 처음 출현할 때와 똑같은 얼굴과 몸매의 소녀 같은 모습 그대로인지도 아무도 몰랐다. 사람들은 다만 그녀 자신이 유일하게 밝힌 예랑이란 이름을 알 뿐이었다.

그러나 그런 것들 때문에 사람들이 이토록 놀라고 두려워하는 것은 아니었다. 사람들이 두려워하는 것은 어떻게 변할지 모르는 그녀의 성정이었다.

같이 웃으며 즐겁게 이야기를 나누다가도 비위에 거슬린다고 그대로 사람을 포를 떠서 죽이고, 자신을 훔쳐보고 침을 흘리며 음담패설을 지껄였다는 이유만으로 하룻밤 새 일 개 방파 백여 명의 생명을 몰살시킨 적도 있는 그녀였다. 그러니 그 돌변적인 흉포성과 잔인성 앞에 누가 치를 떨지 않을 수 있겠는가.

그렇다고 그녀가 천하에 용서받지 못할 악인이냐 하면 또 그렇지도 않았다. 그녀는 사람들이 꺼려하는 훌륭하고 칭송받을 많은 일을 하는 사람이었다. 매년 일어나는 황하나 장강의 수해 같은 큰 재난의 현장엔 반드시 그녀가 있었다. 일부 능력이 있음에도 마지못해 쥐꼬리만한 재물로 생색을 내는 그런 축이 아니라 직접 몸을 움직여 재난민을 구하고 재해 복구까지 돕는 여인이었다.

그런 그녀였기에 사람들은 그녀만 나타나면 그녀의 불가해한 예측 불허의 양면성이 어떤 식으로 나타날지 몰라 전전긍긍하는 것이다. 그리고 그것은 당장 백골염사만 봐도 알 수 있는 일이었다.

"……!"

말까지 더듬거리며 한 걸음씩 물러서던 백골염사는 그녀의 시선이 자신을 향하자 그대로 굳어버렸다. 미요는 아름답게 웃으며 입을 열었다.

"가시겠다고?"

옥구슬 구르는 듯한 음성이었다.

"꼭 가겠다면 바로 보내줄 수는 있어요. 보내줄까요?"

좋아라 해야 할 백골염사의 얼굴이 오히려 하얗게 탈색되었다. 그는 분명히 알아들었던 것이다. 보내준다는 것이 그냥 이 자리를 떠나게 해준다는 의미가 아니라 자기 손으로 영원히 다른 세상으로 보내주겠다는 의미라는 것을.

"아, 아니오! 여, 여기, 그, 그대로 있겠소……!"

아무리 신주십인이고 미요라고 하지만 백골염사는 너무 심하게 떨고 있었다. 강호에 알려진 그답지 않았고 그의 명성에 어울리지 않는 일이었다. 그러나 그것에는 이유가 있었다. 그는 과거 그녀와 부딪쳐 애걸복걸한 끝에 목숨을 구한 적이 있었고, 그래서 누구보다 그녀의 무서움을 잘 알고 있었던 것이다.

미요는 이내 시선을 곤에게로 돌렸다.

"자, 설명해 보세요. 동판의 꽃이 검보가 아니라 검화의 흔적일 뿐이란 것을 어떻게 단번에 알았는지?"

배시시 웃으며 눈까지 찡긋거리는 미요였다. 너무나 매혹적인 모습이었다. 그러나 중인의 눈엔 가슴이 떨려올 정도로 요사스럽게만 보일 뿐이었다. 다만 곤만이 미소를 물고 있었다. 여전히 어딘가 모호한 데가 있는 미소였다.

미요가 말을 이었다.

"나조차도 그것이 검보가 아니란 확신은 가질 수가 없었어요. 구대선생의 설명을 듣고서야 알았지요. 그런데 당신은 단번에 알아냈어요. 어떻게 그럴 수가 있죠?"

"……?"

사람들의 얼굴에 언뜻 의문이 떠올랐다. 그러나 아무도 입을 열어 묻지 않았다. 하지만 곧은 아니었다. 그가 의혹을 드러내며 물었다.

"전에 이미 동판을 본 적이 있다는 말입니까?"

"호호호, 설마 내가 우연히 이 자리에 왔다고 생각하는 것은 아니겠죠?"

미요가 교소를 터트리며 말했다.

"나는 벌써 몇 달째 그것을 쫓고 있어요. 물론 내 손에 들어왔던 적도 있고요."

"그, 그럼……!"

철장악불의 눈이 휘둥그레졌다. 미요는 다시 웃음을 흘리며 말했다.

"처음 내 손에 들어왔을 때는 나도 그것을 검보라고 생각했어요. 특히 동판 밑에 천화검보라고 쓰여져 있기에 더욱 그랬죠. 그러나 얼마 지나지 않아 그것이 아니라는 걸 느꼈어요. 그렇지만 확신할 수는 없었어요. 그래서 슬쩍 다시 강호에 흘린 거예요. 화도 나고 궁금하기도 해서, 도대체 이것이 어떤 물건인지 확인하기 위해서였죠. 이 손 저 손 거치고 소문이 나고 하다 보면 물건을 제대로 아는 사람을 만날 것이고, 그럼 저절로 알게 될 테니까요. 그래서 은근슬쩍 소문도 낸 것이고."

"아……!"

이번엔 위지무외와 종잠이 탄성을 흘렸다. 미요가 말을 이었다.

"길게는 몇 년이 걸릴지도 모른다고 예상했는데, 의외로 이렇게 빨리 알게 되었어요. 당신들 덕분이죠. 특히 구대선생. 호호호!"

"무량수불……!"

착잡한 얼굴로 구대선생이 도호를 욀 때 미요의 시선이 다시 곤에게 똑바로 건너왔다.

"그런데 당신은 말만 듣고도 의심을 했을 뿐만 아니라 슬쩍 보고는 단정적으로 말했어요. 쓸모없는 물건이라고. 그렇게 확신한 이유를 듣고 싶어요. 이건 나한테는 동판보다 더 중요한 문제예요."

중인들 모두의 시선이 곤에게 쏠렸다. 곤은 여전히 조금 모호한 미소를 띠고 있을 뿐 말을 할 생각을 않았다.

"꼭 그렇게 생각하실 것이 아니라……."

보다 못한 위지무외가 곤의 옆으로 다가서며 조심스럽게 말을 꺼냈다.

"이 아이는 세상에 나온 게 이번이 처음입니다. 그러니 뭐가 중요하고 뭐가 그렇지 않은지도 잘 모릅니다. 뭘 알아서라기보다 고작 동판 하나를 가지고 서로 다투는 것이 싫어서 그렇게 말한 것일 겝니다. 틀림없이 그럴 것입니다."

"천만에."

반발은 곧바로 왔다. 미요는 머리를 강하게 흔들었다.

"잘못 본 사람은 당신이에요. 이 사람은 나도 측량하기 힘든 공력을 쌓고 있어요. 결코 뭘 모르거나 거짓으로 얼버무려 말한 게 아니란 말예요. 그렇죠?"

마지막 질문은 곤을 똑바로 쳐다보면서였다. 그리고는 한쪽에 꼬꾸라져 있는 모윤을 가리키며 말을 이었다.

"당신이 아까 저자를 제압하는 공부나 지금 느껴지는 기운만으로도 나는 알 수 있어요. 당신이 결코 내 하수가 아니라는 것을. 아마 백골 염사도 그것을 은연중 느꼈기에 저자를 방패로 잡고 실랑이를 한 것일 테고요. 하지만 당신이 아무리 강해도 내 질문에는 대답을 해야 해요. 왜냐하면 굳이 힘들게 당신과 부딪치지 않고도, 당신을 피하며 당신의 동료들을 하나씩 죽이는 것은 내게 그리 어려운 일이 아니니까요."

말을 마치고는 일행을 향해 박 속 같은 흰 이를 드러내며 화사하게 웃어 보이는 미요였다. 참으로 아름답기 그지없는 모습이었지만 보는 사람에겐 아니었다. 일행은 부르르 몸을 떨면서 안색이 하얗게 탈색되고 있었다. 미요는 한다면 하는 여자였고 그러고도 남을 사람이었기 때문이다.

곤도 그것을 느끼지 못할 바가 아니었다. 그는 할 수 없단 표정으로 어깨를 추어올리며 말했다.

"말하기 싫어서가 아닙니다. 나는 정식으로 누군가에게 검을 배운 적이 없어요. 한동안 매력을 느껴 검을 곁에 두고 혼자 수련을 쌓아본 것이 다예요. 그러니 그냥 알았다는 말 외에 달리 설명할 방도가 없어요. 만약 당신들이 말하는 검강이니 검화니 하는 것을 내가 잘 알고 있다면 또 어떻게 해보겠지만 그것도 아니고."

"거짓말!"

곤의 말을 끊으며 미요가 웃음마저 거두고 냉랭하게 소리쳤다.

"검화는 몰라도 당신 같은 고수가 검강을 모를 리는 없어요! 설사 검을 한 번도 잡아본 적이 없다고 해도 말예요! 만류귀종(萬流歸宗)이라고 했어요. 일정 경지에 오르면 그 수준의 다른 무학도 한눈에 관통하는 법이에요. 그리고 내가 보기에 적어도 당신은 이미 그 수준 이상이고요!"

“그런 뜻이 아니에요.”

곤은 곤혹스런 표정으로 머리를 흔들었다.

“내가 이루어낸 경지나 수준의 문제가 아니라 용어 자체를 모른단 말입니다. 그래서 말로는 설명할 수가 없다는 것이고요. 나는 혼자서 무공을 익혔어요. 그러니 어떤 경지를 어떤 이름으로 부르는지 알 수가 없지 않겠어요? 다만 이제 검화가 무엇인지는 대충 감이 잡혀요. 동판의 경지가 그렇다니 말입니다.”

“그, 그런……!”

위지무외와 상충을 제외하고는 모두가 입을 떡 벌렸다. 도무지 이해가 가지 않는 이야기였다. 미요 역시 어이없단 얼굴로 펄쩍 뛰었다.

“지금 누굴 바보로 알아요? 누구나 알고 있는 육합권(六合拳)도 사부가 없으면 제대로 연성할 수 없는 것이 무공이에요. 비급을 보고 혼자 익한다고요? 원숭이처럼 흉내만 내는 것이 아니라면, 그것이 어불성설이라는 건 삼척동자도 아는 일이에요. 그런데 아무도 가르쳐 주는 사람 없이 혼자 그런 경지에 올랐다고요? 그걸 나보고 믿으라는 거예요?”

“그런데 그것이…….”

상충이 조심스럽게 미요의 말을 받았다.

“모두 사실입니다. 몇 년 간 제 할아버지에게서 입문공부만 받았을 뿐, 그 다음부터는 모두 제 혼자했답니다. 물을 보고 배웠다느니 어쩌니 해서 도무지 알아들을 수도 수긍할 수도 없긴 하지만…….”

“……!”

사람들은 더욱 어안이 벙벙한 얼굴로 서로를 쳐다보았다.

다만 미요만이 미간을 찌푸린 채 눈을 빛내며 곤을 똑바로 쳐다보았

다. 그리고 어느 순간, 녹색의 안개가 바람에 흩어졌다 모이듯 그녀의
신형이 한순간 사라졌다 다시 형성되었다. 동시에 퍽, 하고 낮으나 둔
중한 소리가 울려 퍼졌다.

"헛……!"

매상과 구대선생, 그리고 백골염사의 입에서 짧은 경탄성이 흘러나
왔다.

그들은 알 수 있었던 것이다. 그 부지불식의 순간에 미요가 곤을 덮
쳤고 격돌이 이루어졌음을. 그러나 그들도 격돌이 이루어졌음은 감지
했지만 어떻게 이루어져 결과가 어떤지는 알 수 없었다. 미요도 곤도
계속 원래의 자세에서 조금도 움직이지 않은 것처럼 보일 정도로 너무
도 짧은 찰나에 이루어진 일이었기 때문이다.

그리고 그 외의 다른 사람들은 그저 눈만 끔뻑일 뿐이었다. 이윽고
미요가 입을 열었다.

"당신 말이 맞을지도 모르겠군요, 아직 이런 괴상한 공력이 있다는
소리는 들은 적도 없으니."

그녀는 그사이 곤의 공력을 시험했던 것이다. 그녀 정도 되는 고수
는 한번 부딪쳐 보기만 해도 공력의 정도는 물론이고 그 갈래와 사승
까지도 짐작할 수 있었다. 그러나 그녀는 곤에게서 아무것도 알아내지
못했다. 생전 처음 접하는 차갑고도 부드러운 경력이 그녀를 봉쇄하는
것만 느꼈을 뿐이었다.

곤은 미소 지었다.

"거짓말은 하지 않아요."

"믿겠어요."

미요가 머리를 끄덕였다.

"그렇지만 대답은 들어야겠어요. 아니, 이젠 더욱 궁금해요. 무공도 혼자서 익힌 당신이 어떻게 그것을 알 수 있는 거죠?"

잔뜩 의문을 드러내던 미요가 갑자기 경악에 가득 찬 표정으로 눈을 크게 떴다. 그러다 더듬더듬 말했다.

"서, 설마! ……그, 그런 것인가요?"

곤은 그저 담담히 웃을 뿐이었다. 미요는 더 이상 아무 말도 행동도 하지 않고 멍하니 곤을 쳐다보았다. 사람들이 영문을 몰라 둘을 번갈아 바라보았다. 곤이 말했다.

"말로는 설명할 수 없다고 했잖아요."

"그렇군요, 정말……!"

미요는 이제 완전히 이해할 수 있었다. 곤이 특별한 눈을 가진 것도, 전에 접해보았기 때문도 아니란 것을. 다만 자신도 시전할 수 있는 검화의 경지였기에 동판을 한눈에 알아본 것이란 것을. 그리고 그것이야말로 어떻게 이해시킬 수 있는 문제가 아님도. 더구나 무공경지에 대한 용어도 모르는 곤이 아니던가. 설명하려면 고작 '그것은 나도 할 수 있어요' 하는 수밖에 없는데 조금 전의 미요 자신은 물론이고 누가 그 사실을 받아들이겠는가. 미친놈 취급하지 않으면 다행이고, 당장 해보라고 닦달할 것이 뻔했다.

미요가 머리를 절레절레 흔들며 말했다.

"믿어지지가 않는군요. 당신 나이에, 그것도 혼자서, 더구나 검을 접한 것도 불과 얼마간 뿐이었다면서 어떻게……!"

"그런 것은 나이와 상관이 없어요. 그리고 바다는 당신이 알고 있는 것보다 훨씬 위대하고 훌륭해요. 사람들이 배우려 들지 않고 모를 뿐이지."

“……!”

흠칫한 표정으로 잠시 멍한 표정으로 곤을 바라보던 미요의 얼굴에 다시 고혹적인 미소가 떠올랐다.

“그렇군요. 그런데 당신은 누구죠? 이름이 뭐예요? 그리고 지금 어디로 가는 길이죠?”

한꺼번에 와르르 쏟아내는 질문에 곤은 웃으며 반문했다.

“내가 왜 당신에게 그런 것을 말해 줘야 하지요?”

“그 편이 유리할걸요.”

배시시 웃으며 그녀는 다시 일행을 슬쩍 쓸어보며 대답했다. 그것이 어떤 의미인지 아는 상충이 재빨리 나섰다.

“곤이라고 합니다. 저희 천마표국으로 가는 길이고요.”

“곤……?”

미요가 눈을 깜빡이며 상충을 쳐다보았다. 상충이 머리를 끄덕이며 얼른 말을 이었다.

“성이자 이름입니다.”

“별호는 없나요?”

“아직…….”

상충이 말을 흐릴 때 위지무외가 나섰다.

“신곤이랍니다.”

“신곤이라…… 좋은 이름이군요.”

미요가 활짝 웃었다. 그러다 고개를 갸웃하며 말했다.

“그런데 천마표국이면 요즘 묵련(墨聯)의 그 죽지 못한 늙은이가 찝쩍거리고 있다는 데가 아닌가요?”

“그, 그것이 아니라……!”

　안색이 변하고 말까지 더듬으며 부인하는 상충이었다. 그러나 미요
는 그의 말을 듣지도 않고 교소를 터트렸다.

　"호호호, 곧 재미있는 일이 벌어지겠군요. 그 지독한 늙은이가 된통
당할지, 강호초출의 무서운 신진고수 신곤이 세상 넓은 줄 알게 될지는
모르겠지만. 호호호호!"

　"……!"

　미요의 교소와는 달리 일행의 안색이 무겁게 가라앉았다. 위지무외
와 상충은 잊고 있던 일이 상기되어서이고 다른 사람들은 그제야 짐작
가는 상황과 묵련이란 이름 때문이었다.

제6장

천마표국(天馬鏢局)

천마표국(天馬鏢局)

묵련은 당금 강호에서 그들의 비위를 건드릴 사람이나 문파는 없다
고 해도 과언이 아닐 정도로 단일 방파로는 가장 크고 강한 세력이었
다. 굳이 비견할 만한 세력을 찾자면 황산세가나 소림, 무당 정도에 불
과했다. 그것도 떨치고 일어섰을 때 주변에서 합쳐지는 지파(支派)나
세력들을 더했을 때 이야기였다.

묵련의 역사는 그리 오래되지 않았다. 그것도 처음엔 낙양(洛陽)과
개봉(開封) 일대의 몇몇 상인들이 모여 스스로의 이익을 지키고 향상시
키기 위해 만들었던 국지적이고도 소규모인 상인 연합회에 불과했었
다. 그러던 것이 오십 년 전 불사괴상(不死怪商) 탁등(卓凳)이 련주로
앉으면서 갑자기 급성장을 했고 무림으로 발을 뻗치더니 어느 순간 최
강의 세력으로 탈바꿈한 것이다.

불사괴상 탁등은 상인이었다. 상인의 가계에서 태어나 상인으로 자

란 사람이었다. 그는 상인이 가질 모든 덕목을 갖추고 있었다. 돈과 사람을 부리는 데 있어 그를 따라갈 사람이 없었다. 그는 묵련주에 오르자마자 대대적인 개편과 확장 작업에 들어가 채 삼십 년이 지나지 않아 지금의 묵련을 이루어냈다. 상인 조직은 상인 조직대로 키워 중원 상권의 절반 이상을 거머쥐었고, 따로 막대한 자금력과 자신의 능력을 이용해 상인 조직을 받치는 거대한, 그러면서도 결속력을 가진 무인 집단도 동시에 키워낸 것이다. 그 이름만으로도 누구나 한 수 접어줄 정도로. 게다가 처음 묵련주에 오를 때는 그저 그런 고수에 불과했던 그는 이십 년 만에 신주십인에 이름을 올릴 정도로 무공에도 소질이 있었다.

그런데 그런 그의 거대 집단과 그들에 비하면 밥알 한 조각도 되지 않을 천마표국이 충돌이 일어난 것이다. 사실 충돌이란 말은 가당찮은 말이었다. 당랑거철(螳螂拒轍)에 불과할 천마표국으로선 꿈에도 원하지 않았고 그럴 수도 없는 일이었다. 다만 과거 표행 중 일어났던 우연찮은 사건 하나가 작금에 이르러 천마표국의 목줄을 죄는 빌미로 나타난 것이다. 그것도 천마표국으로선 아무 잘못도 없는 일이 오해를 거듭해 묵련이란 초거대 단체의 고위 인물 중 한 사람의 적으로 돌변한 상황이었으니.

"무량수불……!"

모두가 입을 다물고 있는 가운데 그때까지 잠자코 있던 구대선생이 불쑥 도호를 외며 말했다.

"어리석은 빈도에게도 좀 알아듣게 설명해 주시지 않겠습니까? 신곤 시주가 무얼 보고 동판이 검보가 아닌지를 단번에 알아냈는지?"

그는 곤과 미요 간에 오간 대화로는 무슨 뜻인지 알아들을 수 없었

던 것이다. 그것은 다른 사람들도 마찬가지였다. 모두의 시선이 미요
에게로 쏠렸다. 미요가 요사스런 웃음을 떠올리며 말했다.

"호호호…… 어리석은 사람은 어리석은 대로 살아요. 몰라도 될 것
을 자꾸 알려들지 말고."

"무량수불……!"

조롱에 가까운 말이었지만 구대선생은 도호만 욀 뿐 더 말을 꺼내지
않았다. 미요가 거부의 뜻을 밝힌 이상 다시 추궁할 수는 없었다. 자꾸
추궁하다 그녀의 심기를 건드리기라도 하는 날에는 아무리 구대선생이
라도 감당할 자신이 없는 것이다. 그러니 다른 사람들은 말할 것도 없
었다. 그들은 그저 미요와 곤을 쳐다볼 뿐이었다. 하기야 곤의 일행들
은 나중에라도 곤에게 물으면 된다는 생각들로 위안을 삼을 수는 있었
다.

그런데 일순간 찾아든 그런 묘한 긴장감을 깬 사람이 있었다. 철장
악불이었다. 그가 돌연 동판을 구대선생에게 내밀며 말했던 것이다.

"이건 아무래도 도장이 보관하는 게 좋을 것 같소이다."

"감사합니다. 무량수불……!"

구대선생이 반색을 했다. 그리고 얼른 동판을 갈무리하며 예를 표했
다.

"언제라도 빈도의 도움이 필요하면 말씀하십시오. 상리에 어긋나지
않는다면 무엇이든 한 가지는 들어드리겠습니다."

"정말이죠?"

눈을 빛내며 대뜸 반문하는 철장악불이었다.

구대선생의 얼굴에 조금 아연한 빛이 떠올랐다. 그러나 그는 이내
고개를 끄덕였다. 철장악불은 즉시 모윤을 가리켰다.

"저놈을 지금 당장 내 손으로 죽일 수 있도록 해주시오."

"무량수불……!"

씁쓸한 미소를 머금으며 구대선생은 먼저 도호부터 외웠다. 그로선 전혀 예상치 못했던 요구였던 것이다. 모윤의 곁에 여전히 서 있긴 해도 지금은 백골염사도 손을 뗀 상태니 잠깐 몸만 움직이면 그를 철장 악불 앞에 데려다 줄 수는 있을 터였다. 그렇지만 그의 이름으로 그런 짓을 할 수는 없었다.

"시주의 분함과 원한은 잘 알겠지만 공도(公道)가 있는 이상 빈도는 그런 일을 도울 수는 없습니다. 굳이 시주께서 하시겠다면 말리지는 않겠습니다만. 무량수불……!"

여운을 남기고는 스스로 자책하듯 연신 도호를 외는 구대선생이었다.

철장악불은 히죽 웃음을 보였다. 그 역시 구대선생이 그런 일을 하리라고는 믿지도 않았고 바라지도 않았다. 그가 간섭을 않겠다는 그 대답만으로 충분했던 것이다. 그는 백골염사를 쳐다보며 걸음을 내디뎠다. 그의 동태를 살피며 모윤에게 다가가려는 것이었다. 그러나 그는 한 걸음 더는 움직일 수 없었다. 그의 움직임에 제동을 건 사람이 있었던 것이다.

"멈춰요!"

뜻밖에도 미요였다.

"……!"

흠칫 철장악불이 걸음을 멈춘 것은 두말할 것도 없고, 중인들 모두가 의외라는 빛을 띠고 그녀를 쳐다보았다. 그녀가 비록 미요라 불릴 정도로 성정이 괴이난측(怪異難測)하긴 해도 남의 은원을, 그것도 약자의 복수를 훼방 놓을 사람은 아니었던 탓이다.

미요가 가만히 고개를 내저으며 말했다.

"미안하지만 그는 여기서 죽어선 안 돼요, 당신보다 더욱 큰 원한을 가지고 이를 가는 사람들이 있으니까."

"누, 누가……?"

철장악불이 더듬거리며 의혹을 드러낼 때 미요는 이미 그를 보고 있지 않았다. 대신 그녀는 사뿐사뿐 걸음을 옮겨 백골염사에게로 다가가는 것이었다. 당장 백골염사는 사색이 되었다. 뒤로 물러서지도 못하고 그녀의 시선을 피하며 안절부절못했다. 그런 그의 일장 앞에 걸음을 멈춘 미요가 말했다.

"당신은 달리 바쁜 일이 없겠죠?"

순간 시선을 둘 곳 모르던 백골염사의 머리가 번쩍 치켜들렸고 눈을 끔뻑이며 미요를 바라보았다.

"무, 무슨……?"

미요가 모윤을 가리키며 말했다.

"내가 보냈다고 하고, 이자를 애향루(哀香樓)로 데려다 줘요. 어떤 방법으로 데려가든지 상관않겠어요. 단, 목숨은 붙어 있어야 해요."

"아, 알겠소……!"

갑자기 얼굴이 환해지며 마구 머리를 끄덕이는 백골염사였다. 미요가 다시 말했다.

"빠를수록 좋아요."

"다, 당장 가겠소!"

말과 동시에 모윤을 낚아채듯이 옆구리에 끼고는 부리나케 사라지는 백골염사였다. 사람들은 그 모습을 멍하니 보고 있을 따름이었다.

그의 모습이 사라진 후에야 구대선생이 입을 열었다.

"애향루라면 악양(岳陽)의……?"

"그래요."

미요가 머리를 끄덕이며 말했다.

"한 많은 여인들이 모여 서로 의지하며 살아가는 곳이죠. 그곳에서 저자를 기다리는 사람들이 몇 있어요. 그녀들은 내가 저자를 보내오기만을 손꼽아 기다리고 있지요."

"서, 설마……!"

돌연 상충이 눈을 크게 뜨며 미요를 쳐다보았다.

"과거의 소문이 사실이었단 말입니까?"

미요는 입꼬리를 말아 올리며 소리없이 웃음부터 지었다. 그 미소에 상충은 자신도 모르게 부르르 몸을 떨었다. 알 수 없는 전율이 엄습했던 것이다. 미요가 말했다.

"저자는 곱게 죽을 수 없어요. 그건 그녀들을 모독하는 거예요. 제가 한 짓을 고스란히 되돌려받아야 해요. 아마 그녀들은 그 이상 할 수 있을 거예요. 좌절과 절망 속에서 지금까지 버텨온 것도 그것 때문이니까."

"아……!"

중인들의 얼굴에도 경악이 스쳐 갔다. 그들은 이제야 미요와 상충이 말하는 내용이 무엇을 뜻하는지 확연히 깨달은 것이다.

몇 년 전이었다. 여인을 납치해 잔인하고도 끔찍한 엽색 행각을 벌이고는 감쪽같이 사라지는 색마(色魔)가 있었다. 제 손으로 여인들을 죽여 버리는 것은 아니었지만 오히려 그것보다 결과는 더욱 참혹했다.

너무나 끔찍하게 당해 몸도 마음도 이미 원래의 제 것으로 돌아올 수 없었기 때문이다. 십중팔구는 미쳐 버리거나 스스로 목을 매달 정도였다. 물론 그중에는 드물게 상처를 딛고 새 삶을 이어가는 사람도 있긴 했지만 그들 역시 제대로 사람의 몰골로 살아가기는 힘들었다.

그래서 온 강호가 들끓었고 그자를 찾았지만 허사였다. 항상 면구로 얼굴을 감출 뿐만 아니라 용의주도하게 자신의 흔적을 제거하며 일을 저지르는 자이기에 아무 단서가 없었다. 구구한 억측이 난무하는 가운데 불쑥 모윤이 용의선상에 떠오른 적이 있었다. 범행이 벌어진 인근에 그가 발견된 적이 많았다는 이유에서였다. 그러나 곧 그것은 흐지부지되고 말았다. 본인의 강력한 부인과 그 시각에 그가 다른 곳에서 다른 일을 하고 있었다는 증인이 다수 나왔던 것이다.

그리고 그로부터 오래지 않아 색마는 자취를 감추었다. 혹자는 천벌을 받아 죽었다고도 했고, 혹자는 아예 흔적을 없애 더욱 꼬리를 드러내지 않는 것이라고도 했다. 어쨌든 사건은 그것으로 미궁에 빠졌다. 그러나 그렇다고 강호를 치를 떨게 한 그 끔찍한 사건이 끝난 것은 아니었다. 지금도 그와 관련된 사람들과 피해자들은 눈에 불을 켜고 색마를 찾아다니고 있었다. 그런데 미요는 그 색마가 모윤이라고 단언하고 있는 것이다. 그것은 사람들을 경악과 혼돈으로 몰아넣기에 충분했다.

"천화보도 덕분이에요."

미요가 말했다.

"한 달 전쯤, 내가 다른 일로 잠깐 한눈을 파는 사이 묘곡(妙谷)의 두 계집애 수중으로 동판이 들어갔었어요. 그녀들이 누군지는 알죠?"

"사갈탕녀(蛇蝎婸女)……!"

상충이 신음하듯 말했다.

사갈탕녀는 묘곡에 사는 상당한 무공을 지닌 음탕한 요녀 자매를 일컫는 말이었다. 그녀들은 젊은 남자들을 유혹해 채양보음(採陽補陰)으로 정기를 흡수하여 젊음을 유지하고 공력을 높이는 것으로 유명했다. 사람을 죽음으로까지 몰고 가지는 않는지라 강호공적이 되지는 않았지만 많은 지탄을 받고 있는 여인들이었다.

"그런데 뒤늦게 내가 갔을 때는 묘곡은 텅 비어 있었고 뜻밖의 광경이 펼쳐져 있었어요. 그녀들 중 하나가 알몸으로 처참하게 죽어 있는 것이었죠. 유두(乳頭)가 잘려 나가고 그곳이 참혹하게 파괴된 모습으로."

"음……!"

사람들은 누구랄 것도 없이 미간을 찡그리며 침음성을 뱉어냈다. 잠시 그들을 둘러본 미요가 말을 이었다.

"완전히 상대의 목숨을 끊어버린 점이 다르긴 해도 그것은 과거 색마가 저지르던 짓과 거의 동일한 수법이었어요. 그걸 보고도 그냥 나올 수는 없었어요. 동판엔 천리향을 묻혀뒀기에 천천히 쫓아도 상관이 없었고. 그래서 조사를 시작했지요. 그녀의 전신은 물론이고 묘곡 전체를 샅샅이 살피고 뒤진 결과 나는 그것이 색마의 짓임을 확신할 수 있었어요. 그리고 일이 어떻게 된 것인지도 짐작할 수 있었고요."

"……!"

"색마는 천화보도를 쫓았던 거예요. 기회를 노려 그가 묘곡으로 잠입했을 때 그녀들은 각기 다른 방에서 정사를 즐기고 있었어요. 그래서 색마는 쉽게 그녀들을 제압하고 폐력분을 먹인 거예요. 색마는 우

선 즐길 생각이었던 거죠. 묘곡은 찾아올 손님도 없는 데다 진으로 방
비까지 되어 있으니 마음을 놓았겠죠. 더구나 폐력분 때문에 정신도
말짱하고 말도 할 수 있지만 그녀들이 도망친다는 것은 무리니까요.
하기야 색마는 여인을 잔인하게 괴롭히며 그래서 터져 나오는 비명을
즐긴다는 놈이니 그래서도 폐력분을 사용했을 거예요.”

“……!”

“색마는 먼저 하나를 즐기기 시작했어요. 그런데 그사이 다른 방에
있던 하나가 도망친 거예요. 즐길 때 기분이 나지 않을까 봐 색마가 폐
력분을 적게 먹였는지, 아니면 그녀에게 어떤 중화제가 있었는지는 모
르겠지만. 하여간 하나를 상대로 실컷 즐기고 난 뒤에야 그 사실을 안
색마는 부랴부랴 그녀를 뒤쫓기 시작했어요. 동판도 그녀가 가지고 도
망쳤으니까요. 거기까지가 내가 여러 정황과 증거로 알아낸 사실이에
요.”

“아……!”

누군가 탄성을 뱉어냈다. 미요는 가볍게 머리를 끄덕인 후 말을 이
었다.

“문제는 색마가 누구냐는 건데, 그것은 쉽게 알아낼 수 있었어요. 동
판을 쫓으면 되었으니까요. 그리고 다행히 천리향 덕분에 사갈탕녀를
내가 먼저 발견했고, 색마는 그러고도 한참 뒤에야 그녀의 시신을 본
거죠. 그 다음은 당신이 말한 대로예요.”

그녀가 가리킨 사람은 철장악불이었다.

철장악불의 눈을 크게 뜨고 부르르 몸을 떨었다. 그는 그제야 안 것
이다. 일이 어떻게 된 것이며, 자신이 겁탈한 여인이 누구이고, 그녀가
왜 죽었는지를. 만약 그녀가 정상이었다면 그녀와 조우하는 순간 저승

에 가 있을 사람은 자신이었을 터였다.

사람들은 다소간 놀라고 얼이 빠진 멍한 상태로 있었다.

예기치 않았던 강호의 큰 사건 두 개가 이 자리에서 그 전모가 고스란히 드러난 것이다. 더구나 일행은 그 두 사건 어느 것에도 관련이 없음에도 공교롭게도 그 해결의 중심에 서 있게 된 셈이었다. 그렇게 좌중에 조금은 혼란스런 침묵이 찾아들 때.

"가지 않을 셈인가요?"

불쑥 매상이 말했다. 그러고 보니 중천에 있던 해가 벌써 서편으로 많이 기울어 있었다.

"가, 가야지……."

위지무외가 곤혹스런 얼굴로 말을 흐리며 좌중을 둘러보았다. 그의 처지에 구대선생이나 미요를 두고 먼저 자리를 파하자고 할 수는 없었던 것이다. 다른 사람들의 시선도 자연 매상을 향했고 또 서로를 쳐다보았다.

"빈도는 이만……."

구대선생이 먼저 나섰다. 그는 철장악불을 향해 정중히 포권한 후 다시 한 번 치사를 하고는 좌중에 작별을 고했다. 사람들이 떠나는 구대선생을 전송하고 있을 때 갑자기 미요가 매상에게 묻는 것이었다.

"그런데 당신은 누군가요?"

제 입으로 계속 동판을 따라다녔다고 했으니 일행의 출현을 처음부터 지켜보지 않았을 리 없을 테고 그렇다면 그녀의 신분을 몰라서 묻는 것은 아닐 터였다. 그런데도 그녀는 마치 전혀 짐작도 못하겠다는 듯한 눈을 하고 그러면서도 또 묘한 미소를 머금은 채 매상을 쳐다보고 있었다.

매상은 곤의 곁에 서 있었다. 그녀는 한 걸음 더 곤의 곁으로 붙으며 말했다.

"일행이에요."

평소에도 그렇지만 듣기에 따라서는 더욱 냉랭하고 퉁명스런 음성이었다.

미요의 얼굴에 웃음기가 짙어졌다. 그러나 반면 그녀의 눈엔 찰나였지만 한줄기 광망이 스쳐 지났다. 그리고 그녀가 다시 뭐라 입을 열려할 때였다.

"황산의 매이 소저입니다. 우연히 우리와 동행이 된 것일 뿐이고요."

상충이 얼른 끼어들었다. 매상이 어떤 성격이라는 것을 이미 아는 그였다. 미요라고 해서 양보할 리 없는 그녀인 이상 그로서는 어떻게든 분란은 피하고 싶었던 것이다.

호홍, 하고 미요가 입술을 일그러뜨리며 웃었다.

"참으로 놀라운 일이군요. 고고한 황산 일족이 표국 사람들과 어울릴 때가 있다니. 그런데 고학은 이 사실을 알고 있나요?"

"당신이 상관할 일이 아니에요."

더욱 차가운 음성으로 매상이 대답했다. 그리고 그녀는 곤을 가리키며 말을 이었다.

"그리고 난 표국의 일행이 아니라 이분의 동행이에요."

"호오……!"

묘한 탄성을 발하며 매상과 곤을 번갈아 쳐다보는 미요였다. 결국 곤이 입을 열었다.

"매이 소저는 내 친구입니다."

“친구라고요?”

미요가 자못 신기하고 뜻밖이라는 얼굴로 반문했다. 곤은 미소를 지으며 머리를 끄덕였다.

“그래요. 마음이 맞는 친구죠.”

“마음이 맞는 친구라…… 호호호, 그럴듯하군요. 그런데 그 말은 친구 이상은 아니라는 의미인가요?”

“……?”

곤이 무슨 뜻인지 모르겠다는 의아한 얼굴로 미요의 말을 되씹으며 고개를 갸웃할 때 매상이 나섰다.

“무슨 의도죠? 무엇 때문에 우리 일에 이렇게 관심을 보이는 거죠?”

“호호호.”

돌연 미요가 고개를 하늘로 쳐들며 낭랑한 교소를 터트렸다. 그리고 고개를 바로해 매상을 응시하는 그녀의 얼굴엔 어느덧 한 점 웃음기도 없었다.

“과연 황산 일족답게 당돌하고 도도하기 그지없군요. 기억해 두겠어요.”

“……!”

매상의 아미가 흠칫 찌푸려졌다. 그러나 이내 냉랭한 표정을 회복하고 미요를 노려보았다.

하지만 이미 미요는 그녀를 보고 있지 않았다. 그녀는 어느새 곤에게로 시선을 돌리고 있었다. 그런데 그 짧은 사이에 그녀는 언제 얼굴을 굳혔냐 싶게 만면에 고혹적인 미소를 피워 올리는 것이었다. 그리고 사근사근한 목소리로 말했다.

“곤 공자, 나는 다른 일이 있어 이만 가봐야겠어요. 만나서 참으로 즐거웠어요. 모처럼 신선한 충격이었고요. 아마 우리는 앞으로 자주 만나게 될 것 같은 그런 예감이 드는군요. 하지만 다음에 만날 땐 오늘처럼 쉽지 않을 거예요. 당신이 숨긴 것들을 속속들이 알기 전엔 쉽게 놔주지 않을 테니까.”

“숨기다니? 내가 뭘 숨겨요?”

곤이 어리둥절한 표정으로 반문했을 땐 이미 미요는 그 자리에 없었다. 마치 녹색 구름이 한순간에 바람에 흩어지듯 사라져 버리는 것이었다. 다만 멀리서 은은하게 울려 퍼지는 교소만이 남았다.

“호호호호……!”

“흥!”

문득 매상이 냉랭하게 콧방귀를 뀌었다. 의아한 얼굴로 곤이 그런 그녀를 돌아보았다. 그제야 매상은 홍염이 사라진 방향으로 드리웠던 싸늘한 시선을 풀며 슬쩍 고개를 돌리는 것이었다.

위지무외가 말했다.

“이제 우리도 가지.”

“서둘러야겠습니다. 그렇지 않으면 노숙을 해야 될지도 모릅니다.”

상충이 부언했다. 그리고 일행이 말을 향해 막 돌아설 때였다. 그때까지 가만히 서 있던 철장악불이 돌연 곤의 앞으로 달려오더니 털썩 무릎을 꿇는 것이 아닌가! 그리고 소리치는 것이었다.

“공자! 나도 데려가 주시오!”

전혀 예상 못했던 상황에 모두 눈을 크게 뜰 때 철장악불은 거듭 소리쳤다.

“말을 끄는 하인이라도 좋고, 집 지키는 개가 되라 해도 아무 소리 않겠소! 결코 내 목숨을 구해주었다고 해서가 아니오! 공자! 못난 채웅

(蔡熊)은 이제야 알겠소! 내게 새로운 삶을 살 기회를 주시오!"

무릎을 꿇고 두 손을 땅바닥에 대고 곤을 올려다보는 철장악불의 눈엔 진정의 물기가 어리고 있었다. 곤은 눈만 끔뻑이며 철장악불을 보고 있을 따름이었다. 그로선 이해하기도 힘들었고 어떻게 상황을 받아들이고 대처해야 할지도 몰랐다.

상충이 나섰다.

"이보게, 악불! 갑자기 그 무슨 소리인가? 그리고 부끄럽게 이 무슨 꼴인가? 우선 일어서게. 일어서서 알아들을 수 있게 이야기를 해보게나."

말하며 상충은 철장악불을 일으켜 세우려 애썼지만 허사였다. 철장악불은 기를 쓰고 바닥에 몸을 붙인 채 곤만 올려다볼 뿐 다른 곳엔 시선조차 돌리지 않았다.

"순간의 결정도, 허언도 아니오! 내가 만약 다른 마음을 품고 이런다면 천벌을 받아 죽을 것이오! 또 언감생심 다른 것을 바라는 것도 아니오! 다만 공자를 따르고 싶을 뿐이오! 거두어주시오, 공자!"

"감당할 수 없는 말씀입니다."

이윽고 곤이 머리를 흔들며 입을 열었다.

"무슨 뜻인지, 어떤 심정으로 이러시는지는 짐작이 갑니다만, 제가 들어드릴 수 있는 일이 아닌 것 같군요."

"안 됩니다! 거절은 안 됩니다!"

막무가내인 철장악불이었다.

"내가 많이 모자라는 줄은 나도 아는 놈이오. 하지만 길가의 돌멩이도 두고 보면 쓸 데가 있는 법. 무엇으로든 내 밥값이야 못하겠소? 제발 거두어주시오, 공자!"

"아니, 그런 것이 아닙니다. 나는 이제 겨우 강호에 발을 들여놓은 햇병아리입니다. 그런데 사람을 거두다니요? 제겐 그럴 만한 능력이 없습니다. 또 설사 그럴 수 있다 해도 지금은 그럴 처지도 아닙니다. 나 자신도 당분간은 일신을 다른 분들께 의탁해야 하는 지경에 불과하니까요……."

난처한 얼굴로 곤이 말끝을 흐릴 때 불쑥 종잠이 나섰다.

"꼭 그렇지만은 않지요."

점점 울상을 하던 철장악불이 그 말에 반색을 하며 눈을 크게 떴다. 반면에 곤은 더욱 난감하고 어이없다는 얼굴로 종잠을 쳐다보았다. 종잠이 말했다.

"공자께서 강호초출이고 나이가 적다고 하나 그런 것은 사람이 따르는 것과는 아무 상관이 없습니다. 벌써 나와 매 소저만 해도 공자를 따르고 있지 않습니까?"

"그, 그것은 경우가 다르지요, 두 분은."

곤의 항변은 더 이어질 수가 없었다. 종잠이 은근한 미소를 떠올리며 재빨리 끊은 탓이다.

"굳이 다를 것도 없습니다. 그리고 또, 공자께서는 천마표국을 돕겠다고 저분들을 따라가는 마당인지라 공자 마음대로 사람을 들이고 말고 할 건덕지가 없다는 뜻이겠지요? 그러나 그것도 간단합니다. 위지국주께 허락을 받아내면 될 것이 아니겠습니까? 그러면 얼마든지 공자의 곁에 있을 수 있는 일이지요."

"아, 그렇구나……!"

처음엔 조금 얼떨떨해하던 철장악불이 탁, 하고 땅바닥을 손으로 치며 탄성을 발했다. 그리고 그는 위지무외와 상충을 일별한 후 다시 곤에게 시선을 돌리더니 염원 어린 얼굴로 말했다.

"정말 저 사람 말대로 하면, 그러면 날 받아주시겠소?"

곤은 할 수 없단 얼굴로 길게 한숨을 내쉬었다.

"휴우……! 국주님께서 그렇게 하라면 해야겠지요."

곤의 말이 끝나기도 전에 재빨리 철장악불은 무릎걸음으로 위지무외의 앞으로 가더니 넙죽 절을 하며 말했다.

"국주! 표사라도 좋고 빈객(賓客)이라도 좋소. 날 받아주시오. 그리고 공자 곁에 있을 수 있게 선처해 주시오!"

"불가하오."

모두의 예상을 깨고 뜻밖에도 위지무외는 일언지하에 거절했다.

사태를 지켜보던 다른 사람들과 철장악불은 물론이고 상충조차 흠칫하며 위지무외를 쳐다보았다. 위지무외가 얼굴을 굳힌 채 말을 이었다.

"당신을 싫어해서도 아니고 믿지 못해서도 아니오. 지금 보여주는 일련의 행동만으로도 나는 당신이 개과천선하고 새 삶을 찾고자 한다는 것을 믿을 수 있소. 하지만 문제는 그것이 아니오. 어떻든 당신은 우리와는 정반대 쪽이었던 산의 두령이었소. 당신을 내가 표사나 빈객으로 받아들인다면 내 식솔들이 무어라고 하겠소? 게다가 동도들은 또 어떻겠소? 아마 우리를 한통속으로 몰아붙이길 서슴지 않을 거요. 까딱하다간 그들 등살에 내가 기업을 그만둬야 할 지경에 이를지도 모르는 일이오. 나는 그런 모험을 하기는 싫소."

그의 말에 처음 의아해하던 사람들도 내심 고개를 끄덕이지 않을 수 없었다. 깊게 생각해 보지 않아도 누구나 알 수 있는 옳은 이야기였다.

상충도 그랬다. 그도 처음 종잠도 데려가는데 철장악불이 무에 대수냐 생각했지만 이내 그것이 완전히 다른 문제임을 알았다. 대장강수로 채와 한낱 산적이었다. 넓게 보면 같은 도적이라고 할 수도 있겠으나 의미는 정반대였다. 즉, 뜯기는 입장에 서서 비교해 보면 간단히 알 수 있는 일이었다. 철장악불은 그저 푼돈을 뜯는 조무래기 건달에 불과하지만 어쨌든 직접적이고 적대적인 도적이 분명했다. 하지만 수채는 달랐다. 그들은 공인된 상납금을 바치는 관과 마찬가지인 조직이었다. 그러니 종잠은 빈객이란 이름으로 머무는 것을 다른 표국에서 안다 해도 크게 문제될 것이 없는 반면 철장악불은 전혀 아닌 것이다.

"국주……!"

철장악불이 참담한 얼굴로 간절함과 애원을 담고 위지무외를 쳐다보았다. 그러나 위지무외의 굳은 얼굴은 변화가 없었다. 보다 못한 상충이 나섰다.

"어떻게 신분을 숨기면 안 될까요? 변용을 한다든지……."

"가당찮은 소리."

위지무외가 한마디로 일축했다.

"하루 이틀도 아니고 사람이 어떻게 계속 변용을 하고 있을 수 있단 말인가? 더구나 항상 사람이 드나드는 곳이 표국일세. 그리고 다른 무엇보다 나는 내 자신과 내 식솔들을 속이기는 싫네."

위지무외가 잠시 말을 끊었다. 그리고 슬쩍 곤을 일별하며 말했다.

"그것만이 아닐세. 우리가 무엇 때문에 그 먼 해경도까지 갔고, 곤과 함께 왔는가? 안 그래도 풍전등화인 우리 기업일세. 자꾸 분란거리를 만들어 어쩌자는 말인가!"

"……."

상충은 슬그머니 위지무외의 시선을 피했다.

국주의 말이 옳다는 것은 그도 알았다. 적어도 작금의 표국으로선 인정에 이끌려 괜한 일에 신경을 분산할 겨를이 없었다. 그러나 그렇다고 마음으로 승복한 것은 아니었다.

그는 사실 철장악불을 잘 안다고 할 수 있는 사람이었다. 많은 표행을 다닌 그로서는 자주 부딪칠 수밖에 없었을 터이니 당연한 일이기도 했다. 어쨌든 그는 철장악불이 무지로 인해 선악에 대한 판단이 별로 없다는 걸 빼면 제대로 된 남자라는 것은 알고 있었다. 무리한 탐욕도 부리지 않고, 인정과 의리도 있고, 밀어붙이는 힘과 고집도 있는. 그래서 상충은 그런 철장악불을 예전부터 은근히 아까워하고 있었던 것이다. 그런데 개과천선까지 해 스스로 밝은 곳으로 나오려 하는데도 선뜻 받아들이지 못하는 현실이 불만인 것이다.

하기야 위지무외라고 해서 그것을 모를 리 없을 터였다. 다만 그는 항상 표국의 이익을 우선해야 하는 국주였다.

"정녕 어떤 방법도 없단 말씀이오, 국주? 내가 이 자리에서 이대로 죽더라도?"

눈을 부릅뜬 결연한 모습으로 철장악불이 소리쳤다.

흠칫한 위지무외가 철장악불에게 시선을 고정했다. 잠시 둘은 서로를 뚫어질 듯 쳐다보았다. 그러다 어느 순간 위지무외는 길게 한숨을 내쉬었다. 그는 그제야 자신이 아무리 단호하게 거부해도 철장악불이 물러서지 않을 것임을 알았다. 그리고 그가 정녕 죽음까지도 각오할 정도로 진심이라는 것도.

'곤, 저 아이를 만난 후부터 어째서 예상 밖의 일들만 벌어지고 일이 자꾸 꼬이기만 한단 말인가……!'

절레절레 머리를 내저은 위지무외가 긴 탄식을 불어냈다. 그리고 곤을 흘깃 스쳐 보며 말했다.

"당신의 마음은 알겠소만, 어떻더라도 내 손으로 당신을 받아들일
수는 없소. 꼭 곤과 같이 있어야겠다면 곤에게 부탁하시오. 제 사람으
로 만들어달라고."

결국 한발 물러서는 위지무외였다.

"그래서 당신이 곤의 식솔이 되고, 그렇게 표국에 머무른다면 내가
간섭할 수 없는 일이 아니겠소?"

"……?"

그러나 철장악불은 내내 어리둥절한 얼굴로 위지무외를 올려다볼
뿐이었다. 그로선 위지무외의 말을 제대로 알아들을 수 없었던 것이
다. 그러다 문득 그는 매상과 종잠을 쳐다보며 말했다.

"저분들처럼 말이오?"

"아니, 그렇지 않다는 말이오."

위지무외가 고개를 내저었다.

"매 소저나 종 전주는 곤의 손님이오. 그렇지만 또 표국의 빈객도
되오. 왜냐하면 곤은 표국에 닿는 대로 표국 사람이 될 것이고, 그것은
곧 곤의 손님이 표국의 손님도 된다는 걸 뜻하기 때문이오."

위지무외가 잠시 말을 끊고 매상과 종잠에게 눈길을 주더니 말을 이
었다.

"하지만 당신은 저 두 분과는 다르오. 내가 당신을 일반적인 손님의
의미로 인정하고 받아들일 수는 없단 말이오. 그러므로 이대로 표국에
들일 수도 없는 것이고."

"그, 그럼……?"

"그러니까 아까 한 말 그대로 곤의 식솔이 되란 것이오. 즉, 곤의 가

문이나 사문 사람이라면 나로서도 어찌할 수 없다는 것이 내 입장이란 것이오."

철장악불은 눈알을 뛰룩뛰룩 굴리며 고개를 갸웃했다. 별로 머리가 영민하지 않은 그로서는 여전히 알아들을 수가 없었던 것이다. 의아한 얼굴로 그가 말했다.

"내가 곧 공자님의 사문 사람일 리 없고, 집안 사람은 더욱 아니질 않소? 그런데 어떻게……?"

"이 사람아! 뭘 그렇게 어렵게 생각하나?"

보다 못한 상충이 나섰다.

"수하도 식솔이고 하인도 식솔인 것이지. 물론 자네가 그걸 감수할 수 있느냐가 문제겠지만!"

"아하……!"

철장악불은 그제야 제 이마를 탁 치며 환한 얼굴을 했다. 그리고 제 껑 다시 무릎걸음으로 곤의 앞으로 가더니 넙죽 엎드리며 소리쳐 말하는 것이었다.

"주인님! 채웅이 주인님을 뵙습니다!"

"아, 아니, 이런……!"

놀라고 당황한 사람은 곤이었다.

그는 얼른 채웅을 일으켜 세웠다. 채웅은 허락이 떨어질 때까지 버 텨보려 했지만 곤의 힘에는 불가항력이었다. 곤의 손이 어깨에 닿는 순간 서늘한 기운이 느껴지더니 자신도 모르게 벌떡 일어나고 말았던 것이다. 그래서 그는 더욱 감복하고 말았다.

"주인님! 이제 이 채웅의 남은 인생은 주인님 것입니다!"

곤이 손을 놓자마자 채웅은 곤이 뭐라 말릴 새도 없이 다시 넙죽 엎드려 큰절을 올리며 희색이 만면한 얼굴로 소리치는 것이었다.

"아닙니다, 아닙니다."

곤은 급히 자리를 피하며 손을 내저었다.

"주인님이라니, 당치 않습니다!"

"그럼 공자님이라고 부를까요?"

채웅이 여전히 땅바닥에 무릎을 꿇은 채 진지한 얼굴로 곤을 빤히 올려다보았다.

곤은 말도 못하고 연신 머리를 내저을 뿐이었다. 원래 곤이야 어디 그런 뜻으로 아니라고 했겠는가마는, 제 스스로 풀이하고 너무도 열성적인 눈으로 대답을 기다리듯 빤히 바라보는 데는 어떻게 할 말이 없었던 것이다.

그때 위지무외가 말했다.

"받아들이게. 저 사람이 저토록 원하는 일이고 자네에게도 나쁜 일이 아니지 않는가. 더구나 어둠을 버리고 밝음을 찾아오려는 사람일세."

위지무외는 내심 흡족해하고 있었다. 원래 그가 의도했던 것이 이것이었기 때문이다. 그로선 사실 채웅을 받아들여 봐야 화근덩어리밖에 아니었다. 거기다 완전히 믿을 수도 없었다. 그래서 일종의 시험을 한 것이다. 정말 개과천선을 한 것이고 그 말이 진심이라면 곤의 수하나 종복도 마다 않을 것이고, 그렇지 않다면 스스로 물러갈 것이란 생각에서였다. 그러면 채웅이 그중 어느 것을 택해도 자신에겐 손해가 없었다. 그리고 지금처럼 곤의 수하가 되겠다면 그것은 곤에게도 좋은 일이고.

상충도 거들었다.

"그렇게 하게. 한 입으로 두말할 사람은 아니네."

종잠도 동조했다.

"사람의 진심을 거부하는 것도 도리가 아니지요."

곤은 아연한 얼굴로 사람들을 둘러보았다. 그러다 그의 시선이 매상에게 머물렀다. 매상은 특유의 서늘한 얼굴로 아무 말도 하지 않았다. 다만 어떤 선택을 하던 자신은 불만이 없다는 듯이 눈 속에 온화한 기운을 담고 곤을 마주 볼 따름이었다.

곤은 고개를 돌려 잠시 채웅을 바라보았다. 채웅은 여전히 시선을 고정한 채 기대와 열망을 담고 그를 올려다보고 있었다. 곤은 내심 한숨을 내쉬었다. 그러나 겉으론 정색을 하고 말했다.

"조건이 있어요."

"말씀하십시오. 무엇이든 제가 할 수 있는 것이라면 반드시 지키겠습니다."

"다시는 내게 주인이니 하는 호칭을 쓰지 마세요."

"그, 그것은……."

뭐라 반박하려는 채웅의 말을 끊고 곤은 말을 이었다.

"나는 다만 당신을 표국에 같이 있게 하자면 누군가가 곁에 있어야 할 것 같아 수락하는 것일 뿐입니다. 굳이 수하니 종복이니 하여 스스로를 얽매지 마세요."

"그럴 수는……."

채웅의 말을 또다시 제지하며 곤이 말했다.

"그리고 함께 있는 동안 내가 당신을 용납 못하는 지경이 온다면 당신은 떠나야 합니다. 물론 그전에라도 당신이 떠나고 싶은 생각이 들 땐 언제 떠나도 좋고요."

“절대 그렇지 않을 것입니다!”

채웅은 강하게 반박했다.

“저는 공자가 시키는 일만 할 것입니다! 그리고 공자 곁을 떠나고 싶은 생각이 들다니요! 그럴 일은 더욱 없습니다!”

“어쨌든 제 조건을 따르시겠습니까?”

“예……!”

낮고 불어터진 음성으로 대답하는 채웅이었다.

자신의 진정을 몰라주는 것이 조금 야속한 것이다. 그러나 어쨌든 자신이 원하던 대로 된 일이었다. 불만 어린 표정도 잠시, 그는 재빨리 다시 한 번 곤에게 절을 하고는 벌떡 일어나는 것이었다. 그리고 누가 뭐라 할 새도 없이 달려가더니 곤의 말을 끌고 오는 것이 아닌가.

“타십시오, 공자!”

“……!”

곤은 물론이고 사람들은 모두가 멍하니 서서 그를 쳐다볼 따름이었다.

천마표국은 금릉성 서쪽 외곽에 자리하고 있었다.

앞으로는 멀리 무창(武昌)으로 빠지는 큰 관도를 끼고 뒤엔 작은 야산을 배경으로 수천 평은 족히 될 넓은 부지를 높은 담장으로 둘러싼 전형적인 세도가의 장원 모습을 하고 있었다. 또한 멀리서 보아도 높은 담장 위로 꽤 여러 채의 전각들이 솟아올라 있는 것이 적잖은 성세를 누리고 있음을 보여주었다.

해가 뉘엿뉘엿 기우는 저녁 무렵.

며칠의 여정 끝에 일행은 천마표국으로 들어서고 있었다. 그러나 관도를 통해 관도상으로 나 있는 크고 호화로운 정문을 통과해서가 아니라 그 정반대의 야산 쪽 샛길과 쪽문을 통해서였다.

"제미랄, 국주와 총표두란 위인들이 정문은 두고 왜 이런 데로 드나들어?"

채옹이 입담 걸게 투덜거렸지만 아무도 대꾸하지 않았다. 다른 사람들은 그럴 만한 이유가 있으려니 짐작하는 탓이었고, 먼저 문을 밀고 들어선 위지무외와 상충은 자신들을 맞이하는 사람들을 대해야 했기 때문이었다.

쪽문 안쪽엔 노소(老少) 두 사람이 몇 명의 하인을 대동하고 기다리고 있었다. 나이 든 쪽은 몸매가 호리호리하고 말상의 긴 얼굴과 염소수염이 특이한 인물로 상충 정도의 연배였다. 그리고 이십 대 중반쯤으로 보이는 젊은 쪽은 흰 비단 옷이 어울리는 제법 영준하고 영민한 얼굴을 하고 있었다.

그들은 위지무외가 들어서자 깊이 허리를 구부리며 예를 취했다.

"원로에 고생이 많으셨습니다, 국주님."

"무사히 다녀오셨군요, 아버님, 그리고 숙부님."

그들의 인사를 받는 둥 마는 둥 하며 위지무외와 상충이 말에서 뛰어내렸다. 그러자 기다리고 있던 하인들이 말고삐를 받아갔다. 뒤이어 들어선 일행의 것 역시 마찬가지였다.

"별일없었겠지, 곽제(郭弟)?"

일행의 말을 끌고 하인들이 모두 사라지자 그제야 말상의 염소수염에게 인사 겸 묻는 위지무외였다. 그러나 대답은 외려 상충이 했다.

"우선 서로 인사부터 시키시지요. 그리고 때도 되었는데 표국 일은 저녁이나 드신 후에 들으시고요."

위지무외가 아, 하고 탄성을 뱉으며 크게 머리를 끄덕였다. 그리고 짐짓 실소를 흘리며 말했다.

"허허, 자네 말이 옳아. 내가 성급했군. 불과 보름 남짓이건만 아주 오랫동안 나가 있은 듯한 느낌이 드니……."

그리고 그는 말상의 염소수염을 손짓했다. 그러자 그가 일행의 앞으로 나와 포권하며 말했다.

"과분하게도 국주님의 은덕으로 총관을 맡고 있는 곽적(郭積)이라고 합니다."

낮았지만 카랑카랑한 음성이었다.

곽적은 다른 여느 표국의 그저 살림이나 맡아 하는—무림보다 상계 쪽에 가까운—일반적인 의미의 총관과는 다른 사람이었다. 그는 위지무외가 자기 가족보다 더 믿는 두 사람 중 하나였다. 물론 나머지 한 사람은 상충이고.

곽적은 상충과 함께 처음 표국을 세울 때부터 위지무외의 곁에 있었던 사람이었다. 계산에 밝고 이재에 능한 그가 총관을 맡아 내실을 다지고, 상충이 물불 안 가리고 외부 일을 맡은 덕에 지금의 천마표국이 이루어진 것이었다. 더구나 그는 초창기 시절 사람이 부족한 관계로 표행에도 따라나설 때가 많았는데, 웬만한 산적들은 그만 보면 꼬리를 말 정도로 한 쌍의 육장과 조공에 능해 쌍수패(雙手狽)란 별호를 얻은 사람이었다.

그러나 일행은 그에 대해 별로 아는 사람이 없었다. 다만 채웅만은 들은풍월이 있는지라 조금 알고 있을 따름이었다.

뒤이어 위지무외가 청년을 가리키며 말했다.

"불민한 아들 녀석이라오. 인사드리거라."

청년이 한 걸음 나서며 정중히 예를 취했다.

"위지격(尉遲格)이라고 합니다. 앞으로 많은 가르침을 부탁드립니다."

오만하지도 그렇다고 비굴하지도 않았다. 윗대가 이루어놓은 위세 속에 호의호식하며 자란 청년이라고는 믿어지지 않는 태도였다. 다만 안 그런 척하면서 기회 있을 때마다 매상을 훔쳐보는 것이 아직 그가 젊고 혈기방장한 청춘이라는 것을 보여줄 따름이었다.

뒤이어 일행도 자신을 밝히며 간단히 예를 취했다. 하지만 받아들이는 쪽은 간단하지가 않았다. 일행이 하나씩 이름을 밝히는 순간 곽적과 위지격의 얼굴이 당혹과 경악 속에 시시각각으로 변했다.

곤이 해경거인의 손자란 소리를 듣고는 그저 그런가 보다 하고 눈만 끔뻑이고 채웅에겐 슬쩍 눈살을 찌푸리는 정도였던 것이, 매상에 이르러서는 눈이 화등잔처럼 커졌고, 종잠까지 오자 경악이 극에 이르러 자신들도 모르게 한 걸음씩 물러설 정도였다. 그럴 만도 한 것이 그들의 피부에 와 닿는 그림자는 종잠이 가장 컸던 것이다.

"자, 자! 자세한 이야기는 저녁이나 든 후에 하기로 하고, 곽 총관은 일단 이분들을 빈관(賓館)으로 안내해 여장부터 풀 수 있도록 해드리게."

이게 대체 어떻게 된 일인가? 하고 잔뜩 의혹 어린 표정으로 자신과 국주를 바라보는 곽적을 향해 상층이 말했다. 그러나 위지무외는 머리를 흔들었다.

"아니네. 곽제는 이 사람들을 후원의 추련각(秋蓮閣)으로 안내하게나."

그런데 그의 말은 거우 진정해 가던 좌중에 다시 큰 반향을 불러

일으켰다. 상충과 곽적의 눈이 휘둥그레졌고 위지격은 더했다.

"아, 아버님……!"

위지격은 도무지 믿을 수 없다는 얼굴로 좀처럼 입을 다물지 못했다.

원래 추련각은 후원의 가장 풍광이 수려한 곳에 만금을 들여 지은 위지무외의 거처였다. 그러나 칠 년 전 부인을 잃고는 상사를 견디지 못해 거처를 옮겼고, 그래서 지금은 그와 가족들이 어쩌다 들러 추억에 잠길 뿐인 표국 내 금지(禁地)나 마찬가지인 곳이었다.

"사람은 가고 없는데 비워두어 뭣 하겠느냐?"

담담한 얼굴로 위지무외가 말했다. 그러나 그 음성 속에 미세하게 흐르는 비감마저 감추지는 못했다.

"그리고 상관세유(上官細幽)가 어떤 사람이더냐? 표국 내에 모르긴 몰라도 그의 이목이 무수히 깔려 있을 것이다. 하기야 감추고 싶다고 감출 수 있는 일도 아니고 나도 감출 생각도 없다만, 굳이 우리가 앞서서 전면으로 드러낼 필요는 없는 일이다. 그리고 적어도 추련각이라면 당분간은 그들도 접근이 용이치 않을 것이다. 또 종 전주 문제도 있고."

"아……!"

상충이 탄성하며 수긍의 고갯짓을 했다. 곽적도 그랬다. 그러나 위지격은 아니었다. 그의 미간은 여전히 찌푸려져 있었다. 그 역시 충분히 알아듣고 이해도 가는 바이지만 내심 무언가 소중한 것을 빼앗기는 것 같은 기분이 드는 것은 어쩔 수가 없었던 것이다. 그러나 그것은 잠시, 그는 젊은이답게 이내 그런 것을 접어두고 쾌활하게 말했다.

"이분들은 제가 안내하도록 하겠습니다. 곽 숙부님은 말씀도 나누실

겸 아버님과 상 숙부님을 모시고 내전으로 바로 드시지요."

"네가?"

조금 의외라는 얼굴로 반문하던 위지무외가 잠시 생각하는 눈치이
더니 머리를 끄덕였다.

"그것도 좋겠구나."

얼른 머리를 숙여 보인 위지격이 만면에 미소를 띠고 일행을 향해
돌아설 때였다.

"그런데 상아(瑞娥)는?"

위지무외의 물음이 그를 다시 돌려 세웠다.

"어째서 상아는 보이지 않는 게냐? 내가 도착한 것을 알리지 않은
게냐?"

"그런 것이 아니라, 만금장(滿金莊)에 갔습니다."

위지격이 뒷머리를 긁적이며 대답했다.

만금장은 금릉에서 손꼽히는 큰 전장(錢莊)이었다. 위지무외의 미간
이 살짝 찌푸려졌다.

"거길 왜?"

"공교롭게도 오늘이 금 낭자(金娘子)의 생일이라고 합니다. 그래서
만찬(晩餐)에 초대받아 한 시진 전에 떠났습니다. 아마 좀 늦을 것입니
다. 둘이 만났다 하면 시간 가는 줄 모르는지라……."

만금장은 천마표국의 가장 큰 거래선 중 하나였다. 그리고 만금장주
의 여식인 금 소저와 위지상아는 동갑내기 친구였다. 위지무외는 머리
를 끄덕였다. 하지만 얼굴이 그리 밝진 않았다. 그가 다시 물었다.

"혼자 보낸 게냐?"

"위제(威弟)가 같이 갔으니 염려 마십시오."

위지격이 곽 총관을 슬쩍 쳐다보며 말했다.

위제는 그의 의제이자 곽적의 아들인 곽위를 말함이었다. 또 그는 천마표국에서 가장 강한 고수이기도 했다. 그제야 위지무외의 낯빛이 조금 펴졌다.

"상관세유가 제 스스로 한 말이 있으니 시일 전에 직접적인 위해를 가해오지야 않겠지만 그래도 매사에 조심해야 한다. 앞으로는 너도 바깥출입을 혼자 하는 일이 없도록 하고."

"명심하겠습니다, 아버님."

위지격이 다시 머리를 조아렸다. 위지무외가 머리를 끄덕이며 손짓했다.

"모시거라. 이 아이를 따라가십시오."

뒷말은 일행을 향해서였다. 아니, 정확히 말하자면 매상과 종잠을 보고서였다. 위지격은 일행을 향해 자신을 따라오라며 포권하고는 앞장서서 길을 인도하기 시작했다.

나무들이 조화롭게 배치된 몇 개의 전각들을 돌고 지나자 넓은 화원(花園)이 나왔다. 다시 화원을 가로질러 한참을 가자 제법 큰 호숫가 보였고, 추련각은 그 곁에 있었다. 한껏 멋을 낸 잘 지어진 건물이었다. 십수 개의 굵은 원목들에 떠받쳐져 일 장 높이에 얹혀진 건물은 보기에도 운치가 있었고, 그것이 야산과 호수와 호숫가에 늘어선 수양버들과 어울리자 더욱 아름다운 풍광을 엮어내고 있었다.

그런데 거의 추련각 앞에 이르렀을 때였다. 갑자기 곤이 하아, 하고 억눌린 탄성 비슷한 소리를 내는 것이 아닌가.

위지격이 걸음을 멈추며 돌아섰다.

"풍광에 어울리게 잘 지어졌지요? 사실 처음 보시는 분들은 누구나 감탄을 한답니다.”

위지격이 만면에 미소 지으며 말했다.

“그리고 건물도 중원 최고의 명장(明匠)이라는 천기수사(天機秀士) 우문기(宇文奇), 우문 선생의 도해(圖解)를 어렵게 구해 십 년 전에 지은 것이고요.”

만면에 미소를 띠며 말하는 그의 음성엔 자부심이 깔려 있었다.

그러나 그가 간과한 것이 있었다. 그는 먼저 탄성을 뱉은 사람이 누구며 왜 그랬는지부터 살폈어야 옳았다. 탄성이 당연히 추련각과 경치에 대한 것일 것이란 지레짐작과 또 돌아서며 일행을 일별한 것 외에는 계속 매상을 쳐다보며 이야기를 한 탓에 그는 그렇게 하지 못했다. 결국 그것은 당혹과 경악으로 돌아왔다.

“금릉을 다 뒤져도 이만큼 아름다운 건물은…… 헛!”

말하다 말고 위지격은 튀어나올 듯 눈을 부릅뜨고 헛바람을 토해냈다. 곤 때문이었다.

위지격이 말하는 사이 곤은 갑자기 해문에서 우가 형제가 선물이라고 특별히 시준 청색 장삼을 훌훌 벗어 던지더니 예의 거무칙칙한 바지와 조끼 차림으로 그대로 호수로 몸을 날렸던 것이다. 그러나 그것만으로 위지격이 그토록 놀란 것은 아니었다. 마치 제비가 수면을 스치는 것처럼 무려 십오 장의 거리를 단 한 번의 지면 닿기로 날아 큰 물소리 하나 내지 않고 호수로 스며들듯 사라지는 데는 기겁하지 않을 도리가 없었던 것이다. 그도 무인이었고, 그래서 그것이 얼마나 어려운 공부인지 알기에 더욱 그랬다.

곤은 지금까지 거의 매일 하루의 반 이상을 물속에서 보낸 사람이었다. 물과 떨어져 생활해 본 적도, 그런 상상을 해본 적도 없었다. 그런데 요 며칠 그는 바다를 완전히 떠나 있었다. 하지만 철이 든 후 첫 육로 여행인지라 세상에 대한 신기함과 감흥으로 간혹 떠오르는 바다에 대한 그리움을 어느 정도 접어둘 수 있었다. 그러나 그의 몸은 아니었던 것이다. 한번씩 괜히 몸이 근질근질하고 막연한 갈증이 일었지만 곤은 그것이 무엇 때문인지 몰랐다. 그러다 호수를 접하는 순간에야 그는 확연히 알 수 있었다. 자신의 몸이 무엇을 원하고 왜 그토록 원인 모를 갈증을 느꼈는지.

그것을 아는 순간 곤은 망설이지 않았다. 겉옷을 벗고 한달음에 호수로 뛰어든 것이다.

"저, 저, 저럴 수가……!"

이제 위지격은 아예 귀신이라도 본 듯한 얼굴로 호수를 쳐다보았다.

물속으로 스며들어 한동안 소식이 없던 곤이 어느 순간 수면을 차고 올라 돌고래처럼 수면을 오르락내리락하며 빠르게 호수를 가로지르는 것을 본 때문이다. 채웅도 마찬가지였다. 그도 벌어진 입을 두 손으로 막고 곧 튀어나올 듯한 눈으로 곤을 보고 있었다. 그들은 믿을 수도 믿지 않을 수도 없는 현실 앞에 일시간 넋을 잃은 것이다.

그러나 매상과 종잠은 아니었다. 그들은 태연히 곤의 유영을 감상했다.

"물이 그립기도 했을 테지."

종잠이 중얼거리듯 말했다. 그러다 문득 고개를 갸웃했다.

"하지만 바다와 호수는 많이 다를 텐데?"

"몇 번이나 장강과 황하를 거슬러 오른 적이 있다는 공자님이세요. 차이가 있을 리 없지요."

"아……!"

매상의 대꾸에 종잠은 다만 탄성을 발했다.

그리고 그들의 대화는 반쯤 넋이 나가 있던 채웅과 위지격에게도 효과가 있었다. 그들로 하여금 제정신을 추스르도록 만들었던 것이다. 또한 그들은 그제야 곤이 해경거인의 손자라던 상충의 소개 말도 상기해 낼 수 있었다.

그런데 위지격은 그것을 상기하는 순간 경악과 감탄이 가시는 대신 묘하게도 마음속 깊이에서 기분 나쁜 무언가가 꿈틀거리며 솟아오르는 것을 느꼈다. 아니, 어쩌면 매상이 곤을 공자님이라고 칭한 때부터인지도 몰랐다. 그것은 위지격이 지금까지 한 번도 겪어본 적 없는 감정이었다. 그는 내심 투덜거렸다.

'무식하고 예의도 모르는 섬 무지랭이 같으니라고……!'

그러나 채웅은 그와는 전혀 달랐다. 그는 정신을 추스르자마자 곤의 옷부터 챙겼다. 그리고 냉큼 호숫가로 달려가 대기하는 것이었다.

그것은 또 한 번 위지격으로 하여금 좋지 않은 기묘한 기분이 들게 만들었다. 서로 인사할 때 채웅이 간단히 자신의 이름만 밝혔기에 그는 채웅과 곤의 관계를 모르고 있었다. 그는 다만 채웅이 얼마나 미련하고 폭급(暴急)한 인물인지 기억하고 있을 뿐이었다.

그런데 그것만이 아니었다. 거기다 매상이 먼저 걸음을 옮겨 채웅의 곁에 가 서고, 뒤이어 종잠도 나란히 곤을 기다리는 듯한 모습으로 그들 곁에 서는 것이었다. 결국 원래 자리에 뒤처져 남은 사람은 위지격 혼자였다.

'이, 이런……!'

위지격은 자신도 모르게 어금니를 짓깨물었다. 가슴 밑바닥에서 들끓어 오르는 원인 모를 분노와 증오를 눌러두기 위해서였다.

그것은 참으로 기이한 일이었다. 원래 위지격은 무(武)에 힘쓰면서도 문(文)을 가까이한 사람이었고, 항상 성현의 가르침에 따라 대인대의(大仁大義)한 군자의 삶을 살고자 노력했고 그렇게 살아온 사람이었다. 그런데 그는 오늘 평상심(平常心)을 잃고 자신도 이해하기 힘든 격정에 휩싸여 어쩔 줄을 모르고 있는 것이다.

그것은 그 자신은 의식하지 못하고 있지만 생애 처음으로 찾아온 청춘과 사랑의 마력 탓이었다.

사실 위지격은 어디 내놓아도 빠지지 않는 남자였다. 거의 모든 면에서 남보다 나았으면 나았지 뒤질 것이 없었다. 그 역시 그 사실을 인지하고 있었기에 지금까지 주변의 수많은 빼어나고 아름다운 소저들의 유혹을 그저 무심히 보아 넘길 수 있었을 터였다.

그러나 오늘만큼은 아니었다. 그는 처음 매상을 보는 순간 숨이 멎을 것 같은 감흥과 격정에 휩싸이고 말았다. 긴 여행으로 약간 지친 듯하면서도 냉오한 표정을 흩트리지 않는 그녀의 모습이 화인처럼 그의 가슴에 쑤셔 박혔던 것이다. 그래서 평상시라면 혐오해 마지않을 곁눈질과 훔쳐보기를 서슴없이 했고, 자청해서 길 안내를 맡았고, 그녀가 곤과 친근한 것처럼 보이자 가이없는 질투심에 사로잡히고 만 것이다.

하지만 그는 아직도 자신의 감정이 무엇을 뜻하는지 모르고 있었다. 그는 그저 곤이 미울 뿐이었다.

'휴우…… 내가 왜 이러지……?'

위지격은 내심 한숨을 내쉬며 진정하려 애썼다.

'정신 차려라, 격아! 저 사람은 손님이다. 그것도 아버님과 숙부님이 직접 가서 모셔온……!'

위지격이 겨우 자신의 감정을 다스리고 일행의 곁으로 왔을 때 곤도 물에서 나오고 있었다. 불과 일각도 지나지 않은 시각에 길이가 반 리도 넘을 호수를 가로지르고 한 바퀴 돌아 나온 것이다.

곤이 예의 부드럽고 날렵한 동작으로 물을 차고 나와 호숫가로 나오자 채웅은 재빨리 옷을 펴 들었다. 급한 대로 우선 옷으로라도 곤의 몸에 물기를 닦아주려 했던 것이다. 그러나 다음 순간, 그는 눈을 부릅뜨고는 일체의 동작을 정지해야 했다.

놀랍게도 물 밖으로 나온 곤의 몸엔 단 한 점의 물기도 없었던 것이다. 머리칼도 마찬가지였고 뭔지 모를 검은 반바지와 조끼도 그랬다. 공력이 노화순청에 이른 고수라면 내공으로 순식간에 물기를 말린다는 소리는 채웅도 들어본 적이 있었다. 그런 것이라면 열기와 함께 김이라도 나야 했을 테고, 그랬다면 채웅도 이토록 놀라지는 않았을 터였다. 그런데 곤은 마치 잔뜩 기름을 먹인 통나무를 물에 넣었다 빼내는 것처럼 물 밖으로 나오는 순간 몸에서 물기가 방울로 모여 모조리 흘러내려 버리는 것이었다. 거기다 물기가 몸에 묻은 먼지와 이물질까지 모조리 흡수해 간 것처럼 이제까지와는 달리 피부가 탐스러울 정도로 윤기가 나는 것이었다. 그것은 채웅이 아무리 이해하려 해도 할 수 없는 불가해하고 신기하고 기괴하기까지 한 현상이었다.

하기야 채웅만이 그런 것은 아니었다. 그것을 몇 번 본 적 있는 매상과 종잠조차도 볼 때마다 놀라움을 금치 못할 정도였으니 위지격이 바보처럼 입을 헤벌리고 멍하니 곤의 몸을 바라보는 것도 무리는 아니었다.

"미안해요. 물을 보자 참을 수가 없었어요."

곤이 위지격에게 멋쩍은 얼굴을 하며 머리를 숙여 보였다. 그리고 옷을 든 채 여전히 넋을 놓고 서 있는 채웅의 앞으로 가더니 옷을 잡으며 말했다.

"고마워요."

곤의 말에 그제야 화들짝 정신을 차린 채웅은 곤에게 옷을 건네주는 대신 얼른 그의 뒤로 돌아가 옷을 입혀주는 것이었다. 그러며 더듬더듬 말했다.

"수, 수귀(水鬼)일 리는 없을 테니…… 용, 용신(龍神)이 틀림없지요?"

곤이 어떤 사람인지 아무에게도 들은 적 없는 채웅이었다. 곤은 그런 그를 향해 다만 웃어 보일 뿐이었다.

〈제1권 끝〉

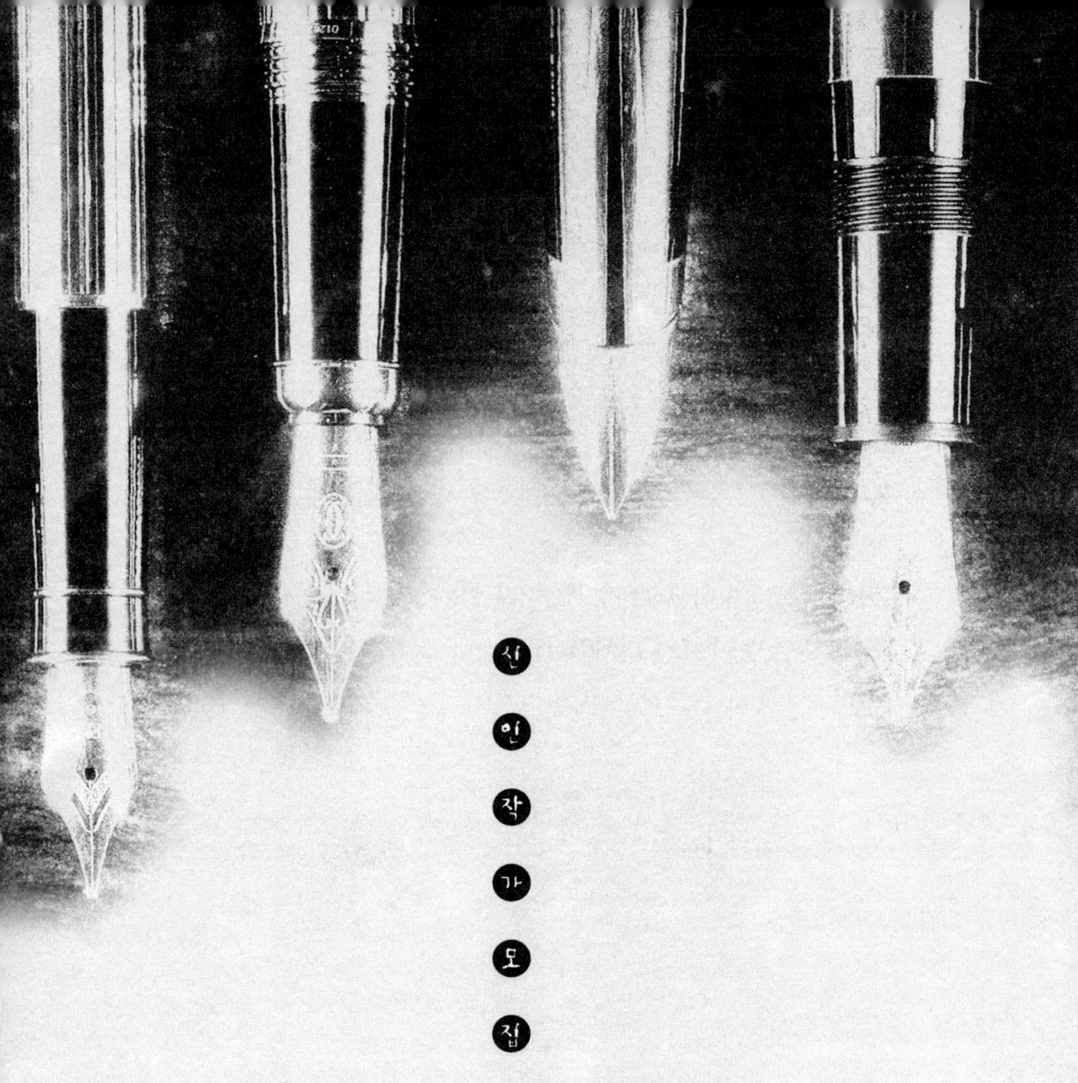